NIAN GUANGJIU YU
"SHAZI GUAZI"

年广九与
"傻子瓜子"

时代出版传媒股份有限公司
安徽文艺出版社

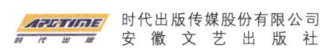

何更生 ◎ 著

何更生，笔名更生，中国作家协会会员、中国报告文学学会会员、安徽省散文家协会原副主席、安徽省报告文学学会原副会长，芜湖市文联作家。已发表文学作品200余万字，著有散文集《华夏之歌》《拥抱太阳》《更生散文选》，及中篇报告文学《小傻子小传》和长篇纪实文学《年广九口述史》《年广九与"傻子瓜子"》等。

其中数篇作品在全国产生一定反响，被数十家报刊转载，并被中央电视台、湖北卫视改编为电视专题片。

NIAN GUANGJIU YU
"SHAZI GUAZI"

年广九与"傻子瓜子"

何更生 ◎ 著

时代出版传媒股份有限公司
安徽文艺出版社

图书在版编目（CIP）数据

年广九与"傻子瓜子"/何更生著. —合肥：安徽文艺出版社，2023.2
　　ISBN 978-7-5396-7617-3

　　Ⅰ．①年… Ⅱ．①何… Ⅲ．①传记文学－中国－当代 Ⅳ．①I25

中国版本图书馆 CIP 数据核字(2022)第 249186 号

出 版 人：姚　巍
责任编辑：柯　谐　　　　　　装帧设计：张诚鑫

┄┄
出版发行：安徽文艺出版社　　www.awpub.com
地　　址：合肥市翡翠路 1118 号　　邮政编码：230071
营 销 部：(0551)63533889
印　　制：安徽新华印刷股份有限公司　　(0551)65859551
┄┄
开本：700×1000　1/16　印张：17.5　字数：230 千字
版次：2023 年 2 月第 1 版
印次：2023 年 2 月第 1 次印刷
定价：68.00 元
┄┄

（如发现印装质量问题，影响阅读，请与出版社联系调换）

版权所有，侵权必究

20世纪80年代初,年广九(左一)在芜湖市十九道门巷口销售傻子瓜子。

20世纪80年代初,消费者排队购买傻子瓜子。

当年的傻子瓜子生意兴隆

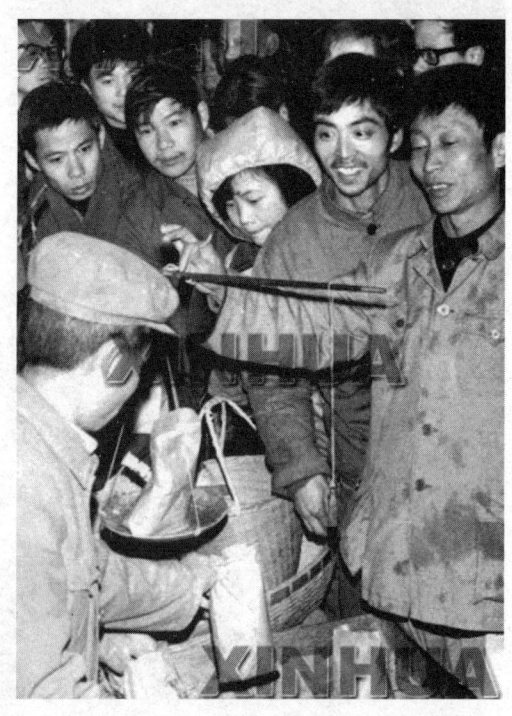

年广九当年在零售摊点上卖瓜子

年广九当年现场炒售瓜子

2018年10月28日,庆祝改革开放40周年,年广九接受作家集体采访。

当年《芜湖报》刊发的《名不虚传的"傻子瓜子"》报道

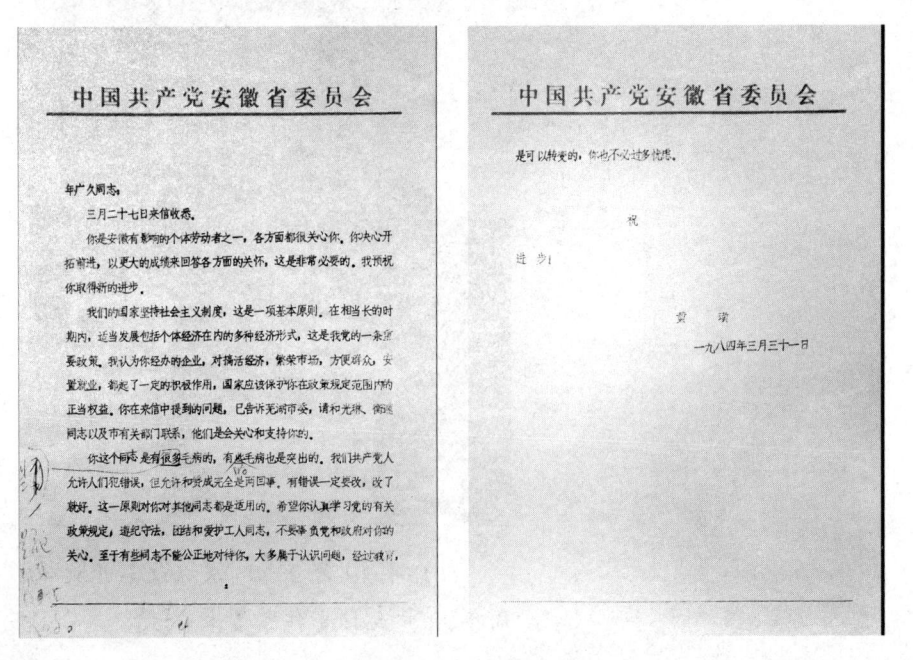

1984年3月31日,安徽省委书记黄璜给年广九的回信。

敬爱的小平同志：

您好！

我们是安徽芜湖"傻子瓜子"经营者。今年初，您在南巡中讲到了我们"傻子瓜子"，我们感到非常温暖，好激动。您是对全国人民讲的，但对我们是最大鼓舞。先是今年下半年，我们"傻子瓜子"就新建了13家分厂。生产了160多万斤瓜子。从经营"傻子瓜子"以来，我们已经向国家交纳了240多万元的税，向社会捐献了60多万捐赠。但我们还要炒出一些地道的"傻子"，力争炒得更多更美更可口，炒成一道的瓜子。我们还计划更快地扩大经营规模，把傻子瓜子"打入国际市场上去，为国争多作贡献。

敬爱的小平同志，我们时时铭记着您的恩情。在这新春佳节到来之时，特地奉上几斤瓜子敬您品尝。您是我们幸福事业的象征，那代表我们对您深切的敬意，衷心愿您新春愉快！健康长寿！

傻子 年广九

小傻子 年书经 年强

1992年12月31日

年广九父子给邓小平的信（复印件）

傻子瓜子博物馆大门

傻子瓜子博物馆开馆时的盛况

年广九(左一)与本书作者合影

年广九在傻子瓜子专卖店内忙碌

年广九(左一)在接受本书作者采访

年广九接受采访时声情并茂

年广九谈起沉浮人生时依然动情

年广九在傻子瓜子博物馆接受采访

年广九出席傻子瓜子博物馆的会议

年广九在接受作家集体采访

位于芜湖市中心的傻子瓜子专卖总部

年广九在傻子瓜子博物馆接待室留影

年广九(左一)与本书作者合影

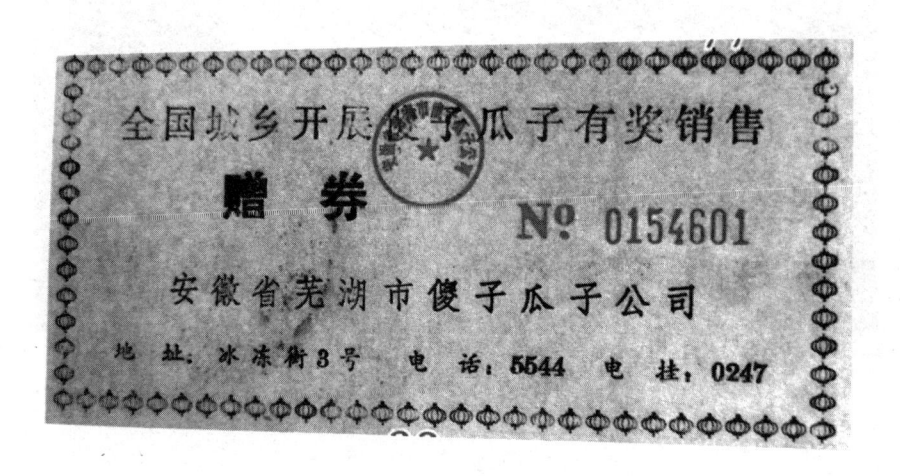

当年傻子瓜子有奖销售奖券

傻子瓜子博物馆内陈列的邓小平铜像

年广九(前排左三)和其次子年强(前排左二)与安徽作家采风人员合影

老照片由傻子瓜子博物馆提供

目　录

序　季宇 / 001

第一章　周岁逃难到芜湖 / 001
第二章　儿时沿街捡烟头 / 004
第三章　多家拜师学手艺 / 010
第四章　年少挑担做小贩 / 017
第五章　拉车挖土出苦力 / 021
第六章　到慈湖做装卸工 / 025
第七章　土方队中遇姻缘 / 031
第八章　与国营商店齐头并进 / 037
第九章　第一次被抓坐牢 / 043
第十章　炎炎夏日卖冰棒 / 048
第十一章　稀里糊涂又坐牢 / 054
第十二章　拜师学艺炒瓜子 / 059
第十三章　机智灵活卖瓜子 / 064
第十四章　博采众长创品牌 / 069
第十五章　福地十九道门巷 / 076
第十六章　患难夫妻劳燕飞 / 081
第十七章　第一次接受采访 / 086

第十八章　副市长走访我家 / 092

第十九章　降价促销助竞争 / 098

第二十章　扛走货栈的牌子 / 103

第二十一章　雇工人数敢破限 / 111

第二十二章　联营单干有点烦 / 116

第二十三章　小二子也闹单干 / 124

第二十四章　出走昆山闯上海 / 130

第二十五章　上海漏税教训深 / 138

第二十六章　北京关怀暖心窝 / 143

第二十七章　给省委书记写信 / 147

第二十八章　可怜女人小顺子 / 156

第二十九章　有奖销售损失惨 / 162

第三十章　官司缠身成被告 / 170

第三十一章　天命之年遇晓红 / 179

第三十二章　被控数罪又入狱 / 189

第三十三章　小平讲话将我救 / 196

第三十四章　出演电视片主角 / 204

第三十五章　与晓红情断南昌 / 209

第三十六章　维护"傻子"商标权 / 218

第三十七章　父子竞争也激烈 / 228

第三十八章　父子也曾想联合 / 235

第三十九章　争商标兄弟反目 / 241

第四十章　建博物馆了心愿 / 249

后　记 / 256

序

季 宇

更生的新著《年广九与"傻子瓜子"》完稿了,嘱我作序。这事他两年前就与我说过。当时他正在做《年广九口述史》,并计划在口述史完成后,便着手写一部关于"傻子瓜子"的传记文学,没想到这么快就完成了,实在可喜可贺。

提起傻子瓜子,改革之初几乎家喻户晓,而傻子瓜子的创始人"傻子"年广九更是中国改革开放的传奇人物。他原本是一位普通的小商贩,但在改革开放的洪流中成了时代的弄潮儿。他用小小的瓜子撬动了体制改革的坚冰,开启中国民营经济先河,并创下了著名品牌"傻子瓜子",被誉为"中国第一商贩"。在改革开放四十周年之际,中央统战部、全国工商联决定推荐宣传改革开放四十周年百名杰出民营企业家,年广九赫然在榜,且安徽仅此一人,当之无愧。

早在20世纪80年代,我与"傻子瓜子"就有过交往。当时,我在《安徽文学》任编辑。1987年5月《安徽文学》发表了中篇报告文学《小傻子小传》,作者便是更生。为了这篇稿子,我们专门去了芜湖,认识了"小傻子"年强先生。年强是年广九的次子,14岁时,就接过父亲的水果摊,后来又离开父亲,自立门户,单独创业。在"傻子瓜子"最困难的时候,是他扛起了"傻子"的大旗,坚定地走下去。如今的年强是傻子瓜子总公司的董事长,真正的掌门人。就连年广九说起这个儿子,也不吝赞美之词:"这个儿子比我强。"当初,给他起名年强,似乎也是冥冥之中的神来之笔。

我和年强相识后,多年来一直保持联系。关于"傻子瓜子"的历史和故事,很多都是从他那里听来的。谈起当年的艰难,年强感慨良多。他曾对我说过,当时他们干活就像做贼似的,经常与"打办"("打击投机倒把办公室"简称)打游击,捉迷藏。卖瓜子时,打一枪换一个地方。炒瓜子时,检查人员来了,他就翻墙而走。当时为了限制私营经济发展,曾有规定他们产量不准超过五千斤,超过要上报。他们采取的对策是,深夜4点等在检查站口,等到5点检查人员换班吃饭时再过去。有时检查人员突击检查,发现他们的灶是热的,他们便谎称是烧水洗澡。就是用这种对付"鬼子进村"的办法,蒙混过关。

当然,这一切都是被逼出来的。虽然打出了一片天地,但也付出了惨痛的代价。年广九为此三陷牢狱。2018年10月,正值改革开放四十周年,我专程采访了"傻子"父子,即年广九和年强先生。年广九回忆说,他第三次下狱是1989年9月,检察院来了四个人(其中一个是司机),宣布对其逮捕。最初的罪名是挪用公款罪和贪污罪,但这些罪名都无法成立。"傻子"说:公司是我的,何来贪污、挪用之说?我问"傻子"你难道不怕?"傻子"说不怕,就是想不通,被带上车时,他一脚踏在车上,一脚踏在地下,心里充满了不屈。"我回过头来对家人说,不出三年我就会回来。"他这样告诉我。

1992年初,邓小平发表南方重要谈话。他在谈话中说:"农村改革初期,安徽出了个'傻子瓜子'问题,当时许多人不舒服,说他赚了一百万,主张动他。我说不能动,一动人们就会说政策变了,得不偿失。像这一类问题还有不少,如果处理不当,就很容易动摇我们的方针,影响改革的全局。"邓小平的讲话是2月28日传达的,3月13日,"傻子"便被释放。年强回忆说,他当时正在东北出差,法院打来电话,说"你赶快回来,要放你父亲"。"我记得很清楚,"年强说,"接我父亲出来的那天,我穿着一套白西装,车子一直开到牢房门口,享受的是'贵宾待遇'。"说到这里,他笑了起来,笑得很开心。

饮水思源,喝水不忘挖井人。年氏父子特别感激邓小平,感谢党的开放政策。在傻子瓜子博物馆,我们看到邓小平的雕像耸立在正厅最醒目之处。年广九说:"没有邓小平,没有改革开放,就没有我年广九的今天,也没有'傻子瓜子'的今天。"在说这段话时,他充满感情,发自肺腑。

"傻子瓜子"的发展历经磨难,充满坎坷。从某种意义上说,"傻子瓜子"的历史也是中国改革开放历史的缩影和见证。对于文学来说,这是一个值得深入开掘的富矿。更生敏感地抓住了这个好题材,在选题上便占得先机,让人眼前一亮。

我和更生是多年的老友,当年一起进行文学写作,转眼已四十多年。更生擅长报告文学,写过很多有影响的作品,在文坛产生过不小的影响。他长期关注"傻子瓜子"发展,多次撰写"傻子瓜子"故事,后来又有机会参与傻子瓜子博物馆的筹建工作,对"傻子瓜子"的发展和历史相当熟悉。省参事室决定做《年广九口述史》时,首先想到的人选便是他。用项目负责人钱念孙先生的话说:"此事非更生莫属。"事实也正是如此。口述史出版后,好评如潮。而通过做口述史,更生又掌握了更多的资料,为他撰写《年广九与"傻子瓜子"》做了更充分的准备。

功夫不负有心人。如今厚厚的书稿放在案头,打开一看,便如春风拂面,一下把我吸引住了。与口述史相比,这本书更生动,更好看,内容也更丰富,文学性也更强。作者站在时代的高度,紧紧围绕改革开放这条主线，抓住"傻子瓜子"发展过程中的一些重大事件展开叙事，既讲述了年广九艰苦创业、历经坎坷的人生经历，着重描述他饱经磨难，迎难而上，不屈不挠的奋斗精神和人生态度，又充分展现"傻子瓜子"在推动中国民营经济的发展上所做出的杰出贡献，讴歌了党和国家领导人对"傻子瓜子"发展的支持与肯定。全书以第一人称的叙述方式，拉近了与读者的距离。更生不愧是优秀的报告文学作家，他注重写人，善于讲故事，通篇行文流畅，细节生动，将一个鲜活真实的年广九展现在了读者的面前。毫无疑问，这是一部思想性与艺术性俱佳的优秀传记文学。我为老朋友感到高兴，并相信，这本书会与口述史一样受到欢迎。

是为序。

2022 年 8 月 1 日于合肥

（季宇，著名作家，曾任安徽省文联主席、省作协主席，省政府参事。）

第一章　周岁逃难到芜湖

我是安徽怀远县人。怀远隶属于蚌埠市,位于安徽北部,淮河中部,历史悠久,素有"淮上明珠"之美誉。

相传四千年前的治水英雄大禹就是我们怀远人。当年,大禹治水,劈山导淮,娶涂山氏为妻,并在涂山大会诸侯,成就了一统华夏的千秋伟业。司马迁《史记》中有"夏之兴也以涂山"之文字记载。唐柳宗元在《涂山铭》中盛赞涂山是大禹"功之所由定,德之所由济,政之所由立"之地。而大禹治水,"三过家门而不入"的千古佳话,至今依然是我们怀远人的骄傲。

被誉为"东方芭蕾"的古老民间艺术花鼓灯也起源于怀远,而且起源地就在大禹会诸侯的涂山脚下。显然,人们为了纪念大禹治水为民造福,才兴起与演变出花鼓灯这门古老的民间艺术。

怀远还盛产石榴,是中国有名的"石榴之乡"。石榴在中国传统文化中被视为吉祥物,寓意多子多福,人丁兴旺。石榴也象征团结,石榴籽紧紧连着,抱成一团,不分不离,共同成熟。

1940年1月17日,我出生在怀远县找郢乡胡疃村年庄一户贫穷的农民家庭。听父亲说,我出生那天特别寒冷。北风呼啸,大雪纷飞,滴水成冰。父亲年铭举是个老实巴交的淮北农民,没有文化。见我出世他自然高兴得不得了,但又犯愁,不知该给我取个什么名字。还是母亲头脑灵活,脱口而出:"儿子是寒冬腊月三九天里出生,我看就叫三九子吧!"

父亲笑着直点头,说:"好,就叫三九子。"

我满月那天,父亲高兴得早早就开始准备,烧了几个菜,买了一斤酒,把村上一位读过私塾的老先生请到家中,请他喝满月酒。老先生算是村上的秀才,谁家有个红白喜事,都要请他到场,舞文弄墨,写上几副对联,讲上几句吉利话。

两杯酒下肚,父亲开始发话了:"今天我家三九子满月,请您老来喝几杯苦酒,一来表示庆贺,二来顺便也请您老帮个忙,给我家三九子取个吉利大名,好让三九子日后泼皮成长,健康出息!"

村上这位老先生边喝酒边笑呵呵地说:"好,好,小孩取名是大事,马虎不得。我来认真考虑考虑!"

老先生说完边喝酒边自顾自地嘴里念念有词,咬文嚼字起来。

父亲在一旁不敢打扰,一言不发,默默地为老先生不停地斟酒、撺菜。

经过一番斟酌,老先生终于开口了:"你家小宝贝乳名叫三九子,九,数之大者,我看可保留。另外,再增加一个广字。广,殿之大屋者,广九,寓意又大又多,吉祥又吉利。你家小宝贝日后长大肯定会有大出息,一定能出人头地,能住大房屋,还能发大财!"

老先生一番话说得父亲喜滋滋的,满脸堆笑,不断道谢,接连敬了好几杯酒。

从此,"年广九"三个字就成了我的大名。长大后我也喜欢,觉得不仅名字好听,而且还容易向别人介绍。

"我叫年广九,过年的年,广州的广,九是最大的数。"别人一听就懂,不用问第二遍,都会记住我的名字。

我出生后,父母并没给我再添弟弟或妹妹。我上面还有个姐姐,家里一直说我是独子,就我一个"龙蛋"①,宝贝疙瘩。但是,生活并不像那位老先生所说的,我的命运跟父辈一样依然充满苦难。

自我出生后,家乡怀远就年年发大水,水患不断。我们村庄每年都要

———————

① 龙蛋,俗指宝贝。

被水淹,洪水泛滥,四处都是白茫茫一片。长大后我才知道,是日本鬼子侵略中国,国民党政府为阻止日军进犯,于1938年5月扒开黄河花园口大堤,没想到洪水泛滥。汹涌的洪水从黄河破堤而出,直扑淮河,迅速淹没了河南和安徽两省的大片良田和村庄。怀远也深受其害,年年遭水灾,庄稼被淹,颗粒无收,村上人只能外出逃灾。那时家乡人逃水灾都是一家家地往外跑,拖儿带女,肩挑手提,远离家乡,四处乞讨。

附近农村都遭水淹,一批批的逃灾人只能跑往城市避难。蚌埠、合肥、南京、芜湖这几个城市是怀远逃荒人最喜爱去的地方。父母跟着同乡人一起,艰难地偷偷爬上运煤的火车,一路睡在煤堆里,饿着肚子跟着火车来到裕溪口码头。

本以为到了裕溪口下了火车就是芜湖,后听说芜湖还在长江南岸,隔条宽阔的长江,离裕溪口还有几十公里路。父母又抱着我,再乘轮船渡过长江才来到芜湖。那时我才一岁多点,根本不懂事,是躺在逃难父母的怀抱里来到芜湖的。

第二章　儿时沿街捡烟头

才到芜湖，父母是人生地不熟，举目无亲，无依无靠，只能露宿街头，沿街乞讨。好在芜湖也是一个繁华热闹的中等城市，街上店铺林立，酒馆茶楼甚多。尤其芜湖被誉为闻名中外的"四大米市"之一，砻坊米行随处可见。父亲说，在芜湖米市中乞讨，比在家乡怀远挨饿强多了。一天乞讨下来，总能讨到几碗残羹剩饭，让一家人充饥。那年头不饿肚子，就能保命。

但是，在芜湖沿街乞讨时间长了，父亲总觉得靠乞讨过日子也不是长久之事，便开始学着做起小生意。

做生意要本钱，父亲却借贷无门。没钱做生意，父亲只能捡点烂水果，清理清理，先用水洗，再用刀削，把水果烂的部分削掉，剩下好的部分就廉价出售。时间混长了，父亲的水果摊位慢慢地也有点好水果出售了。渐渐地父母在芜湖也站稳了脚，糊上了一口饭吃。

一家人能在芜湖街头混下去了，每天至少能填饱肚子。父亲又想起仍在家乡怀远挨饿的奶奶和姐姐，不久又把奶奶和姐姐接到了芜湖。然而，在芜湖几天一蹲，奶奶却又想回怀远老家。听父亲说，奶奶一是想家，二是对芜湖的生活不太习惯。奶奶是淮北人，爱吃面食，芜湖人却爱吃米饭，而且一天三餐，餐餐都是大米饭。芜湖冬天寒冷，取暖比较困难。而怀远家里却有炕，炕烧热全家人都暖和。加上农村吃菜方便，屋后墙角种种就是新鲜蔬菜，不像芜湖城里什么都要花钱买，所以奶奶说过不惯芜湖生活。

父亲见奶奶想回老家心切,劝也没用,只好又把奶奶和姐姐送回老家生活。

因奶奶十分喜欢我,要求把我带回老家。父亲觉得这样也好,一来我可跟奶奶做个伴,二来我不在芜湖父母没有负担,可放开手脚做点水果生意。于是,我又跟随奶奶返回了怀远。

在怀远老家农村,我一蹲就是好几年。整天与奶奶相伴,田头地间跟着奶奶到处跑。奶奶在老家也没多少事,主要是照顾我和姐姐,忙着烧煮给我俩吃。再就是下地种点蔬菜,带我浇浇水,锄锄草,做点小农活。我那时虽小,但已感受到跟奶奶在农村老家生活的自由与快乐。

我7岁那年,奶奶不幸病逝离开了我。与奶奶相依为命好几年,一下失去了奶奶,我伤心得眼泪止不住地往下流,难过了好几天。

父母把奶奶安葬后,又把我接到芜湖。从此,我再也没有离开过芜湖。

那时因家里穷,比我大两岁的苦命姐姐,小小年纪就送到隔壁村庄的一户农家当了童养媳。所以姐姐几乎与我们没有什么联系,也没给我留下多少印象。

父亲在芜湖是做水果生意的,整天挑着两只装满时令水果的大竹筐,在芜湖热闹的市中心沿街叫卖。用行内话说,就是卖黄梨。黄梨就是砀山梨,再就是卖苹果、香蕉、橘子,夏天则卖西瓜、香瓜等时令水果。我被接到芜湖时,父亲已在芜湖基本站稳了脚。不仅水果生意做得活,肚子能糊饱,还在范罗山脚下靠近一家外国人办的医院旁,盖了一间大草房。

新中国成立前,芜湖范罗山下全是荒地、墓地,再就是稀稀拉拉的几间草房。只有外国人办的一家洋医院有幢三层楼高的瓦房,很是气派。小时候我常去医院玩耍,记忆中的医院有位劈柴的老爹爹。他在医院专门劈柴烧锅,大概在医院食堂里干活。老爹爹很喜欢我,非常欢迎我到医院里去玩。有时他还给点糖果糕点等食品让我吃,有时也送点玩具让我玩。我和老爹爹关系处得很好,他特别喜欢小孩,我要是几天不去玩,再去时他总要问我这几天怎么没来。仿佛我是他的亲戚,十分关心我。

有时我生病,感冒咳嗽,头痛脑热的,老爹爹知道了总要让医生给我看,而且分文不收。医院里装有自来水,那时候这玩意很稀罕。以前我家吃水用水都跟芜湖人一样,是到河里塘里去挑水。自从认识医院里那位老爹爹后,我家吃水用水就常去医院里接自来水。老爹爹不仅不阻止,反而对医院里其他人说:"让他们用,他家怪可怜的。"这给我印象很深。夏天炎热,每天要洗澡,认识老爹爹后我就常到医院里水龙头旁边洗。

医院里的老爹爹也常买我家的水果,夏天他爱吃西瓜,特别爱吃沙瓤瓜。我家卖西瓜是切成一瓣瓣地卖,他看见是沙瓤瓜就要买,而且非要给钱。你要不收钱他就生气,而且瓜也坚决不要。

当年,我家草房十分简陋。墙是用细竹竿缠稻草,外面糊层厚厚的泥浆拼凑而成,屋顶则盖的全是稻草,盖有好几层厚,屋檐则用剪刀剪得整整齐齐。草屋虽简陋,但是冬暖夏凉,适合人居。记得我家草房先是一大间,后慢慢扩大,父亲找几个朋友帮忙,又在草房左右两边分别接了一间,这样我家草房扩大到三间,按现在话说,住房面积也有六七十平米了。

1949年春天,中国人民解放军发起渡江战役,响应"打过长江去,解放全中国"!百万雄师过大江解放芜湖时,我家三间草房里就住满了解放军。解放军中还有不少小战士,其中有一个小战士个头不高,人比步枪高不了多少,没事喜欢跟我一起玩。有时他还把步枪给我背在肩上玩,我俩关系处得很好。可是,解放军在我家没住几天就开走了。临走时那位解放军小战士还跟我依依不舍,让我很是想念。

当时,那家洋医院楼上楼下也住满了解放军,我看到有负伤的战士在医院换药,战士很勇敢,痛得头上冷汗直冒也不哼一声,的确让我佩服。

记得我被父亲接到芜湖时已不需要家人多照顾了,每天独自玩耍。有时还喜欢跟着父亲的水果担子一起上街去跑,父亲水果担子挑到哪我就跟哪。父亲卖水果,我就在水果摊附近独自玩耍。

有一次,我见街上有几个与我一般大小的孩子在捡烟头,不知道他们捡烟头有什么用。父亲告诉我,烟头捡多了也可以卖钱。我听了忙对父亲说,那我没事也来捡烟头。父亲当然支持,并帮我与别的小孩一样找一个铁罐头筒子背在身上,并用一根粗铁丝做了一把长夹子,好让我见到地上有烟头不用弯腰就可以夹起来。

我反正一天到晚跟着父亲水果担子沿街跑,看见地上有烟头就捡拾起来。一天下来我可以捡拾好几百个烟头,能装满几罐头筒子。一罐头筒子要捡五六十个烟头才能装满,满满一筒子烟头可卖 5 分钱。我一天要捡七八筒子烟头,有时捡得多,可捡到十来筒子烟头。这样一天也可挣来几角钱补贴家用,每次捡烟头换来的几角钱我都如数交给父亲,父亲看了既高兴又心疼,总要从水果担上拿点水果奖励我。

捡了一段时间烟头后我才知道,收烟头的人主要是为了做土制香烟。他们把烟头小心翼翼地撕开,取出烟头中仅存的一点烟丝,积少成多,再用卷烟纸装上烟丝搓成细长的土制香烟。这种土制香烟因价格低廉,很受穷苦百姓喜爱,十分畅销。

芜湖是商业城市,号称"小上海"。街上酒店林立,而且生意兴隆,家家都顾客盈门。这样繁华热闹的交际场所,地上的烟头也特别多。几天烟头捡下来,我也摸到一些经验,喜欢往这些热闹的场所跑,这样收获也大。碰上饭店酒馆有剩饭剩菜,我也不嫌脏,更不怕被人当乞丐讨饭的,让人看不起,先端过来填饱肚子再说话。说实话,家里太穷了,混饱肚子不挨饿才是最重要。

当然,捡烟头若能遇上富有善心的大户人家也会有不错的收获。我在芜湖有名的十里长街上,就幸运地遇上这样一位善良的大户人家。

这户人家是在十里长街中段,宽大的青石板门槛台阶有好几级高,厚实的大门上还包着乌黑的铁皮,一看大门就知道这户人家比较殷实。

那天,我捡烟头累了,正坐在这户人家门前的台阶上休息时,忽然身后这户人家厚重的大门吱啦一声开了。从门内走出一位穿着打扮俏丽的年轻太太,见到我身背铁罐子,手抓铁夹子,知道是捡烟头的小孩,笑嘻嘻地说:"哟,这是谁家小孩,长得这么漂亮,也出来捡烟头,可惜了!"

我被年轻太太说得有点不好意思,忙起身准备离开。不想她却挡住了我,扭头对正要关门的一位上了年纪的大妈说:"张妈不要关门,把家里烟缸拿来,老爷抽的烟头全倒给这个小孩。"

不一会,只见张妈捧着一只玻璃大烟灰缸走出来,缸内装满了烟头。张妈走到我身边,轻轻拿起我身上背着的铁筒子,把烟头一下全部倒了进去。

那位好心的太太还吩咐张妈:"以后老爷抽的烟头全留着,就给这个小孩。"

我高兴得不知说什么好,憋了好一会才说了句:"我遇上好人了!"然后拔腿就跑。

跑出很远,我身后还传来那位太太的关切话语:"小孩,你不要跑,慢慢走,今后可以常来我家。"

这以后,我隔三岔五地来到这户人家,总能捡到张妈准备好的许多烟头。有时那位太太在家还热情地把我拉进她屋里去玩,并拿出许多糕点给我吃。那位太太问长问短,询问我叫什么名字,父母亲做什么事,我都一一如实回答,看得出那位太太心地善良,很喜欢我。

一次,我又来到这户人家,张妈说老爷这几天外出不在家,家里没人抽烟,要我过几天再来。我转身正准备走,不想那位太太在屋里发话了:"张妈,是不是那个小孩来了?叫他不要走。"

那位太太说着走了出来,对张妈说:"你去把老爷抽的烟拿一包来。"

张妈答应了一声,很快拿来一包未拆封的锡纸包香烟。太太接过香烟,用长长的指甲尖挑开封口,然后抽出全部香烟,从中一把折断,又全部装进我的铁筒子里,笑着对我说:"就算是你捡的烟头吧!"

我没想到她会这样做,惊讶得直发愣。还是旁边的张妈提醒我:"傻小子,还不快谢谢大太太!"

我这才回过神,忙连声说:"谢谢,谢谢大太太!"

等回到家,我把当天遇到的幸运事原原本本地说给父母听。父母也奇怪,这户人家太太怎对三九子这样好?

过了多少天后,我才隐约知道点其中的真正原因。那还是母亲忍不住告诉我的。

原来这家大太太人生得虽漂亮,嫁给老爷后却一直未生育儿女,见我长得机灵可爱就想收我做她干儿子。一天她找到我父亲,把自己的心思说了出来。说我过继给她后,肯定有吃有喝,不用再捡拾烟头,还保证让我念书,将来做个有出息的人。

不想,她话刚一说完,就遭到母亲的一口谢绝:"大太太,我家三九子是苦命人,他哪有这么大的福气,真怕折他的阳寿!我们一家在一起,还是过我们的穷苦日子安稳些。"

母亲说着说着,突然一把将我搂到怀里,泪珠忍不住地扑簌簌地往下掉:"儿子,咱们家里再苦,咱娘俩也不分离!"

这段经历给我印象极深,至今我也难以忘却。

第三章　多家拜师学手艺

9岁那年,看见别人家的小孩背着书包高高兴兴地去上学,我很是羡慕,也想上学。但是父亲始终不同意,说家里穷,没钱让我上学,负担不起我念书。按说我是家里独子,尽管家境贫寒,生活困难,但也应重视培养我上学呀!

可是,父亲却认为小孩只要学会一门手艺,长大就不会饿死。父亲没文化,一天学也没上过,当然不会同意我上学。

于是,我一天校门也没进,就被父亲送到他熟悉的一个老板家当起学徒工。

我的第一个师傅姓马,50多岁年纪,中等个头,人长得胖胖的,是芜湖对江①炯炀河人。他家住在芜湖老城区西门口,是芜湖有名的米行大老板,家境富足,生意做得十分兴旺。

马师傅在芜湖有好几家米行,还有粮库,而且粮库不止一处。大砻坊有马家粮库,长街上有马家粮库,河南泗关街附近还有马家粮库。家业大生意大,在芜湖工商界马师傅也是数一数二的头面人物。

父亲告诉我,他与马师傅很早就熟悉,因为马师傅也曾做过水果生意,摆过水果摊,当年与父亲还是好朋友。但是,马师傅不像父亲那样呆板,父亲只知道挑水果担子卖水果,别的行业什么也不会。马师傅有文化,头脑又灵活,见芜湖米市生意兴隆,就早早改行做起了大米生意。他

---

① 对江,指江北。

买进卖出,从中谋利,而且生意越做越大,终于成了粮行大老板。可父亲的水果担子挑了多少年,依然还在他瘦削的肩上不停地晃动着。

父亲送我到马师傅家学徒时,已有五六个小孩也在米行学徒。他们都和我一般大小,也有一个小孩比我稍微大岁把。我小时候长得眉清目秀,比较机灵讨人喜,所以马师傅和师娘看见我都十分喜爱。

那时当学徒很辛苦,而且师傅还不怎么教,全靠自己看,自己记,自己悟。在马师傅家我是什么事都做,什么事都学。打扫卫生、挑水烧水、跑腿买菜、洗衣做饭,甚至连烧菜我也要学会,而且还要把菜烧得颇合马师傅一家人的口味,否则就会遭到一顿骂,甚至一顿打。

有一次,马师傅亲自下厨烧菜,叮嘱我要站在一旁仔细看,并让我端着一壶茶,马师傅要喝水我就要立即递上去。茶水还要保持一定温度,不能冷了。我手端着茶壶感觉没有多少温度了,就要立即加热水,不能让师傅喝凉茶。平时吃饭都是师傅一家人先吃,等师傅、师娘,还有他们的宝贝女儿3人吃饱喝足,我们学徒才能吃剩菜剩饭。这次师傅烧好菜却让我也坐到桌上吃,说让我尝尝菜的味道,以后也要我来学着烧菜。

吃饭时,师傅讲了烧菜要注意的关键点,就算是教我了。我当然仔细听,认真记,生怕忘记了。别的小学徒在一旁羡慕得要死,也没办法。几天后,同样的菜师傅指定让我烧。虽说我烧得不好,也被师傅骂过,但几次菜烧下来,师傅吃了还是把头直点,表示我烧的菜已合他口味了。过去当学徒就是要靠脑袋瓜子灵活,自己看,自己记,自己还要会动脑筋,想办法。

有一次,马师傅叫我到大砻坊的粮库去点点里面堆了多少包米,别的什么也没说,我以为这是一件很容易做的事,也没多想。独自一人穿街过巷,走过芜湖热闹的老城区,步行到大砻坊粮库前。这儿是芜湖东郊有名的粮食加工区,紧靠青弋江。有好几家粮食加工厂,如面粉厂、碾米厂,还有面条加工厂等。也有不少粮库,有大有小。马家的粮库比较高大,紧靠青弋江旁,库后还有一座能上下货的简易码头。在一排好几家粮库中,马家的粮库显得很气派。马师傅曾带我们学徒工来过粮库,所以我很轻松地找到了马家粮库。

但是,看守粮库的人不认识我,任我怎么说,就是不相信,当然也不让我进库。我想若这样回去,少不了要吃师傅一顿臭骂。没办法我只能动脑筋想办法,先设法找只小皮球,来到仓库门前装着若无其事地开始玩起皮球,然后,故意一脚踢重了把皮球踢进了仓库里。我一边说了声"不好,我皮球踢进去了",一边就装模作样地大声哭了起来,吵着闹着要进粮库去找皮球。

看粮库的人见皮球的确滚进粮库里,我哭闹得又厉害,只好让我进粮库去找。这样我顺利地走进粮库里,然后边找皮球边把粮库里堆的米包仔细数了数,把数量记在心里。出库时还不忘把皮球拿给看库人看看,意思是我把皮球找到了。

回来后,我把粮库里堆的米包数量告诉了师傅。马师傅却更关心另一个问题——我是怎么进去粮库里的?

我把前前后后的经过说了出来,马师傅听了高兴得连声夸奖我,说我做事会动脑子,灵活机智,将来是个做生意的料。原来马师傅是故意考验我,看我遇到困难会不会灵活处理。

从此,马师傅也更加喜欢我,到哪去都喜欢把我带在身边,让我见识了不少场面,也学到不少做生意方面的知识。

芜湖是驰名中外的米市,与长沙、九江、无锡并称为中国"四大米市",而且还位居首位。芜湖地处江南水乡,境内水网密布,水运发达。穿城而过的有青弋江,依城流淌的有万里长江,江北还有裕溪河连通巢湖。加之芜湖周边几个县都是产粮大县,真正是"鱼米之乡"。

早在清朝光绪年间,芜湖就成了稻米集散地。当时没有铁路,米粮集散全靠水路运输。1876年,中英《烟台条约》开辟芜湖为通商口岸,使芜湖商业日兴,贸易发达。清朝重臣李鸿章出于为家族谋利等因素,又将镇江米市迁至芜湖,使芜湖米市更加壮大,形成一定规模。尤其当时安徽官方在芜湖设立米捐局,规定凡安徽省出口的大米必先到芜湖纳税后方可出口,从而使芜湖米市迅速兴旺起来。连远在"天府之国"的川米和湖南的湘米也都运到芜湖销售,芜湖也因此而一跃成为享誉天下的米市粮仓。

那时青弋江上的船只来来往往,游弋众多,一艘连着一艘。进进出出芜湖的船只都在装运粮食,运输十分繁忙。马师傅不仅教我识别稻米、装运和保管等方面的知识,还教会我如何识别霉变的米、掺假的米等门道与技巧。但是,马师傅从不让我在经营上做假掺假。马师傅说,做生意要凭良心,不能赚黑心钱。这话让我一辈子都记住了。

在马师傅家当学徒少不了会挨骂,甚至还挨打,而且还经常被骂哭打哭。最厉害的一次是我被打得头破血流,至今我都记得。

那是京剧"四大名旦"尚小云来芜湖演出,一时在全市引起轰动,师母让我去买戏票。演出是在芜湖长街的新华大戏院,因来芜湖演出的名角不多,尚小云名气又大,戏票十分难买。

当时是冬天,天气非常寒冷。我是晚上9点多钟就去排队,为防止挨冷受冻,我还特地抱了一床被褥披在身上,将全身裹得严严实实,以便防风御寒。

新华戏院是芜湖一家有名的大戏院,坐落在芜湖繁华的十里长街上,而售票窗口却在旁边一条僻静的小巷内,巷道又深。夜里北风呼啸,寒风顺着长长的巷道刮过来,真像刀子一样刮到人脸上生痛,冻得人浑身直打战。我排了整整一夜队,一步也不敢离开,人冻得要死,也饿得要命。直到第二天早上9点多钟,才好不容易买到5张戏票。

我高兴地跑回师傅家,师母见到戏票十分欢喜。5张戏票是师傅师母带女儿,其他的2张送给朋友。买到戏票本是高兴的事,原以为师傅会表扬我,不想师傅却大发脾气,说我一夜未归也不跟他打声招呼,原来师母叫我去买票,没跟师傅说,师傅根本不知道,以为我私自跑出去玩了,气得用手上捧着的茶壶猛地朝我头上砸来,我吓得头一偏,但茶壶嘴仍然狠狠砸到我后脑勺上,鲜血顿时流了下来。我一边手捂着后脑勺,一边痛得大哭。师母看了心疼,连忙叫人把我送到医院治疗,缝了好几针才止住血包扎好。

直到这时我才知道师傅大发脾气的原因。因师傅特别信任我,平时将家里收藏金银首饰的保险柜钥匙交给我保管。我知道保险柜钥匙的重要性,每天都将钥匙系在裤腰带上,生怕丢失,下班时才把钥匙交给师傅。而昨天一心想着要去买票,忘了交钥匙,这才让师傅又急又担心,气得大发脾气。

从医院回到家,我以为父亲看见我头缠纱布,一定会心疼我。不想父亲听说后,也气得发火打我一顿,说让我以后做事要长点记性。我真是冤枉死了,两头受气,两头遭打,这事的确让我一辈子都忘不了,至今我头顶上还留有一道深深的疤痕。

在马师傅家做学徒大半年后,父亲又把我送去跟卖水果的王师傅当学徒。可是,没学几个月,我又被父亲送去跟卖干货的游师傅当学徒。不久,我还跟一位姓姚的师傅后面学习捏小笼包子技术。就这样前前后后我分别跟7个师傅学过徒,既学过卖粮油、水果和干货,也学过卖糖果和炒货,甚至还学过红案和白案等厨师方面的手艺。

印象深的是学卖干货、糖果和炒货等,这几个行当都有一个共同点,即都要先学会一项基本功——包纸包装。就是手工用红纸或黄纸,装进糖果或炒货后再包装起来。看起来事不大,也简单,却相当讲究。

首先包装纸要裁成一样大小,不能大也不能小,然后将裁好的方块纸糊成口袋形,装进食品后,包出的食品包要有棱有角。而且每个角都要伸直,这样既好看又充实。外用细草绳捆扎时,力度要适中,捆紧了纸包会瘪,难看;捆松了纸包又盛不住食品,细草绳一拎纸包就散了。尤其包干货,难度更大。桂圆、荔枝和枣子同是一斤装,体积却比较大。用纸包就比包别的食品显得高档,上面还要附上一张喜庆的红纸条,用细草绳捆扎后,让人能拎着走。

这种手工包装活完全靠技术,现在估计没人会这种包装技术了。我却包扎得既好看又扎实,干货全装进纸袋内还不外露,纸袋包得又高又大又平整,顾客拎在手里既好看又有面子。当年教我包扎的师傅,到后来反过来还要跟我学习包扎技术,弄得我都有点不好意思。

还有在糖果行里熬糖稀,那也是手艺活。白糖放多了不行,红糖放多了也不行。糖稀熬出来要不稀不稠,简单的检测方法就是将锅铲从糖稀锅里拎起来,下面滴下来的糖稀要形成一条细线,连绵不断往下滴,还不能断线。这样熬出来的糖稀用来做糖果,才又脆又香又好吃。我在糖果行熬糖稀很用功,熬到后来还真达到锅铲拎起滴下的糖稀细如丝不断线。师傅做糖果总喜欢用我熬出来的糖稀,他说我不偷懒,熬出来的糖稀不稠也不稀,很适合做糖果。为此,我多次受到师傅的夸奖。

我还学会红案白案那套厨师手艺,烧出来的菜不但入色入味,还香气扑鼻,闻着就想吃。若蒸馒头、捏小笼汤包也能发得了面,蒸得了气。蒸出来的馒头又白又软,还好吃。捏出来的小笼汤包,筷子轻轻一夹,提起来也是汤汁下坠直晃悠,咬一口汤鲜肉嫩满口是香。

相比较还是卖水果容易学些,卖水果虽也有窍门,比如水果的特性、储存,以及与气候的关系等也要学,但我总觉得比做其他生意容易多了。所以我经营水果的时间比较长,也喜欢做这一行。

过去学徒确实辛苦。早上6点不到就要起床,提前做好早餐给师傅一家人吃。每餐稀饭不能少,熬稀饭也很讲究。不稠不稀,锅底还不能焦煳结底子,稀饭冷了上面要能起一层稀饭皮子,才算稀饭熬到了功。再配四样小菜,大椒、生姜、干子和大白菜心片子,每样菜都要淋上小磨麻油,这样才能让师傅师母一家人吃得满意。待师傅一家人吃过,才能轮到我们学徒的端碗。白天师傅家的家务活我们要帮着做,还要跟在师傅身后听指挥。晚上师傅去打麻将也要陪着,站在旁边端茶递水。师傅若高兴,麻将打到半夜三更,我们也要陪到半夜三更,然后回来还要服侍师傅洗脸洗脚,待师傅上床睡安稳,我们学徒的才能洗洗睡。

我学徒生活虽时间不算多长,前前后后也就有两年多时间,学的行业却多达7个。最长的时间有半年多,短的只有两三个月时间。但我做学徒时爱动脑筋,小时记性又好,比较灵活,基本是学一行会一行,会一行还精一行。

正是我学徒时的出色表现,加上工作中又任劳任怨,我小小年纪就受到芜湖商会的表彰。记得当时给我的奖品还十分吸引人,给我量身定做了一套长衫和一双皮鞋,还有一顶礼帽。我穿在身上十分气派,礼帽一戴更是神气活现,让别的小学徒看了羡慕不已。特别是商会还颁给我一份黄缎子奖状,像古时候皇帝的圣旨,金灿灿,黄澄澄,非常庄重与耀眼。

可惜这黄缎子奖状我没收藏好,要是保存到现在,那就珍贵了!

第四章　年少挑担做小贩

新中国成立后我 13 岁时,虽个条瘦小,人却长得像个小大人。跟父亲一样我也很小就挑起水果担子,沿街叫卖,做了个小商贩。

当时因不适应江南潮湿气候,加上居住条件恶劣,父母双双患上严重的风湿性关节炎。一到阴雨天,俩人连路都不能走,甚至下床都困难,根本不能工作。我小小年纪被迫扛起家里的生活重担,每天挑着父亲的水果担,沿街叫卖。在芜湖市中心的大街小巷穿梭往返,哪儿人多热闹就往哪儿跑。起早摸黑,一天跑下来,人虽辛苦却多少也能挣点块儿八角小钱补贴家用。有时批发不到水果,整天歇着没活干,走投无路的我就上街拾破烂,捡烟头,根本不怕丢人现丑。这样既混日子,也多少能换点钱贴补家用。

不久,国家开始合作化运动,先是农村,后是城市。农村合作化运动声势浩大,城市合作化运动的声势也不小。我们这些小商小贩自然无法躲掉,被统统组织到一起,成立果品公司、蔬菜公司等合作化组织。

我因是水果小商贩,被组织到芜湖市果品公司工作。依然是专门卖水果,但工作比挑担做小贩轻松多了。不需要沿街叫卖,风里雨里也不要去,而是站在柜台里守着水果等商品,静候顾客上门来购买。更不愁水果卖不掉,也不愁没有水果卖。当小贩时所有的烦恼,在果品公司工作时都已不存在,人自然轻松自在。而且每月工资有 30 来元,虽然不算多高,但能有固定收入也算不错了。

但是,工作一段时间后,我发现果品公司的生意却比较清淡,这主要与所售的水果的品质不太好有很大关系。果品公司售卖的水果都是大路货,而且价格固定不变,顾客自然兴趣不大。不像我们小贩卖的水果随行就市,按质论价,受到顾客欢迎。

或许是果品公司的业务不佳的缘故,没干几个月时间,我又被转到蔬菜公司工作,专门售卖各种蔬菜。相比较蔬菜公司的业务要兴旺些,毕竟家家户户每天都要吃蔬菜。尤其一到冬季,芜湖人有冬储大白菜的习惯。几乎每家每户都要买上几百斤大白菜,先晒后洗,再上缸用盐腌制。

每年一到冬至前后,芜湖大街小巷都晒满了白菜、萝卜和雪里蕻等蔬菜。腌咸菜过冬是芜湖人的生活习惯,穷苦人家到了冬天几乎全靠咸菜当家。

当然,也有会过日子的能干主妇,把白菜晒干切丝做成辣味浓郁的香菜,那味道十分可口。还有腌萝卜、水泡萝卜、五香萝卜干等小菜也很受芜湖人欢迎。

所以在蔬菜公司工作,分淡旺两季,冬季比较忙,还要起早。我们常常要起早摸黑,经常加班。但是,工作再忙工资也是固定的,跟果品公司差不多,每月30来块钱,再忙也没加班费。

谁知在蔬菜公司没干上两年,芜湖开始实行紧缩政策。厂矿企业,以及各行各业都推行"人员精减"方针,对来自农村的职工动员再回到各自的家乡去务农,以减轻国家的负担。因为我属于从农村跑到城市的人,自然被列为精减对象,很快就被动员离开了蔬菜公司,领了3个月工资,作为精减人员生活安置补助费。许多被精减的人员都先后离开了城市,又回到农村。但是,我不愿意再回农村老家,而是用生活补助费作为本钱又开始从事水果生意。那时水果便宜,几分钱一斤。我3个月工资补助费将近100元,可以贩好多水果,做水果生意是绰绰有余。

芜湖不产水果,我们卖的水果大多是跑到南京浦口批发来的,苹果、砀山梨、香蕉、橘子等。其实,南京浦口也不产水果,但南京浦口交通比较发达,是往北跑的火车的起点站。外地通过火车运到浦口的水果不仅个头大，而且品种也比较多。加之浦口当地也产些水果，虽然数量不怎么多，但比在芜湖贩水果要容易得多，价格也便宜些。

我们在南京浦口批发水果，每次量也不大，也就百把斤。水果批到手后，先就地进行挑选。坏的烂的水果剔出后，就在当地低价处理掉。品相好的水果装筐上小轮过江，运到下关南京港，然后上大轮运到芜湖。南京下关也有火车直通芜湖，虽然比较方便，但是，相比较而言，还是大轮的票价便宜些，货票那就更便宜。

卖水果看似简单，却有不小的学问。同样的水果，同样的价格，甚至在同样的地点，他卖掉你却卖不动，这就是差距。我起先是挑担流动卖，不论是苹果、梨子、香蕉、橘子，还是西瓜、荸荠、甘蔗等，都可以先尝后买。顾客感觉味道不错，买一点，欢迎；尝过觉得不满意，扭头就走，也没关系。遇到难缠的顾客，买过水果又转身来算"回头账"，说少找了零钱，我也不计较，但要问上几声，若对方仍坚持，我绝不争吵，马上补上零钱。说缺斤少两的，我也会添足斤两。让顾客满意，是我做生意的一个基本原则。有人说我做生意太傻，我觉得做生意要讲良心，少赚点钱没关系，可下次再赚。若让顾客不满意，那就失去回头客了。

卖水果还有个环节挺重要，那就是批发。批发来的水果质量好，当然好卖；若批发来的水果质量差，果实又小，就难卖动了。遇到这种情况，我则想办法，先把烂水果用清水一一清洗干净，再用小刀一只只地挖掉水果烂的部分，削得干干净净，然后根据水果剩下的好的部分的大小分别销售，价格当然格外便宜。水果挖削后只剩半个大小的卖半价，只剩小半个大小的卖小半价，甚至三分之一的价格也有。像这种用刀挖过的水果，虽没看相，但烂果不烂味，一样解渴生津。我卖水果一般是挑到汽车站、火车站和轮船码头去卖。赶车船的人多，口干舌燥的旅客对水果只要求解渴、实用以及价格低廉，所以我的水果担子一般销售也不错。一天卖下来，多多少少也能赚点钱。

那时芜湖有好几家水果仓库、干货仓库、小商品仓库等，我都熟悉。

长街水果批发市场规模不大,水果品种较少,有时还没货源。铁山宾馆对过二道闸是家省属果品仓库;石头路那儿是小商品仓库,旁边还是个交易市场,有粉丝、食盐等食品和调味品卖;大轮码头附近是家规模比较大的仓库,名叫红安仓库,百货、水果、干货等全有,仓库造得又高又大,很是气派,库存商品也丰富。我们一般去都是十几个小商贩一道,共同分一批货。先用板车把货集中拉出来,然后每个小贩分几篓子水果零售。有时我就在长街水果批发部批发一点水果,有时我还跑到南京浦口,贩点水果到芜湖零售。夏天大都是卖本地附近农村产的西瓜,如繁昌小洲西瓜、芜湖县六郎西瓜、易太西瓜,还有对江二坝西瓜、和县西瓜等,有时也在摊位旁放一台简易榨甘蔗凳,榨点甘蔗水卖。

榨甘蔗凳是土办法,将甘蔗斩成一小截长,再破开放在榨凳上,通过压榨出汁。榨凳是一条长板凳,凳头上固定一个方形铁框。一根粗长的硬树棍作为压杠,树棍前端呈方形,正好伸进板凳上的铁方框里。榨凳上挖有圆形汁槽,压榨时将小截甘蔗放入汁槽上,合上压棍,人往压棍头上一坐,甘蔗立刻被压碎,出汁。方法虽简陋,但出汁快,人坐上压棍踮动几下,汁水就顺着汁槽流出。下面用小玻璃杯盛着,两分钱一杯,又凉又甜,大热天喝一杯真是全身凉透,口感也甜透,顾客十分喜爱。一天下来要榨多少杯甘蔗水,已记不清了。我只知道晚上回到家,人感到腰痛,屁股也痛。

后来土制榨凳不用了,升级为铁制的压榨机,半自动化。一根粗粗的铁螺纹杆,上有圆形转盘,下有出汁槽,压榨时用手转动圆盘,利用螺纹压力,榨汁更省力。

挑担沿街卖水果是辛苦,也让人看不起。但我觉得,只要肯吃苦,多动脑子,混饱肚子,赚点小钱应该不成问题。

第五章　拉车挖土出苦力

　　1958年,我那辛苦了一辈子的父亲不幸染病去世。父亲是我们家的顶梁柱,尽管父亲因体弱多病早早不能工作,但只要父亲还在,我们这个家依然是完整的一个家。每天劳累到晚收摊回到家,父亲总是关心地问这问那,询问我一天的生意与收入状况。我总是一一地如实回答,家庭里充满了温馨的气氛。父亲的去世给我沉重的打击,从此我只能与母亲孤儿寡母,相依为命。

　　我强忍悲痛办理完父亲的后事,勉强休息了几天,又挑起了水果担。现在家庭的重担全压在我身上,再苦再累我也要硬撑着。但是,也不知是天旱,还是其他什么缘故,芜湖水果一度变得异常紧俏起来。尤其春末夏初那段时间,也就是农村人常说的"青黄不接"的季节,整个芜湖都批发不到水果,街头零售的水果担子也变少了。我急得到处转,没办法我又跑到南京浦口,看有没有水果批发。不想南京和芜湖一样,水果也突然变得紧俏起来。我费了很大劲才批到二三十斤不成形的水果,运到芜湖没卖几天,我的水果担子又空空如也。

　　批发不到水果,我只能在家歇着。时间一长,连我自己都感到有点不好意思。那时我正年轻,身强力壮,整天无所事事浑身都不舒服。

　　一次,我在门口新芜路上闲逛,被街道主任看见了,她颇为同情地对我说:"年广九,你正是干事年龄,像这样整天闲逛也不是个事,得想办法找点工作做做。"

　　我说:"那谢谢主任了,不过,主任知道我没文化,只能做点粗事,体力活。"

街道主任是位上了年纪的妇女,平时为人很热心。她想了想说:"你这话倒提醒了我,我们街道上有个土方队,你可进去拉拉板车,挖挖土方,这不需要多少文化,只要有力气就行。"

我一听,这活正适合我干,忙说:"那请主任多烦神,抽空帮我介绍介绍。"

"不过你要想好,土方队的工作比较苦,比较累,活也不轻,你要考虑好,想不想进去干?"街道主任善意地提醒说。

我说:"这没关系,我有的是力气,只要有活干,比整天在家歇着强多了。"

街道主任笑笑说:"只要你愿意,我马上就介绍你去。他们土方队的金队长我认识,人也讲义气,比较好讲话。"

街道主任说完,领着我走到新芜路合作社对面的一个小门面前,拐进一间办公室。里面一位中年妇女见到街道主任忙起身迎接,估计她就是金队长。果然,一介绍,金队长仔细打量了我一番说:"你叫年广九,愿意来我们土方队上班?"

我点点头,小声问了声:"不知土方队上班有什么要求?我想来试试。"

金队长说:"没什么具体要求,我们土方队凭力气干活,拿计件工资。挖土方拉板车,跑一趟2元钱,多劳多得。"金队长说完又补充道,"明天早上你就可以来上班,工地就在离我们不远的百货大楼附近,还有鸠江饭店旁的殷家山,地点比较近,明早我也到工地上去。"

我没想到就这么简单,工作就谈妥了。

第二天早上,我早早来到殷家山工地。金队长也早就到了,她把我介绍给土方队的10多位工人,并讲了下具体的工作内容,以及应该注意的安全事项,我便开始正式拉起板车。

土方队的工作也的确简单,就是挖土方和运土方,全是体力活,不需要什么文化,有力气就行。我第一天工作就是把殷家山的黄土铲进板车,装满一板车,拉到二道闸纺织厂对面的一个水塘旁,然后,把黄土卸下,往水塘里填。塘边专门有人发券,倒一板车黄土发一张券。晚上下班按券记账,一张券2元钱,一月一结。我第一天上班共拉了8趟板车,他们有的老手熟练工,一天能拉10多趟板车。

我人长得虽瘦小,但力气不比别人小。一辆板车堆满土方足有千斤重,我挖得不比别人少,拉得也不比别人慢。土方队的工作也就两个,一是挖土方,一是运土方。运土方说起来谁都会,虽然也累,但活比较简单。一人一辆板车,外加一把铁锹,把土方铲到板车上,车装满用铁锹打紧打实,凭力气拉走就行了。拉土方用的是平板车,平板车上架上车厢板,两边是长形木板,尾部是一块较短的木板,以增加装载的土方量。土方拉到目的地,只要用力抽掉车尾的挡板,土方就会自动往后滑落。这时拉板车的人要有经验,双手要用力托住板车两根长把手,让板车缓缓前移,使土方慢慢滑落。若拉板车的人托不住车把,板车就会前倾,甚至会被滑落的土方猛地推向前方,使板车头重前倾,那板车扶把就会折断,甚至伤及拉车人。

几天板车拉下来,我每天拉车的数量也在不断增多,很快一天也可拉到10车左右。我渐渐地懂得,拉板车虽要凭力气,但也要会用巧劲。比如上坡时,要是迎坡直线往上拉肯定吃大亏,不仅更加费力还充满危险。不上则退,板车要从坡上倒退溜下来,十有八九要出事故,不是车翻就是人伤。会拉板车的老手,一般上小坡都会走"Z"字形线路,悠悠往上拉,不仅省力气,而且还安全。真要遇上坡陡,则需要相互帮助,几人合推一辆车,依次分别推送上坡。下坡时虽不需要帮助,但更需技巧。这时一定要抬起车把,让车尾拖地,人往车上紧靠,让拖地的车尾产生阻力,人身体再一顶靠,板车便会缓慢往坡下行走,既省力又安全。难怪老拉板车的人的车尾底部,都钉着铁板或厚橡胶胎皮哩,那是怕下坡车尾拖地时对板车造成伤害。这些都是我拉板车时间长了,慢慢总结出来的经验。

挖土方更是充满危险,不了解的人以为危言耸听,其实一介绍谁都会捏把汗。我们挖土方不是简单地从地上挖,而是要从黄土山上开挖,并要挖出深沟槽后,开始放"炸雷子"①。

"炸雷子"就是用二齿耙在黄土山上掘出两道平行的竖行深沟,两沟间距五六米。然后再在两条竖行沟槽下方,掘一道横行深沟,将两道竖行深沟贯通,在黄土山上形成"凵"形深沟。待一切准备就绪,就要放"炸雷子"了。

此时挖土方的人就要爬到"凵"形深沟上方,用粗木桩打进土方里。然后,上面人用力推木桩,下面人用绳子套在桩头上远远地使劲地拽,共同用力撬动土方,促使"凵"形大块土方与山体剥离,宛如炸雷子,轰然倒下,震得一片尘土飞扬,煞是惊心动魄。若遇土质不好,撬动"炸雷子"的挖土方人可能与大块土方一同跌落,掩埋土方之中,就会伤及性命。我在土方队先是拉土方,后也干起挖土方"炸雷子"的活。挖土方"炸雷子"虽有危险,但只要放下一个"炸雷子",炸下的土方就够拉板人要拉好几天了。这时,挖土方的人就可以休息,喝酒吹牛,快活好几天。

那时,芜湖市中心的鸠江饭店通往劳动路方向的小黄土山,新家巷口子的小黄土山,还有张家山的小黄土山和八角坟的小黄土山等等,都是被我们土方队硬是用二齿耙、小板车挖平运走的,这才有今天的芜湖市中心的平坦大道。

很快我就适应了在土方队的体力劳动,只是一天板车拉下来,人累得浑身上下筋骨痛,到了家就只想躺着不想动。好在土方队工作比较灵活,干一天算一天报酬,拉一板车给一板车工钱,真有事不去上班也没关系。这倒让我变得自由起来,高兴就去土方队拉几天板车,干累了又去做几天小生意,卖几天水果,正好休息休息,让人放松放松。

若水果紧俏,批发不到,我就又到土方队拉几天板车,挣几天力气钱。两种活都干,灵活机动,也让我多了一份工作选择。

---

① "炸雷子"是挖土方的一句俗语,即从黄土山上撬下好大一块土方,声震如雷。

第六章　到慈湖做装卸工

我是淮北人,喜欢吃面食。尤其早餐,若能吃上一碗热气腾腾的炸酱面,加上两只荷包蛋,我就很满足了。

一天早晨,我在北京路靠冰冻街口的早点摊上吃面条,遇上市物资局的小李。小李比我大几岁,在北京路上的物资局任调度员,专门负责芜湖地区8个县的物资分配与调度工作。

那天早上我刚吃好面条,正准备离开,忽见小李也来吃面条,便寒暄了几句。我家离北京路比较近,常在北京路上卖水果,与小李混了个脸熟,而且我俩年龄又相仿,相处得比较好。他知道我是个小贩又打零工,便主动对我说,他们物资局经常有些零活,要找人帮忙,问我想不想干。

我一听有活干,忙止住了步,问道:"你们单位是什么活?只要我能干都可以。"

小李说:"我们单位经常到马鞍山拉钢材,找不到人上货。你看能不能找几个人到马鞍山去帮我们上钢材?"

我一听说要到马鞍山上货,在外地又要吃又要住,不怎么方便,不觉犹豫起来。

小李见我有点犹豫,似乎怕我不愿意干,赶紧补充说:"你们到马鞍山去上货是有点不方便,但我们可给你们适当提高点报酬,把你们吃住的费用都考虑进去。"

我听他这样说,觉得这还不错,不由得点了点头,说道:"这你做调度的应该清楚,到马鞍山我们人生地不熟,吃住都要增加不少开支。我们辛苦忙一天，不能挣点辛苦费，都用到吃上喝上，还有住上！"

"这我们都考虑到了。别人上一吨钢材力资费是三块五，我给你们提高到七块五。一吨增加一倍多，你看可以吧？"小李做事和我一样爽快，看来他早考虑好了。

我暗暗算了下，觉得这价格是还可以，便高兴地说："我回去组织几个人，过两天就跟你去马鞍山。"

小李见我同意，又补充说："钢材是重货，这活要棒小伙才能干。而且人少了不行，你至少要约上八九个小伙子才行。"

我笑着说："你放心，我保证到马鞍山干活的人你都会满意。"

回家后，我把家门口经常在一起玩的小伙伴们仔细梳理了一番，从中挑选出八九个人，个个身强力壮，与我一样都是20多岁的小伙子。我把大家召集到一起，简单介绍一下情况，大伙都觉得这活能干，纷纷报名要求参加。什么大牛、小范、小林和韩歪子等，有的一家弟兄3人都报名参加，还有一家姐妹俩听说了，也报名要求跟着去。起先我没考虑到女同志，认为重活她们干不了，再就是外出生活多少有点不方便。但姐妹俩坚持说，可以帮我们烧锅做饭，省得到外面买着吃不方便。我觉得她俩说得有道理，便把姐妹俩也带着。

两天后，我领着门口八九个年轻人，跟着小李坐车来到马鞍山。马鞍山钢铁公司是全国闻名的钢铁大企业，芜湖地区8个县每年计划分配大量钢材，全靠小李来马钢取货调度。小李每次到马鞍山调取钢材，都会遇到一个问题——缺少装卸队装车上货。有时排队等候多少天，也轮不上给他装车上货。

马鞍山钢铁公司是大型钢铁企业，装卸钢材都是机械化，靠大型吊车来装卸。但像小李这样零星几车的钢材装卸，却仍要靠人工搬运。况且全国各地来马钢调取钢材的单位又多，只能按先后顺序排队等候。有时小李在马鞍山一住就是好几天，焦急等待中，小李想着，何不从芜湖带装卸工来上下货？于是，他才找到了我。

我知道马鞍山钢铁公司是大型企业,厂区范围比较大,公司下面有许多分厂。我们上货的地点是在马钢二钢厂内,离市区还比较远,位于农村的慈湖公社境内。

我们来到慈湖,在上货点的附近农村找了一户农家住宿,费用很便宜,一人一晚只需付一毛钱。当然,住宿条件也很差。一张床上挤两个人,吃喝全靠自己动手,还要想办法去买去烧。好在我们来的人中有两个女同志,是一对姐妹,她俩正好负责买菜与烧煮。真没想到,我们的生活竟然被她姐妹俩事先就说中了。

开始装车我们没经验,不知道怎么装。钢材主要是圆钢、方钢,还有角钢,我们从未装过钢材,又没工具,每人只从芜湖带来一只搭肩布。搭肩布是芜湖装卸工的基本工具,是约一米见方的布块。芜湖装卸工大多装卸的是粮食,大米、稻谷、小麦、面粉等,而且全靠肩扛。一块搭肩布往装卸工头上肩上一披,什么粮食上肩都能保持人干净,灰也难迷到眼。装钢材也有点灰尘,我们带来的搭肩布多少也起到一点作用。

但是,钢材分量重,每根都有10来米长,想整齐装上车并不是一件容易事。当地一位30多岁的大姐,见我们装车既吃力进度又慢,主动热情地指挥起来:让我们分工合作,各司其职。两个人负责用肩抬钢材,两个人负责搭肩,即帮忙将钢材从地上抬起送到抬的人肩上。另外两个人则站在汽车旁边,负责将抬钢材人肩上抬的钢材卸下,然后配合车上两个人用绳子将钢材顺着跳板拉上车,并堆码整齐。

经这个热心大姐的组织指挥,我们上货工作立刻变得有条不紊,而且装车速度也明显加快。几天工作下来,大家都成了熟练工,工作效率不断提高,有时一火车皮钢材足足50吨,我们几个人都能一天装卸掉。这样一天工资就高达300多元,我们每个人能收入30多元,可算高收入了。尽管装卸钢材劳动量大,人比较累,但是收入比较高,大伙也都没怨言。只是这样的活并不是天天有,我们常常是干几天歇几天,有时等活的日子比干活的日子还长。

房东魏大嫂见我们歇着没事干,便建议我们到南京去玩玩。说慈湖到南京很近,顺便可以买点南京饼子到慈湖卖,还可以赚点路费。她这一说真提醒了我,当天下午我就和几个伙伴一起,坐上了去南京的火车。

我熟悉南京,前几年批发水果我都是坐火车到南京下关,再过江到浦口。现在从慈湖上火车坐到中华门,很近就只几站路。出了中华门车站就是南京老城区,十分繁华热闹,店铺林立,一家挨着一家。我看了几家食品店,果然有糕点、饼子等各种食品在出售,而且花色品种众多,任人挑选。

我问了一下价格,一般带馅的饼子不大不小,一只二毛五分钱,不算太贵。但是,要粮票,一只一两。我虽然身边带着粮票,却是安徽的粮票,在江苏不流通。我问营业员,能不能兑换点江苏粮票给我。营业员摇摇头笑笑说,兑换不了。过了一会,营业员又小声告诉我,或许到前面的三山街上能买到粮票。我连说谢谢,又问大概什么价格。营业员笑笑没搭话,而是伸出一根手指,又张开手掌抖动了一下。我知道她的意思,那是一块五的手势。一根手指表示一块,张开的手掌表示五角。

三山街是南京一条著名的老商业街,就在附近。我很快就找到三山街,果然在街上每走一段路,就会看到街边围着一群人。我在芜湖街头挑水果卖,自然对这些熟悉。我挤进人群,只见每个人手上分别捏着一张小小的粮票、油票、布票,还有豆腐票、香烟票等各种票证在进行买卖交易。

我轻轻碰了下身边一个手捏粮票的人,嘴一歪,那人立刻明白我的意思,跟我走出人群。到人少处,我问道:"什么价格?"

这是一个瘦瘦的中年男子,看看我说:"你要省内的,还是全国的?"

我知道粮票有各省的粮票和全国的粮票之分,轻声答道:"就省内的。"

中年人说:"省内一块八。"

我知道他报价高了，笑着说："大哥讲个实价，过几天我还要找你买。"

中年人一听我这样说，知道是内行人，也笑着说："是这样，交个朋友，兄弟下次来买再找我！"

我说："一回生二回熟，今后就是朋友了，下次来买肯定要找你！"

中年人拍拍我肩膀说："兄弟配混，讲个实价，一步到位，一块五！"

我一听这价可以，也爽快地说："行，就按大哥说的价，我买10斤。"

中年人熟练地从口袋里掏出一沓粮票，找出10斤的江苏粮票递给我。

我仔细看了看江苏粮票，辨别真伪后，才掏出15元钱交给他。

有了粮票我的心就安定了，在南京边走边逛，遇到食品店就挤进去，仔细看认真挑。10斤粮票够买100只饼子，我怕集中在一家食品店购买会遭到拒绝，索性从新街口往中华门车站一路逛过去，先后从5家食品店各买了20只饼子，有香酥饼、豆沙饼、果仁饼、芝麻饼和莲蓉饼等。然后又买只大点的旅行包，把饼子全装进包内，一路扛到中华门车站，赶晚班火车回到慈湖。

我问房东魏大嫂南京饼子在慈湖卖什么价格。房东大嫂热情地告诉我，在慈湖不用粮票，南京饼子中等大小的一般一只卖一块钱。有房东大嫂交代的市场行情，我心中顿时有了数，朝外销售时喊价也不会离谱。

第二天，我就用空纸箱子装了部分饼子，用自行车驮到慈湖街上去卖。慈湖街道不太大，但人来人往也比较繁华。我找到市中心十字路口，找一僻静处支好自行车。车后面朝向马路，车后架上的纸箱也不用卸，拿出几只饼子放在纸箱上，自然成了个简易摊位。南京饼子不仅做工好，看相好，而且味道也不错，加上价格大家都能接受。前后也就3天左右时间，我就把饼子基本售完。我还有意留下10来只饼子，让跟我来的伙伴们和房东魏大嫂都来尝尝。

这趟饼子生意收益真不错，也让我尝到了甜头，达到对半赚。之后我在慈湖前后住了有两年时间，以装卸钢材为主，闲暇之余就上南京贩饼子到慈湖卖，几趟一跑，人熟路熟生意也做熟，为我日后经商也算蹚出了一条路，摸索到一点经验。

第七章　土方队中遇姻缘

1960年,中国遭受严重的自然灾害,导致全国性的粮食和副食品短缺。一时间全国到处是粮食紧张、副食品紧张,连水果也紧张。

从慈湖回芜湖后,我又想重操旧业,想一边卖水果,一边到土方队上班。然而,由于水果紧张,我依然做不成水果生意,只能把全部心思都放在拉板车挖土方上。

回到土方队,对我来说是轻车熟路,不仅业务熟,人员也熟。我一贯能吃苦,又肯吃苦,干起活来舍得下身子。当时我刚20多岁,正年富力强,人际关系也得又不错。干了一个多月后,正好小队长调到别处了,大家一致推选我当小队长。我想推辞还推辞不掉,只好硬着头皮走马上任。

在土方队当小队长,没什么待遇,只有劳累。一个小队十几个工人,十几辆板车,连办公室都没有。队长与工人一样,拉一板车土给一板车报酬,一天不干活一天没工资。每天早上分配任务都是在工地上露天里,十几辆板车围在一起,我说下今天的具体工作任务,土方往何处拉,填哪口塘就行了。若遇上雨天,则全队休息,不用上班,当然也没工资。

当时一个小队还配有一个木匠和计工员,木匠主要负责放"炸雷子"所需要的木桩、木柱和板块,以及队里板车的维修等活。计工员则主要负责记工、量方、发券,以及工具保管等工作。他俩的工资与放"炸雷子"人员的工资一样,与全队人员的一天劳动效益多少挂钩。

我们小队的木匠师傅姓耿,大家都喊他耿师傅。耿师傅50岁左右,江北和县人,为人忠厚,木匠手艺出色,平时工作也任劳任怨,全队工人都很尊重他。谁的板车把手坏了、车厢板坏了,需要维修更换,他都能及时修好。有时板车拉到半路上,土方把车厢板压断了,只要有人带信给他,他都会骑上自行车带着工具及时赶到,帮忙把车厢板修好。为了安全,他总是事先准备好厚木板和木柱。一旦黄土山上两条竖槽沟掘好,他立即就把厚木板顶靠到土方上,再用长木柱从山下紧紧顶住,进行保护,防止土方塌落造成危险。他用厚木板在土方上这样一顶,下面弯腰挖掘底槽沟的人的胆子就大多了。

放"炸雷子"时,他小心地移走厚木板和木柱,然后扛上几根粗木桩爬上山头,用大锤使劲将木桩夯进土里。这时我们都会帮忙,将绳子套在木桩头上,站在山脚下使劲拽,帮忙把"炸雷子"轰然放下。随着工地上一阵尘土飞扬,巨大的几十方土块立即灰飞烟灭。每到这时,耿师傅就会找一块干净的地方悠闲地休息喝茶,然后慢慢地掏出香烟,一人不落地散给我们帮忙的人抽。

我们拉土方的人的中餐一般都在工地上吃,为了节约时间,大多人是家属送饭来工地。我中餐则是在外面买着吃,老母亲身体不好,她能自己糊上嘴就不错了,怎忍心让她老人家烧好送给我吃?我喜欢吃面食,中午吃面条不抵饱,就吃馒头和发糕。新芜路上一家合作商店卖的馒头和发糕很受欢迎,不仅面白个儿大,还不用粮票,一块钱一只。我每天都去买,而且一买就是20只,用竹篮装着,上盖张报纸,拎到工地上吃。

我为人热心,还有点穷大方。馒头拎到工地上后,见谁没吃饭我就抓两只馒头送给人吃。耿师傅家有时饭送迟了,我总要抓两只馒头让他先垫下肚子。耿师傅也不客气,擦擦手,接过热馒头就啃,吃得很香,拉土方的人都苦惯了。

给耿师傅送饭的是他大女儿,他大女儿一般是在家吃过午饭才过来,为的是下午好留下帮耿师傅干点活,做做下手。

耿师傅大女儿生得端庄秀气,衣着朴素大方,一看就是本分人家的闺女,而且还能吃苦。她帮耿师傅干活时,不怕脏不怕累,经常身上沾满木屑。有时看她吃力地搬抬大木桩,我都会主动上去帮她忙,生怕她那瘦弱的身体吃不消这种重体力活。她很年轻,比我小两岁,名字也好听:耿秀云。起先我还不好意思与她说话,后来见面机会多了,相互熟悉了,我和她说话的机会也变得多了起来。

耿秀云在家是老大,下面还有一个妹妹和一个弟弟。妹妹虽比她小,但出嫁比她早。她至今既未婚,也没正式工作,依然与父母生活在一起。听说她没正式工作,我关心地劝她,如愿意可来我们土方队工作。我来跟金队长说说,相信金队长这点面子会给的。

她说这事还要回去问问母亲,她们家大事小事都是她母亲做主。不但儿女要听她的,连耿师傅也要听她的。中午休息时,我把这事跟耿师傅说了下。耿师傅很高兴也很干脆,笑着说谢谢我,还说这是好事,他回去跟老伴商量一下,觉得老伴也会同意这事。

第二天中午,耿秀云又来送饭时告诉我,她母亲同意她来土方队上班。我听了自然高兴,并立即给耿秀云安排好工作。

当然,我这个小队长绝不会安排耿秀云去拉板车挖土方,而是安排她当计工员和保管员,让她每天发发板车券、记记账、量量土方,还有就是保管保管工具,这个工作应该说是最适合女同志干了。

同在一个单位工作,见面机会多,接触机会也多,加上我好歹还是个小队长,在工作上多多少少会对耿秀云有点照顾。渐渐地我对她产生了好感,看得出她对我印象也应该是不错。彼此心知肚明,只是谁都不好意思说穿。耿师傅看我经常照顾他女儿,自然与我处得也好。有时他家送来好菜,还热情地邀我品尝。我也不客气,接着他递过来的筷子,高兴地夹起菜就吃上几口。

我们土方队工作都是露天作业,跟农民一样也是看老天爷吃饭。只要天一下雨,我们就要收工。

这年盛夏的一天上午,艳阳高照,我们冒着高温早早出工,快到中午时老天爷忽然变脸。眼看着乌云密布,狂风大作,不一会豆大的雨点便从天而降。我只好叫全队人赶紧收工休息，耿师傅也收好工具准备早早下班。临走时，耿师傅见我没带雨具，还在屋檐下躲雨，就热情地撑开伞，邀我跟他一起走，顺便到他家去喝杯酒。

耿师傅家住在芜湖市东郊新家巷附近，我年轻不懂事，也不知道礼貌与客气，竟空着一双手就跟着耿师傅来到他家。

耿师傅爱人耿师娘正在家中忙，她身材不高，瘦瘦的，但为人热情。一见到我，耿师娘很是高兴，又是请我坐，又是泡茶，还赶紧下厨忙着烧菜。

不一会，耿秀云也冒雨回来了。她没想到我会来到她家，惊讶得只顾着笑，不知说什么好。还是耿师傅提醒她，赶快上街去买斤酒、斩碗鸭子，买点花生米来。

芜湖街头到处是卖卤鸭的摊位，谁家来客人了，常见的菜就是斩碗红皮卤鸭，既方便又好看，而且味道还不错。不一会，耿师娘烧好两个蔬菜，加上耿秀云买回来的一碗红皮卤鸭和一包花生米，配上一斤地瓜酒，耿师傅热情地招呼我就喝了起来。

耿师傅平常话不多，但喝了酒话也就多了起来。他不断地询问我家的情况，又不停地与我碰杯。我边回答耿师傅的问话，边陪耿师傅喝酒，喝了一杯又一杯。耿秀云见状生怕我喝多了，劝父亲少喝点，但是此时，耿师傅已听不进去了。加上地瓜酒都是山芋干酿的白酒，度数高、烈性大，不一会我头就晕乎乎的。耿秀云看我满脸通红有点支撑不住，心疼地夺过酒杯，坚决不让我喝。耿师娘也骂耿师傅，不该把我灌醉，并让耿秀云在地上放一块木板，铺上凉席，扶我去休息。

第一次到耿秀云家做客就喝多了，我知道这很不礼貌。但是，又确实没有办法。我坐都坐不住，只好勉强起身，在耿秀云的搀扶下，倒在凉席上就呼呼大睡起来。

这一睡就是近两个小时，待我酒醒天色已近傍晚，雨也停了。我不好意思地向耿师傅一家人连声道歉，匆匆忙忙离去，身后耿师娘还在大声地喊着:"别急呀,吃了晚饭再走嘛!"

有时坏事也会变好事,第一次到耿师傅家做客,虽然酒喝多了失态醉倒,有点失礼,却促成了我的好事,成全了我的婚姻大事。

过了很多天后我才知道,那天我醉倒睡下后,耿师娘不仅关心地替我身上盖了件衣服,怕我着凉,还反复认真地打量我的长相。

耿师娘说我为人忠厚老实,不会耍赖,不能喝酒还要喝,又夸我长得不丑,饱鼻子饱眼睛,大方俊气。她一直在烦大女儿婚姻,对耿师傅说:"我看这小孩不错,我们就把大姑娘给他!"

耿师傅听了,却立即表示反对:"小年人是好人,但没正式工作,靠出苦力过日子。"他解释说,"我苦了一辈子,累了一辈子,怎么还让大姑娘跟他去受苦受累?"

"你晓得什么东西?"耿师娘边骂耿师傅,边把他拉到我身边,说,"你仔细看看,这小孩以后肯定有出息!"

耿师傅本来就怕老伴,一向听老伴的话,也不好再反对了。

"父母之命,媒妁之言"是中国千百年的传统,耿秀云本来就对我有好感,现在母亲又替她做主,她当然没有意见。

我更是觉得喜从天降,真是睡着了都笑醒了。我把这事跟母亲说了,她老人家听了都有点不相信,心想哪有这等好事。母亲笑着说:"该应我家三九子有福气,你爸爸在地下保佑你了!"

第二天,母亲就叫我上街买几样礼物,赶紧趁热打铁去拜下丈母娘,把婚事确定下来。

不久,母亲又叫我到街道上去批点木材,把家里房子翻修一下,选个黄道吉日,把婚事办掉。

我按母亲的吩咐一一去做。可是,街道上只批我 0.3 立方米的木材计划,根本不够房屋翻修用木材。巧的是木材公司的熟人朋友,听说我是结婚翻修房子,知道这点木材计划不够用,竟然主动帮忙给我争取到两个立方米的木材计划。我高兴得赶紧叫来几辆板车,一趟头就把两立方米的木材全部运回了家。

两立方米的木材占的面积相当可观,我家堆放的地方都没有,还是门口邻居家的阁楼空着,让我堆放了部分木材才解决了这个问题。

翻修房屋时我特意请耿师傅帮忙,他当然十分乐意。耿师傅本身就是木匠,翻修房子肯定内行,而且又是女儿的婚房,这事交给他就不用我多操心了。至于运材料、做小工这些杂活累活,我又有一定优势。加上老母亲高兴,又是买菜又是烧煮,还有门口的邻居也伸手帮帮忙。这样前后忙碌了好几天,父亲留下的三间草房在我手里变成了三间瓦房,而且里里外外都粉刷一新,母亲看了高兴得合不拢嘴。

1961年国庆节前夕,我和耿秀云举行了隆重的婚礼。在市中心中山路上的同庆楼酒店,热热闹闹地办了有13桌酒。亲朋好友、街坊邻居以及生意场上与土方队的同事也都欢聚一堂,向我和耿秀云表示祝贺。

当时同庆楼酒店的掌勺大厨缪师傅就住在我家附近,从小看着我长大。他知道我父亲去世早,母亲又没工作,家里经济比较困难,热情地给我帮忙与照顾。当年一桌喜酒需要15元,他却要酒店只收我9元。

母亲知道后,不仅向缪师傅表示感谢,还喜滋滋地逢人就说:"我家三九子运气真好,净遇好人、贵人!"

母亲这话,我信。

第八章　与国营商店齐头并进

1962年,终于度过艰难的三年困难时期。中国经济开始逐步复苏,粮食供应逐渐缓和,市场上的水果供应也慢慢丰富起来,一切都在朝着好的方向转变。

见形势好转,做惯水果生意的我,自然又想到我的水果摊子。一边卖水果,一边拉土方,工作生意两不误,人虽忙点,生活却充实起来。

不过,此时我是年富力强的壮小伙了,并已成家立业。若再挑着水果担子沿街叫卖,自己也觉得有点不好意思了。况且,沿街流动叫卖时间长了,我也卖出点经验。渐渐地,我就想找个固定摊位,定心定意地做做生意。

固定摊位只要生意做得活,做得好,就可以有回头客,也可以建立一批固定顾客群,扩大影响,让顾客找上门来。流动叫卖不行,因四处奔波,流动不定,顾客无法找到你,也就难以做回头客的生意。

然而,想在芜湖市中心找一个固定的摊位,绝不是一件容易的事,但我仍想努力努力。

慢慢地,我看中了陶塘边上"上海旅社"门前的一小块空地,这儿环境优美,地理位置好,人流量也大。朝西走几步就是芜湖有名的中山路闹市区,朝东走几步就是芜湖最佳风景区陶塘。陶塘是老芜湖人的称呼,官方名称叫镜湖。偌大的一口湖,分大小两湖镶嵌在芜湖市中心,风光十分优美,著名的芜湖古八景之一"镜湖细柳"就是指陶塘环湖四周的垂柳。沿着陶塘往南走几步,就是芜湖热闹的大花园。大花园是芜湖有名的娱乐场所,热闹非凡。园内有多家戏帮子,有唱庐剧、黄梅戏、倒七戏的,有玩杂耍、变魔术、拉洋片的,还有搭大篷说大鼓书的,以及卖梨膏糖和各种面点小吃的,五花八门样样都有,从早到晚是游人不断,川流不息,十分繁华。

我在上海旅社门前,先是放下水果摊子坐在路边歇歇脚。见有人来买水果,我就热情接待。这以后,每天上午下午我都来此歇歇脚。时间一长,渐渐地我的水果摊子也就挤出了一个小摊位。说是挤也就是不正规,说是小也就勉强能摆下一担水果筐,更谈不上什么摊位营业执照了。

上海旅社是家国营旅馆,规模还不小。内里设施颇有档次,在陶塘畔生意也不错。经理是位胖胖的中年妇女,人很善良,待人和气。见我常挑担水果在她旅社门口卖很是辛苦,她也很同情我。有时下雨我在旅社门口拉个小篷避避雨她也不反对,时间一长,我那流动的小篷也就渐渐地固定下来了。

旅社经理不反对,也没人敢说闲话。于是我就这样每天按时出摊,按时收摊。一段日子下来,顾客也就掌握了我出摊的规律,想买水果的就在我出摊时来买,我的水果生意也逐渐好做起来了。

有了摊位,我就有了施展手脚的舞台。我卖水果与众不同,喜欢动脑筋,琢磨卖水果的窍门。别人卖水果都喜欢把水果平放在摊位上,顾客一眼看过来,只能看到部分水果。我却想方设法让盛水果的筐子、盘子呈倾斜状,外面靠马路的略低点,靠里面的则高点。这样顾客从摊前经过,一眼就能看到满筐满盘的水果,非常好看又吸引人。

我卖水果不是随意地堆放在一起,而是把每个水果都用抹布擦得干干净净,摆放得整整齐齐,十分显眼。而且我还喜欢把苹果、雪梨切成小片,用小碟盛着,上面插着细牙签,让顾客品尝。觉得味道不错,欢迎选购;尝过不买也没关系。这种经营方式,当然受到顾客欢迎。

到了晚上,我还从上海旅社拉根电线到摊位上,挂盏大灯泡,亮晃晃直耀眼,行人打老远就能看见我的摊位,十分吸人眼球。我还把"熊猫"

牌大收音机搬到摊位上,拧大音量,放些老百姓爱听的流行歌曲与地方戏,吸引顾客,营造热闹气氛。

离我摊位不远的大花园路口,就有一家果品公司开的国营水果店,听说他们的生意本来还好,自水果摊位开张后,他们的生意基本被我抢过来了。尤其晚上,陶塘之畔休闲的人特多,人来人往,热闹非凡,正是做生意的好时光。可是那家国营水果店却灯光暗淡,冷冷清清,水果根本卖不掉。我这个小小摊位却越到晚上越热闹,每天晚上都是灯火辉煌,人影幢幢,生意十分兴隆。

正是看我摊位生意比较兴旺,一位退伍军人蒋师傅,专门做炕烧饼生意,想在我摊位旁边摆个烧饼炉子。于是他胆怯地找我协商此事,担心我不会同意。没想到我却爽快地一口应允:"行,你摆吧,都是混穷!"

蒋师傅见我如此干脆,高兴得连声说:"谢谢,谢谢年老板!"

这以后好长一段时间,我卖水果,蒋师傅卖烧饼,互不干扰,相反两人还有个照应。我有事时他帮我照应水果摊,他有事时我也帮他照看烧饼炉子。晚上水果卖迟了,我就在他做烧饼的面板上铺上一床被子睡觉。天亮起床时,把被子一卷往面板下一塞,就又开始忙活起来。彼此穷帮穷,相互照应,蒋师傅与我的感情也逐渐深厚起来。

1962年立秋前几天,芜湖连续多日阴雨,天下得不可开交。一场接着一场的绵绵细雨,下得天昏地暗。

那天,我冒雨路过中山桥时,发现桥下的青弋江边停满了西瓜船,却无人问津。这儿是附近几个县的西瓜集散地。每到炎炎夏天,繁昌县、南陵县、芜湖县以及对江二坝、和县等地的瓜农都用小船将西瓜从青弋江、长江划到中山桥附近的江堤下进行批发与零售。日子一久,这儿自然形成了西瓜批发市场,而且交易繁荣。我知道此时的西瓜价格肯定便宜,等天放晴,瓜价会成倍上涨。想到这我不由得收住脚步,心想未来几天不知什么天气,若能掌握到天气变化该多好。

想到这,我不觉转过身,朝张家山芜湖气象台方向走去。此时我心中已冒出一个主意:"何不去气象台请教一下气象专家? 问问这几天的天气状况,看能不能批发点西瓜销售。"

从中山桥到张家山气象台要穿过芜湖市区,而且路途还不近。我加快脚步冒雨前行,前后走了将近一小时才来到张家山气象台。

气象台的值班员是位年轻女同志,很是热情。得知我想了解天气变化,开始详细地向我介绍起芜湖上空这几天的云层变化。我听不懂这些气象术语,急得大声问:"芜湖已下了多天雨,请问哪天雨停? 哪天出太阳?"

女值班员见我性急,笑着说:"看气象云图,大概再有两天,芜湖上空雨带南移,雨止转晴。随后气温上升,接着会连着晴热几天。"

我一听,心中顿时高兴起来,这不正是我梦想的天气吗!

我高兴地对气象台女值班员说:"谢谢你,我清楚了这几天的气候变化。"

说完,我转身就冒雨往家跑。

赶到家,放下雨伞我就连忙收拾起来,将桌子椅子搬开,腾出一块空地准备堆西瓜。

妻子耿秀云不知道我要干什么,连声问:"你今天怎么啦,忙什么?"

我说:"腾地方,马上批点西瓜好堆放。"

"什么,堆西瓜?"耿秀云不解地说,"这老天连着下雨,天都下通了,你买西瓜不都全烂在家里啦?"

"稍等几天,老天一放晴,西瓜就能卖上大价钱!"我笑着说。

"你知道哪天晴?"耿秀云一脸疑惑,"等到天晴怕瓜也烂了!"

"快了,气象台已帮我预测了,说就在这两天就会变晴天。"我边说边转身又冒雨冲出家门,快步往中山桥方向走去。

我冒雨赶到中山桥,又一步一滑地下到河沿,然后沿着河沿来回走了两趟,最后看中一船不大不小的西瓜,瓜都是青皮,八九斤重一个。我索性跳上船,捧起一只瓜拍了拍,又掂了掂,再看看瓜色与花纹。蒂子不枯不黄,瓜脐不深不浅,虽未熟透,但放上两三天就正好。

我问船主:"西瓜批发什么价?"

船主反问我:"你要买多少?"

"你一船有多少斤?我想整船包下。"

"这一船有六七千斤。平时批发五分,这几天雨下个不停,吃老天爷亏,不还价四分!"

"行,就这个价成交!"我做事一向干脆。

船主见我爽快,他也干脆:"整船包,可以,就这么定!"

我见瓜价谈妥,转身跳下船,说声去借板车,马上来拉瓜,并要船主帮忙,把西瓜运到河堤上。

船主也是农民,也很忠厚。他并不推辞,立即吆喝船上两个农民都出来帮忙搬瓜。

当然,我也没忘买上几包"东海"牌子的香烟给每人一包,表示感谢。

我转身赶到土方队,拉来两辆小板车。拉这船西瓜,对我来说真是小事一桩。一板车装满西瓜怕有四五百斤,两板车就有千把斤。几趟一跑,一船西瓜全被我拉到了家。家里堆满了瓜,连床也拆掉堆瓜。妻子耿秀云不理解我一下买这么多瓜,说:"你把床拆掉,晚上睡哪儿?"

我笑着说:"没地方睡就不睡!做生意想赚钱,就不能怕吃苦。"

耿秀云见我笑嘻嘻的,也不好意思多说,默默地想办法把床铺直接开到西瓜堆上。

谁知接下来两天还是阴雨不断,气候凉爽,人不得不又穿上厚衣。望着灰暗暗的雨天,耿秀云犯愁我也愁。万一气象台预报不准,再连续几天阴雨,我可就亏大了。面对连绵不断的雨丝,我是一脸愁绪,心里直犯嘀咕。

但是,老天有眼,真是灵了!

立秋那天,老天爷突然雨止云散,一大早老天就驾相。久违的太阳露出了笑脸,烈日火辣辣的,直晃人眼。气温也开始逐渐升高,到下午时分,气温就已陡升到 35 度以上,一下热得人喘不过气来。如此酷暑天气,正是西瓜热销的时候。

我又找了两辆板车,把家里西瓜慢慢运到上海旅社门前,西瓜越堆越高,堆在一起卖很是吸引顾客。

立秋正是吃西瓜的最佳时令,而且天气又转晴转热。我见那家国营水果店没有西瓜卖,附近也没看到卖西瓜的摊位,便决定把西瓜零售价定在一毛钱一斤。价格虽有点高,但附近仅我一家西瓜摊位,可谓独市,今天又是立秋,谁又在乎价格高一点呢?

果然,西瓜一卖动,顾客就围了上来。你买一只他抱一只,有骑自行车的顾客,一买就是两只,车后座一边挂一只,西瓜十分抢手。我又是称瓜又是收钱,忙得中饭都难吃上嘴。

西瓜生意的火爆热销,也惊动了那家国营水果店。他们好像才清醒过来,急忙忙到下午也进了点西瓜应时。但是,那年立秋的西瓜生意被我抢走了。不到晚上摊前亮灯,我那一船西瓜已卖得所剩无几。剩下的几只西瓜我不准备卖了,我要带回去与耿秀云好好享受享受,也品尝品尝立秋时节西瓜的凉爽与甘甜。

收摊回到家,我把装钱的小包往耿秀云面前一扔。她打开小包,看见一包都装满了钱,脸上立刻笑开了花,并立刻动手整理起来。

我在一旁悠闲地抽根烟,暗暗算了下,这船西瓜至少赚了有三四百元。

第九章　第一次被抓坐牢

1963年2月,我的大儿子出生了。第一次做父亲,我高兴得不知如何是好。我也不懂什么风俗习惯,整天只知道咧着嘴笑。还是母亲提醒我,上街买了两大筐鸡蛋,由母亲帮忙煮熟,再染成红蛋,然后,挨家挨户地送给亲戚好友、街坊邻居,让大家一起分享我家的喜悦。

耿秀云更是高兴,喜滋滋地催我:"快给宝贝儿子起个好听的名字!"

母亲也在一旁笑着说:"要不就花点钱,请拆字的先生帮忙起个名字。我年家大头孙子,名字一定要好听,还要叫得响!"

我高兴地抱起儿子,微笑着说:"我虽没文化,但起名字不成问题。我们年家太穷了,现在有了儿子,一定会给我们带来财气。我看就叫金宝吧,叫起来响亮又好听!"

妻子耿秀云和母亲一听,异口同声地说:"好,叫金宝,就是我们年家的黄金宝宝!"

很快,儿子金宝就到了满月那天。与我一起摆摊卖烧饼的蒋师傅得知我儿子满月,提出要来我家看看刚满月的儿子。蒋师傅因烧饼炉子与我水果摊紧邻,我俩关系相处很好,没事就一起谈心拉家常,已到无话不说的地步。他知道我儿子金宝刚满月,坚持要来我家看看儿子,说一是道喜,二是想沾沾我儿子的喜气。

那天晚上,天下着暴雨,又刮着大风。我家的房屋被大风吹得似乎在晃动,门都难以打开,好不容易我用身体抵着门慢慢打开,又难以关上。雨势凶猛,像从天上倒下来一样,哗哗地直往门缝里灌,不一会靠门口的地上就汪了一摊水。这种恶劣的天气我还是第一次遇到,特别是那豆大的雨点似乎泛红色,仿佛下的是红雨,十分怕人。我心里不由得感到不安起来,隐约觉得今晚可能要出事。联想前段日子为打击投机倒把、长途贩运,割资本主义尾巴,芜湖对长街小商品市场进行整顿,竟然实行强硬的武装封锁,就让人后怕。

我越想越感到害怕,连忙找出平时卖水果装钱的背包,递给耿秀云说:"今晚我感到有点不对劲,眼睛老是跳。你把家里值钱的东西收拾收拾,全部装进包里。"

耿秀云听我这样说,反劝我:"你别胡思乱想!"

我说:"你生宝宝,在家休息至今没上班,根本不知道长街发生的事吧?"

耿秀云摇摇头,惊讶地问:"长街发生什么事啦?"

我抽根烟,大声告诉她:"封锁长街,小贩子个个都吓得不敢乱动!"

"乖乖,这是怎么回事?"耿秀云也吓得嘴张多大,说不出话来。

"看这个形势,我恐怕也有点危险!"说着我吐了口烟,不由得叹了口气。

耿秀云听我这样说,知道形势不妙,立即默默地开始收拾起来。结婚后我只管做生意,耿秀云负责当家理财,家里经济也全由她掌管。

耿秀云把一些值钱的物品和现金,以及结婚时我给她买的银项链和银首饰等都找了出来,细心地统统装进包里。

我要耿秀云把小包收藏好,并吩咐她:"万一我出事了,你不要急不要乱。首先把儿子带好,还有把我老母亲照顾好。"

耿秀云听着有点难过,不由得小声说:"你不要想得太多!"

就在这时,门外传来一阵敲门声。这么大雨谁会来?我有点疑惑,怕听错了,慢慢走到门口。透过门缝朝外看去,只见一个穿着雨衣的人正站在门外。我慢慢打开门,站在门外的是炕烧饼的蒋师傅,他浑身湿透,手上却捧着一只大瓷缸。

蒋师傅跨进门就把大瓷缸递给我,脱下雨衣说:"年师傅,我来看你儿子,顺便带点我老婆做的肉圆子烧菜薹,给嫂子尝尝。"

我连声说:"谢谢,难为你这么大暴雨还跑来!"然后,领着蒋师傅走到里面房间里,让他看看正在熟睡的儿子。

蒋师傅看儿子睡得正香,怕打扰又退了出来,笑嘻嘻地对我说:"你儿子长得大头大脑,胖乎乎的,长大肯定有福气!"

我说:"我俩就不说客气话了!"

按说我应泡杯茶,陪蒋师傅抽根烟,让他坐坐歇歇。人家冒这大雨来看我儿子,我心里已过意不去。但是,我总觉得形势不妙,连声催蒋师傅赶紧走。

蒋师傅有点莫名其妙,不满意地说:"你急什么?我俩先讲几句话,等雨小点我再走。"

我听蒋师傅这样说,越加急了,大声问他:"我俩是不是好朋友?"

蒋师傅听了更加不理解,也大声说:"我俩怎不是好朋友?不然天下这大雨我还来看你儿子?我俩当然是最好的朋友!"可见我一本正经的样子,他急忙又问道,"今晚你好像有什么事?"

我也没有客套,直接对他说:"今晚真有事,你不要多问,以后我会告诉你。"说着,我从墙角处拎出那只装钱的包,递给他,"你赶紧走!这包就交给你了,谁都不要给,我全家性命就在你老弟手里了!"

蒋师傅听我说得如此严重,好像明白了其中的秘密。毕竟是当过兵的人,什么也不问,严肃地接过包立即背到身上,迅速穿上雨衣,紧紧握着我的手,说了声:"年师傅,你放心,我会保管好这个包!"说完打开门,一头钻进大雨中。

蒋师傅走后,估计也不过走出有200米远的路,雨突然停了,风也小了。我打开门想透透气,刚站到门口台阶上,忽见街道主任领着七八个人正朝我家急匆匆走来。

我知道情况不妙,转身退回屋内想关上大门,但已经来不及了。

只见派出所两个年轻民警一步冲到门口,用身体挡住门,大声说:"年广九,你被拘留了!"

话音刚落,我就被两个民警推到大桌前。只见其中一个民警拿出拘留证往桌上一拍,厉声说:"签字!"

我一惊,立刻反问:"我犯了什么法,要拘留我?"

"上面写得清清楚楚,你自己看!"那个年轻民警指着拘留证大声说。

"我没上过学,不识字!"我理直气壮地回答。

那个年轻民警听我这样说,估计想起我是不识字,于是什么也不说,抓起拘留证大声念道:"年广九,犯投机倒把、长途贩运罪……"

我知道摊上这个罪可不小,忙辩解说:"我只卖点水果,卖点西瓜,算什么投机倒把、长途贩运罪?"

"有人检举揭发你,到南京贩运水果,低价买高价卖,不是投机倒把、长途贩运是什么?"那个年轻民警把拘留证往桌子上一拍,掏出钢笔吼道,"快,签字!"

街道主任也在一旁帮腔:"你公然与国营商店对着干,无证水果摊点就摆在国营商店附近,明目张胆地在挖社会主义墙脚!"

街道主任的话明显透露,那家国营商店肯定对我抢他们生意有意见,并且暗地里告了我的状。

面对着拘留证,我清楚想不签字不行,只好接过民警递过来的钢笔,歪歪斜斜地签下自己的名字。

说实话我的确不识字,只认识自己的名字,也只会写自己的名字"年广九"3个字。

签好名后,我立即被两个年轻民警管制到墙边站着,不许乱动一步,我想与耿秀云讲几句话也不行。

七八个街道干部立刻翻箱倒柜地搜查起来。耿秀云没见过这种场面,急得连声问:"这是怎么回事,你们跑我家来翻找什么?"

这时,我那已睡觉的老母亲也被吵醒,披衣起床也想阻止。可是,来的人根本不理睬,继续在我家旮旮角角翻找。

当然,他们什么也没翻找到。我暗暗庆幸蒋师傅走得快,不然那装钱的小包肯定会被没收。

我家本来就穷得叮当响,除了一张床、一个衣橱、一张方桌和几把木椅,几乎一贫如洗。几个人咕噜了几声,两个民警押着我就往外走,其他人紧紧跟在我身后。

我扭头对耿秀云说了句告别的话:"你在家好好带儿子,我的事你不要多操心,过了几天我就会回来。"

话虽这么说,但我心里还是有点伤感,也没多少底,不知道这一去什么时候才能回来。儿子刚满月,耿秀云又不会经商,老母亲又年事已高,我在上海旅社门前的摊位又该怎么处理……想到这儿,我忍不住深深地叹了口气!

当天夜里,我就被两个年轻民警押送到北京路后面的看守所,开始了平生第一次牢狱生活。

第十章　炎炎夏日卖冰棒

我被关的看守所位于芜湖市公安局后门口的小巷内,离我家住的大戏院 52 号并不远。我先是被拘留,后升级为逮捕。至于为何由拘留改为逮捕,没人说什么原因,也不需要说明原因,我也懒得问。

在看守所里我被关在一间小号子①里。小号子只关两个人,大号子可关四五个人,甚至六七个人,显得有点挤了。相比较小号子要干净些,舒服些,我不知道为什么要把我关在小号子里,而不是关进大号子里,直到出狱我也没想明白。

我关的小号子编号是 7 号,除我之外还关着一个名叫龙伟的人。龙伟比我年轻,长得很帅气。

在号子里没事时,龙伟就喜欢与我聊天。听他天南海北地胡吹胡讲,我也不刨根问底,只当在听故事消磨时间。听到高兴处,我笑他也笑,一天就这样混过去了。

看守所的生活十分简单枯燥,每天都是相同的一些事情,不断地重复,当然也很艰苦。早上 6 点半起床,洗漱叠被褥。我和龙伟睡的是地铺,每天早上起来先要把被褥理好,叠得整整齐齐,像部队里当兵的一样,然后坐在地铺上等开饭。一天只吃两餐,早上 9 点多钟开始早餐。伙房里有专门的两个师傅抬着盛大麦糊的木桶,依次送到号子门口,用大铁瓢打上一瓢大麦糊,我用大碗接着。旁边一个师傅发一只大麦面做的馒头,

---

① 号子,俗指牢房。

再用筷子撽点咸菜放在大麦糊上就算完事。

其实,伙房里的两个师傅与我一样,也是关在号子里的犯人,只不过两人会点厨师手艺,就负责烧煮给我们吃。每餐吃过我和龙伟就盘腿坐在地铺上反思,反思自己犯下的错误与罪行。龙伟有文化,有时还用笔写写检讨。我不会写,只有呆坐,闭目养神。下午4点多钟又开饭。依然和上午一样,是大麦糊和馒头。有时也有米糊,也就是稀饭。稍好一点的糊比较厚稠,并不稀薄。在看守所里每餐虽吃不饱,但也饿不死。

一晃我在里面关了有半年多时间,龙伟与我一样也关了有半年。那天下午,我和龙伟同时被释放,走出了看守所。没有人告诉我释放的原因,也没什么释放证明。只见看守人员哗啦一声拉开号子门,把我叫了出去。在看守人员办公室,一位负责人对我说:"年广九,你被释放了,现在就可以离开这里。"

我想问一声"怎么就这样释放了"。想想又没问,管他呢?我稀里糊涂地被抓了进来,又稀里糊涂地被释放。不论怎么说,反正我第一次坐牢就这样稀里糊涂地结束了。

刚走出看守所大门,我就看见龙伟也跟了出来,他也被释放了。龙伟的妻子好像知道龙伟今天要释放,专程到看守所来接他,顺便把我也一起接到耿福兴酒店美美吃了一顿。

耿福兴酒店是芜湖一家老字号酒店,有近百年历史,其特色小吃更是远近闻名。像小笼汤包、虾子面、酥烧饼和煮干丝等,都深受顾客喜爱。龙伟妻子不仅点了小吃,还点了几样炒菜,让龙伟和我俩人好好煞了下馋。

的确在号子里我俩老板油都苦干了,根本吃不到这种美味小吃。我俩一人一笼汤包,还外加一碗虾子面、一碗煮干丝,胀得饱嗝直打才放下筷子。

同是狱友,历经苦难,感情自然非同一般。不久,龙伟又热情地邀请我上北京,到他父母家去玩。我在北京小住了几天,龙伟陪着我逛了几处名胜古迹。看了故宫、天安门，还登上了八达岭长城。说来可怜，我还是第一次到北京，也第一次跑这么远的路，真是大开眼界，大长见识。

从北京回芜湖后，我休息了一段日子，也清净了一段日子。但是，一家人的生活重担逼得我不能长久清闲，妻子、儿子，还有年迈的母亲全靠我养活。做什么事呢？我真有点不想再经营水果了，我没文化，根本干不了什么大事，只能出体力，干粗活，做做小生意。

我思前想后，能干的工作只有做水果生意与拉板车。一天下午，我想想又晃到上海旅社门口看看。蒋师傅还在做炕烧饼生意，见到我客气地和我打招呼，又是递烟又是递水。我让他别客气，顺便问了问他的经营情况。

蒋师傅简单介绍了一下他烧饼摊子的情况，说生意依然平平淡淡，不温不火的。他还说欢迎我再来与他一起摆摊经营，说为了护着我的摊位不被别的小贩占用，他先后拒绝了几批想来此经营的小商贩。

我听了真有点感动，连声说谢谢，并决定还是先继续做水果生意，然后再见机行事。

没过几天，我又把水果摊子支在了上海旅社门口，又与蒋师傅在一起做起小生意。我卖水果，他炕烧饼，一切又恢复到了原来的状况。

几天水果生意一做，我的摊位慢慢又开始热闹。特别是一些熟悉的老顾客，见到我的水果摊位，依然喜欢光顾。我也热情地为大家服务，除非水果淡季，我才临时改行，做做别的小生意，或者又到土方队去拉拉板车。

这一年的夏天，高温酷暑，天气异常炎热，连续干旱多日，老天是滴雨不下。水果根本批发不到，无奈我只能改行卖起冰棒。

当时，芜湖工业干道口有家北熊冰棒厂，夏天专门生产各种冰棒。什么香蕉冰棒、赤豆冰棒，还有奶油冰棒等，品种繁多，很受群众喜爱。那时，想批发冰棒卖也不是一件容易事，要有冰棒券才能买到。冰棒券是由各单位和街道居委会掌握，我只能找街道居委会索要。街道上是看谁家生活困难,才分配点冰棒券,让你批发点冰棒卖,挣点零花钱。当年冰棒批发价是每根2.5分钱,零售价是3分钱一根,卖一根冰棒赚5厘钱。就这样十分微小的利润,冰棒券也很难领到,因为那时生活困难的人家太多。

我属于生活困难户,街道上总要照顾点冰棒券。还有些困难户人家舍不得买冰棒吃,又把冰棒券卖掉赚点钱,我看到就大量收购。有了冰棒券就可以到北熊冰棒厂批发冰棒,然后在芜湖市内大街小巷到处零售。

夏天气候炎热,挥汗如雨。我背一只偌大的冰棒箱,沿着炙热烫脚的马路,边走边吆喝,头上的汗珠直往下滴。一天跑下来,虽辛苦却也能赚上个块儿八角零钱补贴生活。

但是,几天冰棒一卖,我发现芜湖市区卖冰棒的人太多,生意并不好做。我琢磨能不能到市区外,或者郊县的乡镇去卖。那些偏远农村没有冰棒厂,估计冰棒要好卖些。但是,冰棒是易化食品,路途又不能太远,若路远了冰棒化掉,那就亏本了。

我主意想好,第二天清早,批发好冰棒,动员三四个朋友做伴,与我一起往繁昌县跑。

我们每人戴顶大草帽,脖子上挂条擦汗毛巾,身背一只大冰棒箱,手上各提着一个木制的折叠三角撑架,那是卖冰棒时支撑冰棒箱的工具。我们跨过中山桥,来到羊毛埂造漆厂附近的简易长途汽车站,登上开往繁昌的大客车。

我们的冰棒箱都是特制的,约有半人高,六七十厘米宽,里面很深,四周塞满保温的棉絮棉片等玩意,防止冰棒融化。一个冰棒箱塞满可装五六百根冰棒,冰棒大多是香蕉冰棒和赤豆冰棒,奶油冰棒最容易化,所以我们带得很少。

长途客车开到繁昌,我们下车后四下散开,各卖各的。有的进县城卖,有的跑到乡下小集镇,或者深入到农民"双抢"的田头卖,还有的走进村庄里卖。大家各显神通,各找各熟悉或者想去的地方卖。然后,大家约定好时间和地点,晚上收工一起集中再乘车回来。

我告诉大家,到繁昌去卖冰棒,价格可适当提高一点。在芜湖卖 3 分钱一根,到繁昌可把车票、午餐等费用计算进去,卖 5 分钱一根。这样一根冰棒可以对半赚,利润也算是不小了。

繁昌没有冰棒厂,炎热的夏天冰棒特别好卖,每天我们带来的冰棒都能早早卖完。尤其到农村,有的农民还用鸡蛋来换冰棒,一个鸡蛋换一根冰棒。晚上回来冰棒箱里都装回不少新鲜的鸡蛋。但是,换鸡蛋也要有经验,只有傍晚快回芜湖时才能换。若一去就换,鸡蛋在冰棒箱里背来背去也容易碎。

芜湖做小生意的人都非常精明,眼观六路耳听八方。见我每天批发冰棒后,不在市区马路上卖,而是领着三四个人往繁昌跑,知道有门道,就悄悄地跟踪我们。几天一跟踪,芜湖不少卖冰棒的人都跟我学一窝蜂地往繁昌跑。这样到繁昌卖冰棒的人也多了起来,生意自然也渐渐地清淡下来。

我见此情况,又领着几个人改变方向,乘火车往铜陵跑。铜陵也没冰棒厂,夏天冰棒也好卖。

那时,芜湖靠大砻坊方向的康复路上,有个简易火车站。为了迷惑别的跟踪小贩,每天批发冰棒后,我们几个人先分头在市区里卖。边卖边往康复路火车站走,最后都集中到火车站上卖。

康复路火车站十分简陋,一根铁轨横穿康复路,一段不长的水泥站台紧靠在康复路边上,站台也没大门围墙,火车来了有票没票的都可以上。我们几个人分头从几节车厢上车,偌大的冰棒箱在车厢里不好放,我们就把冰棒箱放在两节车厢连接处,人就坐在冰棒箱上。

火车一开动,我就会拿出几根冰棒放在草帽里,上面盖着擦汗的毛巾,稍作保温,走进车厢里卖给乘客。夏天乘火车车厢闷热,乘客又拥挤,冰棒也抢手。只是乘务员看见了要干涉。

每次去整箱冰棒基本上都能卖完,然后乘晚班车回芜湖。当然,到铜陵卖冰棒价格可以更高些,赚的利润也可观。

后来往铜陵卖冰棒的路线也被不少同行发现,芜湖开往铜陵的火车上出现了不少卖冰棒的小贩。我又被迫更改路线,领着几个朋友骑自行车往芜湖北边跑,边骑边卖。一路往北朝小丹阳、当涂方向卖,有时往芜湖东边清水河、湾沚方向跑,生意也是很不错。

卖冰棒也就每年天热三四个月时间,但有这三四个月的冰棒生意做,天转凉又到了秋季,水果开始上市,我又可以经营老本行卖水果了。

第十一章　稀里糊涂又坐牢

1966年,"文化大革命"爆发。芜湖市中心的马路两边墙上贴满了大字报,揭露这个批判那个,到处是乱哄哄的游行队伍。晚上高音喇叭吵得人无法入睡,相互辩论,相互攻击。戴着袖章的红卫兵随处可见。

我所在的土方队也投入"文化大革命"运动中,成立什么造反战斗队,取名为"飞虎队",而且在芜湖十分活跃,大名鼎鼎。有人劝我也参加"飞虎队",我明确告诉他们:"我没文化,大字不识,怎么参加'文化革命'?"

别人听我这样说,知道我说的是实话,也就不再劝我。土方队"飞虎"造反队整天忙着造反,上街游行,根本不拉土方挖土方,什么活也不干,我干脆也就不去上班,在家休息。

起先乱虽乱,吵虽吵,意见对立的双方还和平相处,只动动嘴,辩论辩论,就像我们老百姓说的"抬抬杠"。或者动动笔,相互贴贴大字报。你贴几张大字报,我也贴几张大字报。相互说理,甚至相互攻击。但是,随着对立情绪越来越大,双方就不仅仅是动笔和动嘴了,而是开始动手了。芜湖街头相继不断发生武斗,而且武斗还逐渐升级,由动刀动棍,用冷武器,逐渐用手枪步枪,发展到动用机关枪,用热武器,形势十分可怕与恐怖。

那是一段动荡不定的日子,到处都乱哄哄的,连我们街道上的会议也多了起来。今天是学文件,明天是传达最高指示。我反正无所事事,整天在家休息。但是,一听到街道小组长挨家挨户地喊开会,我头皮子都痛。

可又不敢躲避,不能不参加。一天到晚是提心吊胆、忍气吞声地过日子。每次喊开会,我是随喊随到,从不敢迟到。开会时也不敢往前坐,总是坐在最后一排,而且是只听不说,只带耳朵不带嘴。

一天下午,天比较寒冷。北风呼啸,吹得人缩头缩脑不敢外出。偏偏这时门外又传来街道上通知"马上到小广场上开会",我不敢怠慢,忙打开门应了声,天再冷也要去。

街道上的会大多是露天会议,说是在小广场上,其实就在我家巷口前面的一小块空地上。我顶着寒风赶去,小广场上稀稀拉拉已坐了一些人。我依然走到最后一排的长条椅上坐下,一张长条椅上可坐七八个人。街道每次开会,最后一排长条椅上坐着的都是受过政府处理的有问题的人。只要街道上开会,我们几个人都不约而同地坐在最后一排,而且坐姿都一样,好像经过培训似的。个个都弯着腰,缩着头,仔细听着每一句话,直到散会后人都走完了,我们几个人才敢离场。

那天开会时,我突然感到会场的气氛有点紧张,连街道主任说话的口气也明显感觉不同。不仅语气强硬,而且每句话的内容都与街道上的具体事情紧密相连。街道主任是个上年纪的中年妇女,长得瘦精精的,齐耳短发,个头不高,但声音不小。一场会就她一个人能从上场讲到下场,一两个小时连水都不喝一口,而且声音还不哑,这也是本事,不得不佩服。

那天,我明显感到会场的气氛有点不妙,而且会场后面靠我们这排长条椅两边站着不少戴袖章的红卫兵。他们根本不是街道上的居民,全是学生模样。我边听边偷偷张望,不觉感到有点害怕。

果然,街道主任的话锋突然一转,大声吼道:"'文化大革命'怒火熊熊燃烧,现已席卷全国。我们街道绝不能死水一潭,也要紧跟形势,也要联系我们街道上的实际问题,活学活用,揪斗我们街道上的现行反革命坏分子!"

街道主任说着,停顿了一下,然后把手朝会场后面那几个红卫兵一挥:"你们几个红卫兵小将,要敢闯敢干,要有舍得一身剐,敢把皇帝拉下马的气魄。现在都准备好,马上投入战斗!"

几个红卫兵小将闻声立刻雄赳赳气昂昂地跑到我身后站着,我想回头看看他们准备干些什么,但又不敢。

"我喊一个坏分子名字,你们就把坏分子给我揪上台来!"街道主任说着,猛地提高了声调,"现在把坏分子年广九,给我揪上来!"

街道主任话音未落,三四个红卫兵立刻冲上来把我团团围住。你抓胳膊他按头,硬是把我从座位上拎了起来,我连站都没站稳,就跌跌撞撞地被推到台上。接着一边一个红卫兵使劲扭住我胳膊往后扳,并按着我的头,不让抬起。我手臂被反扭得顿时痛得失去知觉,想喊又不敢出声,只能咬牙忍住,随红卫兵作弄。一会头发被往后拽得仰起脸让群众看看,一会头又被按下,说低头认罪。若不是两个红卫兵使劲扭住我胳膊,我早就在台上瘫软倒下……

随后,街道主任喊一个人名,红卫兵便揪出一个人。什么新中国成立前当过保长、地主、富农的,新中国成立后被打过右派,坐过牢的,统统被叫作"牛鬼蛇神坏分子",纷纷被叫站起身来,一个个被红卫兵揪到台上,站成一排,接受群众批判控诉。

我胆战心惊地站在台上,只知道台下不断有人起身大声批判,却听不清楚到底批判些什么。

当天被揪上台与我站在一起的有 8 个人,罪名各不相同。我的罪名是"坏分子",前几年因投机倒把坐过牢,属于劳改释放分子,当然是揪斗对象。

批斗会进行了一下午,我的头也被按了一下午。腰和颈椎先是疼痛、酸胀,后来是麻木,渐渐地连一点感觉也没有。傍晚散会时,我身边的两个红卫兵才松了手。估计他俩也累了,我却直不起腰,也抬不起头。过了好一会,才慢慢恢复了知觉,浑身一阵阵酸痛……

散会后,群众陆陆续续地都走了。我们这 8 个批斗对象,却被集中到一起,接受街道主任和派出所所长的训话。大致意思是要老实做人,接受群众监督与批判。每天早上要到居委会大门口站着低头认罪,虚心接受群众批判,还要定期向居委会做思想汇报。另外,还要负责打扫街道上的公共卫生,即扫马路、扫厕所等。

我听了不免有点不服气,心想,如这样我哪有时间做生意?嘴上不觉咕哝了一句:"我又没犯法。"

正好这话被派出所所长听到了,立刻呵斥道:"年广九,你投机倒把,怎没犯法?"

我低声反驳说:"我卖水果做点小生意,怎么又算投机倒把?"

"什么,你走资本主义道路,嘴还厉害!"派出所所长猛然把桌子一拍,大声吼道,"年广九,今晚你不要走!"

看着派出所所长怒气冲冲的模样,我知道事情坏了,赶紧闭上嘴什么也不敢说。

可是,迟了……

当天晚上,派出所所长就把我又送进了北京路公安局后面的看守所,关了起来。我的第二次牢狱生活,就在"文化大革命"中这个寒冷的冬天开始了。

北京路公安局后面的看守所我熟悉,第一次坐牢也是在这里。上次我关的号子是7号,这次关的号子是9号。在看守所里面,称之为"北小",就是朝北的小号子,整天见不到太阳。冬天关在这里比别的号子要冷得多,好在号子里关了三个人,相互间多少能聚点热气。9号小号子除我外,还关着芜湖飞机场的两位部队头头。据说两个人的军衔级别还不低,因涉及政治问题站错队,正接受审查处理,临时关到这里。要不然像他俩这样高级别的罪犯,怎会跟我这个普通小商贩关在一起?

两个部队头头都比我大一点,见多识广,能说会道。每天聊天,他俩说起话来一套一套,都是我没听过的故事与知识。我很爱听,有时他俩不说,我还劝他俩聊聊。有时我也聊聊做生意的经历,他俩也没听过,也感兴趣。在监狱里反正没事,聊天最能打发时间。可惜没过个把月时间,他俩又被关到别的号子,不知为什么离开9号小号子。是不是与我们整天聊天有关,我就不清楚了。

  这次我又被关了六个多月,不明不白地进去,不明不白地出来。既无公安局的逮捕证,又无检察院的起诉书,更无法院的判决书。

第十二章　拜师学艺炒瓜子

从看守所出来后,我依然没有工作,也找不到工作。劳改释放分子哪个单位敢要?加之"文化大革命"还未结束,许多单位生产状况也不正常,我只能继续做点小生意卖水果。

卖水果有旺季与淡季之分,旺季就是这一年的水果丰收,大量上市。淡季就是水果歉收,遇到自然灾害、病虫害等,水果收成减少。我们做水果生意的就怕水果歉收,不仅水果价格贵,质量也不好,这样想进货也难以批发到。

那年,恰逢水果淡季,与我在一起做水果生意的熊师傅见我整天愁眉苦脸的模样,很是同情地来到我摊位前,安慰说:"三九子,现在生意差,你上有老下有小,怎么办呢?"

"卖水果进不到货,我也没办法。"看着摊位上几个干瘪的苹果,我不觉叹了口气,"现在生意真难做,像我这样大字不识的文盲,又做不了别的事。唉!"

熊师傅为人不错,忠厚善良。他是贵州人,已上年纪,家里有两个女儿,还有一个正在念书的小儿子。他摆摊的执照是"零食照",我摆摊的执照是水果照。水果照只能卖水果,零食照比水果照要灵活些,经营范围也大些。如糖果、糕点、瓜子、烟酒等都可以经营。当然,也可以经营水果。我也想领零食照,但难以领到。

熊师傅在我们小贩中比较有威信,人缘关系也不错。一是他上了年纪,有60多岁,大家都尊重他;二是他见多识广,懂的东西比较多。熊师傅没事时常跟我们讲过去的故事,都是他自己亲身经历过的,我们也爱听。他已是上了年纪的人,又患多种慢性病,什么哮气喘、高血压等病常年缠身,每天要服好多药。这让他多少得到点照顾,用他话说:"我现在是活一天是一天,想想在战场上死去的许多战友,能活到今天就算赚了!"

熊师傅知道我生活负担重,一家老小全靠我摆水果摊混日子,也替我着急。他同情地对我说:"三九子,是这样。你明早到我家里来一趟,我来找点生意给你做吧。"熊师傅也陪着我叹了口气,说,"只要你肯吃苦,不偷懒,我这活你若学会了,养活一家老小应该没多大问题。"

"那好,谢谢熊师傅!"我听了很高兴,忙问,"请问您老有什么好生意?"

"你明天早上来了,就会知道。"熊师傅笑眯眯地说,不愿过早透露。

我见他卖关子,故意不说,也不好多问。

"三九子,明天早上你可要起早,我这生意不能睡懒觉。"熊师傅慢吞吞地说。

"这没问题,我们到外地批发水果经常四五点钟就要起来赶车。"我笑着回答。

"四五点钟来迟了,还要早一点。三四点钟来吧,不要超过四点!"熊师傅语气肯定地说。

"什么生意,要来这么早干什么?"我更加不理解。

"还是那句话,你别急着问。明早你按时来,我肯定会让你有生意做。"熊师傅说话的态度有点严肃。

熊师傅既然这样说,我也不好多问,但心里仍嘀咕:"做什么生意要起这么早呢?"

这一夜我根本不敢睡,生怕睡过时间。半夜醒了一下,就不敢再睡,只是闭着眼睛躺在床上休息。平时卖水果也要经常早起,但从没有这么早过,一般是早上五点多钟起床赶路。现在凌晨三点就要起床,严格说这还是深夜,正是睡觉的好时候。

等家里小闹钟一响,我不由得一惊,立刻翻身起了床。简单洗漱一下,只喝了几口热水,就轻手轻脚出了门。

芜湖整个城市都在睡梦之中,街上静悄悄的,不见一个人影。几盏昏暗的路灯照着空荡荡的街道,显得四周更加寂静。熊师傅家住在陶塘边上靠双桐巷的一个花园里。说是花园,也只是个地名,其实都是一些低矮破旧的小瓦房。

穿过几条黑黝黝的小巷,空旷的巷道里,我急促的脚步声越发显得沉重,偶尔也惊来几声狗吠声。转过几道弯,熊师傅家越来越近,远远可看见熊师傅家的灯光正亮着。

我推门进屋,只见里面热气腾腾。熊师傅和大女儿正围着一口小铁锅在炒瓜子,锅下煤炉冒出呛人的煤烟,烟雾弥漫着整个房间。

熊师傅一边挥动着锅铲翻炒着瓜子,一边又不停地咳嗽。熊师傅女儿则拿着一把大芭蕉扇在用劲地扇着煤炉,想让煤炉火旺些。

我见熊师傅如此辛苦,连忙叫了一声"熊师傅",就跨到煤炉旁,劝熊师傅到一旁休息,让我来炒瓜子。

熊师傅见我来了,也不客气就把锅铲交给了我。然后他用手比画了几下,让我继续翻炒瓜子。

我先用铁通条把煤炉通了通,让炉火兴旺些。火一旺,锅中的沙热得快,瓜子也熟得快。我用锅铲不停地翻铲锅里的黑沙与瓜子,热气灼人,煤烟也呛人。

待瓜子在锅里啪啪作响,熊师傅在一旁说:"好了,可以起锅了!"

我忙把沙与瓜子一起铲到锅旁的筛筐里,熊师傅女儿摇动几下筛筐,瓜子立刻就被分离了出来。

熊师傅女儿趁热拎着篮子把瓜子浸入旁边一只炉子上的热卤里,只浸了浸便又拎起,然后倒入竹匾里摊开晾干,熟练地撒点淀粉,屋内立刻飘起一股瓜子的香味。

炒第二锅瓜子时,我有意等锅里黑沙热得冒烟,才倒下瓜子。火旺沙热,瓜子一下锅,几铲子一翻就啪啪炸响,瓜子立刻膨胀发鼓,散发出一阵香气。

熊师傅看着满意地笑了,夸奖我说:"看来三九子能吃苦,是个炒瓜子的料!"

我也笑着说:"没炒过瓜子,第一次炒。今天就拜您为师,请熊师傅要多多指教!"

"炒瓜子讲难又不难,多炒几锅,就摸到经验了。"熊师傅一边看我炒瓜子,一边讲些应注意的事项。什么选料、火候、浸卤、晾干等炒瓜子步骤,我一一记在心里,并按要求不停地进行着实践操作。有时做得不对,熊师傅就立即指出,并手把手地教我,这让我感觉很温暖,学得也更有劲。

熊师傅站在锅边,一边用锅铲翻给我看,一边告诉我炒瓜子应掌握的一些基本知识与技巧。

熊师傅讲解得很详细:"炒瓜子主要是会掌握火候。火要旺,沙要热,瓜子下锅翻炒要迅速,每一锅铲要从下翻到上,让瓜子受热均匀,如受热不均匀,瓜子就会生熟不均,那绝对不行。"

我按熊师傅说的翻炒法,边炒边学。待瓜子炒好沾卤时,熊师傅又耐心地教我沾卤要注意的技术。他说:"沾卤要让瓜子全部浸入卤中,不要怕,让热瓜子充分吸收卤汁,待到热卤嘟嘟冒泡,又要赶紧起卤。这要反复摸索,起卤慢了不行,快了也不行,一定要恰到好处。只有这样,炒出的瓜子才能香甜可口,吃起来既有味道,又容易嗑开!"

熊师傅说的话我都记在心里,我知道这都是经验之谈,对我会有很大帮助。

待东方露出鱼肚白天快亮时,我已炒好十几锅瓜子。熊师傅高兴地称出一斤瓜子,说让我去卖。

可是,我不会分开包成三角形小包,熊师傅女儿热情地帮我包。只见她熟练地伸手抓了把瓜子,往裁好的旧报纸上一放,两只手迅速一折一叠,一包有棱有角的三角形瓜子小包就完成了。

我见熊师傅女儿包得如此迅速，也按她的方式学着包瓜子。可是，我第一把瓜子抓多了，放在裁好的小方形纸上，堆得满满的，根本包不起来。

熊师傅女儿见状笑了笑，停下来，手把手地教我。她告诉我包三角包时，瓜子不要抓得太多，也不能抓得过少。包装纸就这么大，瓜子多了盛不下，少了也难包成形。然后，她放慢包瓜子包的速度，让我看清折叠包装纸的步骤，一步一步地教我包。

一斤瓜子可包成 24 小包，很快就全部包成，而且大小相同，整齐地码在桌子上。我虽学着包起瓜子，但包出来的瓜子包大小不一，有的包角还露出了瓜子。熊师傅女儿对我包的瓜子一一做了检查，直至满意才放心地全部交给了我。

本来我从小就跟师傅学过一些糖果、干货等的包装手艺，加上那天早上几十斤瓜子包下来，瓜子小三角包我很快就摸索出一些经验，小小三角形瓜子包也包得有棱有角，而且饱满成形，大小相同。熊师傅女儿看了还高兴地表扬我："三九子可以出师了。"

在包瓜子的闲聊中，我从熊师傅嘴里得知，原来炒瓜子利润比卖水果大得多。生瓜子一斤 4 角，熟瓜子一斤包 24 小包，每小包卖 1 角，就是 2.4 元，一斤瓜子除掉本钱可赚 2 元。但是，关键是瓜子要能卖掉才行。

那年头卖瓜子也违法，属于投机倒把行为。"打办"也就是打击投机倒把办公室人看到有人卖瓜子，就会把瓜子没收。所以卖瓜子要学会"打游击"，要眼观六路，耳听八方，见势不妙，就要溜之大吉。

熊师傅的话很实在，也都是经验之谈，对我熟悉瓜子行情、掌握瓜子炒制技术、适应瓜子销售等方方面面都有一定的帮助与提高。也为我慢慢爱上炒瓜子这门生意，并逐渐走上瓜子经营之路打下了一定的基础。

第十三章 机智灵活卖瓜子

我第一次卖瓜子,就是在熊师傅的反复叮嘱下开始的。

那天我和熊师傅父女俩把炒好的几十斤瓜子全部包成一包包小三角形包,已是吃午饭时间了。下午我用只小竹篮装上 24 小包瓜子,上面盖条毛巾,拎到热闹的中山路大众电影院门口。在售票处窗口附近,我将随身携带的用细绳扎在一起的三根一米多高的小竹竿打开,成三角形撑在地上,上面放上一块小硬纸板,立刻就成了一个活动的简易小摊位。这都是熊师傅教我的,卖瓜子一定要轻装上阵,不能臃肿。既要能方便摆开摊位,又要能快速收起摊位,只有这样才能应变各种突发情况。三根小竹竿和一小块硬纸板,既便于携带,又易于撑开组合成小小摊位,可谓是小商贩们发明的最简易、最方便的小摊位了,真正是收放自如。

那时正是电影院下午场电影售票时间,售票处窗口挤满了购票观众。我从小竹篮里拿出几小包瓜子,刚放到纸板上,立刻就有几个人围上来问:"卖什么?"

"卖五香瓜子,一毛钱一包!"我话音刚落,有人就拿起一包瓜子付了一毛钱。接着又有人围上来买,而且越围越多。离电影放映还有一段时间,电影院门前等候看电影的观众是越聚越多。边嗑瓜子边等候看电影,是芜湖观众的习惯。未等到电影开场放映,我竹篮里带来的 24 小包瓜子就已卖得精光。

见瓜子如此好卖,我赶紧又跑到熊师傅家里拿了一斤瓜子,24 小包。依然在大众电影院门前面出售,依然是三根小竹竿支撑着一小块硬纸板,作为临时摊位,上面放几小包瓜子。几乎都不要什么吆喝,只要有一个顾客买,拆开瓜子包,散发出五香味,就能吸引更多人来买。遇到情侣谈恋爱的,或者夫妻俩一起来看电影的,一买就是两包。很快我带来的24小包瓜子又售卖一空。

我看天还早,后面还有晚场电影,想想又跑到熊师傅家去取。如此这般,我返回熊师傅家四趟,虽跑得有点累,但心里很高兴。第一天卖瓜子就卖掉了5斤,除去本钱净赚10元钱,比卖水果赚多了。

卖瓜子看似简单,实则不易。我们卖瓜子大都喜欢往人多的地方跑,像电影院、戏院及俱乐部,还有洗澡堂、酒店、旅社,以及长街、中山路等热闹地段。"打办"的人专门到人多的地方找我们。芜湖有三大电影院,人民电影院、大众电影院、胜利电影院,还有三大剧场:和平大戏院、工人俱乐部、弋江剧场。这些都是我卖瓜子的好地方,我身上带的瓜子不多,卖完再回去取。万一被"打办"的人抓到,损失也不大,顶多几包瓜子被没收。有时候芜湖体育场开群众大会,黑压压的人群有几万人。瓜子更好卖。逢到体育场开大会,我就多带点瓜子,只要混进体育场内人群里,身上带的瓜子再多也能卖掉。

为了防止被"打办"的人抓到,我卖瓜子采取机智灵活的"游击战","打一枪"换一个地方,常常是这条街上卖上半小时,立刻又转到另一条街上再卖半小时,然后又从小巷溜走,如此飘忽不定,令"打办"的人难摸踪迹。反正每次外出卖瓜子,我都把瓜子藏在身上,腋下夹着只小硬纸板,手上拿着三根小竹竿,行动起来既方便又不显眼,比挑担卖水果轻松多了。

每次出去我只带少量瓜子,用包拷在衣服里,万一被"打办"的人逮住,损失也不大。我本身就长得瘦小,身材也不高,有时就利用地形熟悉的优势,与"打办"的人周旋。芜湖市中心大街小巷我都熟悉,哪条巷是死胡同,哪条巷通哪条街,我了如指掌,轻车熟路。这都是当年沿街挑担卖水果的收获,"打办"的人拿我也没办法。有几次我被"打办"的人追急了,钻进小巷又跑进人家。遇到房主人先亲热地喊上几声"大伯大妈",再递上一两包瓜子。人家就会同情地帮我把身上的瓜子藏起来,等"打办"的人追上来,我把衣服一掀,理直气壮地说:"你们看,我身上哪还有瓜子?难道又犯法啦?"

"打办"的人见抓不到证据,再看看房主人什么也不说,只好不声不响地悻悻离去。

我还有一个优势,就是人缘好,常常博得人同情。这与我大大咧咧的性格有关,我卖瓜子从不与人计较。顾客少给钱,没关系,或说我瓜子包小了,分量不足,我也不计较。宁愿拆一包添人一点瓜子,也要让人满意而去。所以有人喊我"傻子""孬子",也有人喊我"侉子",我也不计较,总是报之一笑。

有几次我正在电影院门前卖瓜子,素不相识的人看见戴红袖章的"打办"人,立刻走到我身边悄悄告诉我。我一听,一边说声"谢谢",一边赶紧收拾起瓜子,拔腿就从小巷道里溜走。

"打办"的人只要没抓住我,即便看见我也没办法能逮住我。沿街叫卖水果时我都曾走过,哪条巷子是断头路,"打办"的人哪有我清楚与熟悉?

这年除夕夜,我与妻儿早早吃过年夜饭。然后,冒着纷纷扬扬的雪花,我赶到熊师傅家拜年。

熊师傅家也刚吃过年夜饭,见我来了热情地招待我。闲聊了一会,我和熊师傅又谈到瓜子上,我俩都认为像这样家家团圆、普天同庆的除夕之夜,又天气寒冷雪花飘飘,"打办"的人肯定都会躲在家里喝酒,不会上街执勤。何不趁此机会上街去卖点瓜子,赚点过年费?

经过一番商量,我们决定冒雪上街卖瓜子。我和熊师傅,还有熊师傅女儿,各自带上一篮筐瓜子,用毛巾盖着,分别朝三个不同的方向冒雪走去。

正是"家家团聚过大年,鞭炮声声除旧岁"的欢乐时刻,街上是一派喜气洋洋的景象。我顶风冒雪，走过街巷纵横交错的十里长街、花街、南门湾，来到弋江剧场门前。

弋江剧场位于青弋江畔的河北弋江桥头，是家小型剧场。因跨过弋江桥就是河南蔬菜大队，附近农民比较多，所以剧场一般不放电影，专演庐剧或倒七戏等农民喜欢看的戏剧节目，观众也大多是农民。当晚上演的是革命样板戏《红灯记》，观众挤满了售票窗口正在购票。我见机会来了，连忙挤上前去，把盛瓜子的竹篮用绳子挂在胸前，再拿出几包瓜子放在竹篮覆盖的毛巾上，大声吆喝："卖瓜子，五香瓜子、奶油瓜子，一毛钱一包！"

购戏票的人听到叫卖声，立刻围住了我，你一包他一包地争相购买起来。我一手收钱，一手递瓜子，暗自高兴，过年的生意就是比平常好。不一会，我一篮筐瓜子已卖出去一半。尽管雪花飘落全身，浑身也有点冷，但心里是热乎乎的。

正高兴时，突然人群中有人小声告诉我："不好了，'打办'的人来了！"

我一听见"打办"两个字，不觉一惊，知道情况不妙，立刻取下胸前挂着的瓜子篮筐，拐到手臂上，转身就往人群外跑。

弋江剧场旁边是一条黑幽幽的小巷，直通剧场后面的儒林街、南门湾。我一头钻进小巷内，眼前一片漆黑，凭着路熟我几步就跑出了小巷。只听见身后"打办"的人说"快，抓住他，别让他跑了"，却听不到人跑动的脚步声。估计巷内太黑了，"打办"的人看不到我人影，也就没有再追了。

芜湖南门湾、花街、长街一带属于老城区，低矮的瓦房鳞次栉比，蜿蜒曲折。其中一条条巷道纵横交错，宛如迷宫。尤其是夜晚，巷内黑洞洞的见不到头，不熟的人根本摸不到路。我就是凭借巷道熟悉的优势，不止一次地躲过了"打办"人的追赶。

那晚逃脱了"打办"人的查处，几条熟悉的小巷一转，我又跑到中山

第十三章　机智灵活卖瓜子

路口开始叫卖,但不敢久留。不一会,我又通过小巷道转到二街叫卖,几个地方一转,我随身带的一篮筐瓜子已卖得空空如也。

第十四章　博采众长创品牌

1972年,我正式开始改行炒瓜子。

当时,我家住在芜湖市大戏院52号小巷内。这儿是一片低矮的大杂院,路面狭窄,小巷纵横,在芜湖人眼里虽不起眼,但名声不同凡响,叫大戏院。

据说,晚清重臣李鸿章的少爷李经方曾在此投资兴业,建造了有名的李漱兰堂深宅大院,并附有大戏院、大酒馆等娱乐场所。想当年这儿也是芜湖的热闹场所,繁华之地。后来随着时代的变迁,李漱兰堂大屋逐渐衰败消失,代替而起的是杂乱的低矮平房与小院。但是,大戏院这个响亮的名字一直沿袭了下来。

那时,我家是两间小平房,外加一间披厦是厨房,低矮简陋,但门前有块不大的小院,十分安静。这儿虽然偏僻,离芜湖繁华的中山路却相距不远,可谓闹中取静。出我家院门沿小巷向南走几步就是华兴街,华兴街不宽,也不繁华,却在芜湖有着十分重要的地理位置。华兴街向西不远就是范罗山,芜湖市委机关就坐落在范罗山上。华兴街东边有芜湖日报社大楼,是芜湖的舆论与宣传中心,再向东走几步就是芜湖最热闹的中山路。若从我家小院出来沿小巷向北走,则全是一人宽的巷道,纵横交错,宛如迷宫。不熟悉的人走进去难出来,熟悉的人走进去可直通中山路、北京路和鸠江饭店门前的十字路口广场。这儿独特的地理环境,为我做生意,炒瓜子、卖瓜子提供了难得的地理优势。

炒瓜子首先要有个发火的大炉灶,便于生火架锅旺火热炒。我在芜湖长街小商品市场转了几个来回,就想购买一个大点的炉灶。但是,没看到一个满意的大炉灶,市场卖的都是家庭用的小蜂窝煤炉,没办法架大锅炒瓜子。

回家想来想去只能自力更生,自制大炉灶。我先设法找来一只废弃的大油桶,揭开上面桶盖,油桶下端再开一个进风口。然后,挖来几筐黄土,用水泡软后用脚踩成泥浆。再用几块旧砖头砌成炉膛,搭上几根铁洋圆做成灶栅,上面再用几块薄砖头砌成半圆形的大肚炉膛,四周黄泥一糊,放上一个用电焊焊成的空心坐锅支架,自制大炉灶便完成了。

炉灶晾干后,我便开始点火。大汽油桶改装的炉灶因为炉膛大,煤球装得较多,一旦着火立刻见效,火旺烈焰,炉火熊熊。大锅端上,看着看着铁锅就烧得热气腾腾。很快铁锅就烧成樱红色,事先淘洗过的锅中细砂渐渐地热得冒起烟来,我知道火候到了,忙把准备好的约5斤生瓜子倒入锅中,趁热用大锅铲翻炒起来。随着一阵急促的"沙沙"的翻炒声,锅里的瓜子发出一阵小鞭炮似的"噗噗"响声,并散发出一股瓜子的清香。等响声渐渐平息下来,瓜子也就熟了。我赶紧将瓜子起锅,连同细砂一起铲进铁筛里。细砂漏净,瓜子倒入竹篮,趁热浸卤。随着"嘟嘟"几声,旁边烧开的卤汁锅里升腾起一股热气,我便赶紧拎起竹篮里的瓜子,再倒入竹匾里晾干。随即在瓜子上面撒上一层薄薄淀粉,这一锅瓜子就算加工好了。

第一次在自家炉灶上生火炒瓜子,见灶火仍然烈旺,不忍浪费煤火,我又趁热接连炒了几锅瓜子才肯歇下休息,此时炉火也弱了下来。看着竹匾里热气腾腾的熟瓜子,我称了下重量,估计有几十斤之多。

炒瓜子全是手工活,而且还全是粗活,重活。炒时人就站在烧红的大铁锅旁用大锅铲翻炒,每一锅铲都要从锅底翻起沉甸甸的热砂,不用力气翻不动,而且还要快速翻炒,让瓜子受热均匀,否则小小瓜子很容易被烧焦烤煳,那就成了废品。烟熏火烤,炒瓜子时被烫伤熏伤那是常事,所以炒瓜子时人的眼睛都不敢正视,要眯着眼,歪着头,时时提防瓜子从炒锅里跳出来烫人伤眼。几锅瓜子炒下来,人累得浑身是汗,烟火熏燎得脸上发光发亮,烟呛得鼻孔里都发黑,吐一口痰都是黑乎乎的。

其实,卖瓜子难不仅要提防"打办",还有无时不在的同行之间的竞争。芜湖热闹场所细说也就那几处,电影院、剧场、俱乐部、大轮码头、汽车站与火车站。每到这几处繁华地卖瓜子,我总会发现十几个与我一样偷偷摸摸卖瓜子的小贩。他们有男有女,有老有少。个个身手不凡,各有各的招数。眼观四路,耳听八方,夹在人群中悄悄叫卖一毛钱一包瓜子。也有卖葵花子的,那就更便宜,5分钱一包。还有卖花生米的,也是一毛钱一包。

卖瓜子时间长了,我与这些同行也都熟悉了,见面都心照不宣,会心一笑,各卖各的,互不干扰。大家都在混穷,糊口,同病相怜,有时还相互照顾,通风报信,共同对付"打办"。

偶尔大家聚到一起闲聊,我还会拿出一包瓜子与对方交换,尝尝对方瓜子的口味,嗑嗑对方瓜子的软脆,交流交流瓜子炒制的经验与技艺。

芜湖是个商业城市,也是鱼米之乡,是全国著名的"四大米市"之一。交通便捷,四通八达,尤其水上运输十分发达。长江依城流淌,青弋江穿城而过,城郊更是水网密布,是物产丰富的皖南门口。芜湖的十里长街是有名的小商品市场,炒货业在芜湖也有着悠久历史,而且品种众多,十分兴旺。新中国成立之前,冯玉祥将军曾路过芜湖,被芜湖瓜子所吸引,品尝后赞不绝口,还高兴地挥毫泼墨写下了"张顺祥号"炒货店的招牌,使芜湖瓜子名噪一时。

新中国成立后,芜湖的炒货业也有一段难得的发展期,但由于各种原因,芜湖的炒货业也逐步走向萧条。尤其瓜子被列入二类农副产品,属国家统购统销物资,不允许私人买卖,芜湖炒货业的发展更是受到严重挫折。但即便是在这种不利的大环境下,芜湖市场上仍然有十几家品种的瓜子在偷偷地生产与销售,并受到顾客的欢迎。

1978年底,芜湖终于吹来改革开放的春风,历史翻开崭新的一页。

我虽不识字，但从广播中以及小商贩们的闲聊中，多多少少也知道这一点。这让我看到了希望，也看到了奔头。我生来好胜，要强，做什么都不服输，总想做点名堂来。我有吃苦耐劳的性格，还有不怕挫折、不怕失败的劲头。

我经营瓜子后，炒瓜子、卖瓜子时不止一次地在想一个问题——怎样才能炒出与众不同的、让顾客喜爱吃的瓜子？说实话，当时我还没有品牌意识，一心只想让自己炒的瓜子口味好，顾客吃了还想吃，这样瓜子就好卖，生意也好做。

对芜湖市场经常销售的十来家瓜子，我基本都尝过。为了解与掌握每家瓜子的质量状况，我还有意识地用自己炒的瓜子，一包包地去交换各家的瓜子。遇到有小贩不愿意交换瓜子的，我宁愿花钱也要买上一包，然后在每包瓜子标注只有我自己能看懂的记号。晚上回到家里，我悄悄地将各家瓜子摆上桌，细细品尝。为防止串味，我倒上一杯白开水，每品尝一家瓜子后就用白开水漱漱口，再品尝第二家瓜子。哪家瓜子咸了，哪家瓜子淡了，哪家瓜子又甜了；还有哪家瓜子容易嗑开的与不易嗑开的，以及瓜子嗑开后壳肉容易分离的与难以分离的，我都一一记在心里，并琢磨它们所产生的原因，以及解决的方法。

品尝到最后，我从各家瓜子包中还分别取出几粒，放在水里泡上几分钟，再拿出来放在嘴里嗑，看被水浸泡过的瓜子能否嗑开，嗑开后壳肉能否分离……如此这般细细地琢磨、研究，慢慢从中寻找出炒瓜子的诀窍。

一天下午，我在中山路大众电影院门前卖瓜子。迎面走来一对穿着时髦的年轻男女，一看俩人的亲热状就知道是一对恋人。走到我面前时，男青年掏钱买了两包瓜子，顺手递给女青年一包。

那年轻女子接过瓜子拆开就吃，嗑了几颗瓜子后用浓重的苏州话说："这瓜子没有阿拉'小苏州'瓜子味道好！"

我听了连忙凑上去，问道："请问姑娘，你是苏州人？"

"嗯，是啊！"那姑娘笑嘻嘻地答道，"阿拉'小苏州'瓜子又甜又香，我们苏州女孩都喜欢吃!"

说者无意,听者有心。我听了立即产生一个念头:何不去苏州,去外地走一走,看一看,了解了解外地瓜子的销售行情与炒制技艺?也取取经,学学手艺,长长见识。

我做事一向雷厉风行,说干就干。稍微准备了一下,把家里也安排好,我即背起装有几件换洗衣服的行李,还带上自己炒的几包瓜子,花了4块2角钱买了一张去上海的大轮票。在芜湖江边8号码头登上"东方红"8号大轮,住进了四等舱的大通铺。

大轮顺水而下,一路上长江风光如画。大轮行进的速度不怎么快,江风习习,凭栏赏景,让人神清气爽,感觉十分惬意。

经过一天一夜的顺流直下,第二天傍晚,大轮缓缓地停靠在上海十六铺码头。第一次来到大城市上海,我人生地不熟。望着一栋栋高楼大厦,我真不知往哪儿走,完全像个讨饭的乞丐,只能东问西问,边走边问,最后来到了上海市中心热闹的城隍庙附近,见天色将黑,我赶紧找了一家廉价的小旅馆住了下来。

当天晚上,我就与附近街头上卖瓜子的小摊贩聊了起来。我把自己带来的瓜子请摊主吃吃,听听意见。再尝尝上海的瓜子,了解上海瓜子的种类、口味,以及上海人对瓜子味道的喜好等。可怜我没文化不会用笔记,只能靠脑瓜记,并把上海各品种的瓜子分别买上两包,好细细品尝。

在上海街头的瓜子摊位与食品商店连续转了两天后,我又乘火车赶到苏州,专门找到"小苏州"瓜子店买了两包瓜子,并把自己带来的瓜子请一位老营业员品尝,征求意见,顺便了解苏州人喜欢的瓜子口味。

接着我又顺着铁路转到无锡、镇江、南京,然后乘火车北上到郑州,南下到武汉、南昌等地。每到一地我都不辞辛苦地了解当地瓜子的销售行情,及品种与口味,并买上几包瓜子放进行李里,然后带回芜湖慢慢研究。

为了解当地瓜子的炒制技术,我还想方设法深入瓜子生产厂,不怕辛苦地做起短工与临工,干起粗活。待偷偷学到一点炒瓜子的门道后,便立即辞职,拎起行李就离开。

这一趟取经,我在外地足足转了有三个多月,收获满满地回到芜湖。出门时背包里只有几件换洗衣服,归来时背包里却装满一包包各地的瓜子。南北方瓜子在口味上的不同之处,炒制时火候的掌握,以及卤汁配方中如何利用中草药等,确实让我大开眼界,大涨知识,学到不少炒瓜子的技术与窍门。如瓜子炒制时火候大小的掌握,也要根据瓜子原料的差异而进行变化,甚至天气的变化、季节的变化,都会影响到瓜子炒制时的火候的变化。还有卤汁的配方,中草药的种类、分量多少也有讲究。放多则过,放少则不足。

为此,我在自家炉灶上不断地试炒,试配卤汁。每次炒得不多,一两斤瓜子,边炒边摸索。炒好自己先品尝,然后揣上几包,上街请路人品尝。分文不收,只听意见。这个说咸了点,那个说淡了点;这个喜欢五香味,那个喜欢奶油味⋯⋯

我不怕挫折,不怕失败,反复摸索,不断总结,最后终于炒制成颗粒饱满、南北口味适宜、香味独特、回味悠长的瓜子,而且易吃易嗑。瓜子入嘴轻轻一嗑即开,一开即成三瓣,且壳肉分离,回味绵长,吃过难忘。瓜子产品推到市场销售后,立刻受到顾客欢迎。

从此,每次我到电影院、车站去销售瓜子,所带瓜子都能早早卖完。甚至有的顾客还专门找到我要购买瓜子,还有的顾客等着我出摊买瓜子,这的确让我感到高兴。做生意能做到这一步,的确能让人心满意足。

顾客喜爱买我的瓜子,既是对我瓜子质量的肯定,也对我产生了一股强大的推动力,促使我炒瓜子的劲头更大,对瓜子质量的要求也更高。尤其是在瓜子的风味上,我更是细心揣摩,精益求精,不敢有丝毫懈怠。

一种商品一旦受到顾客的青睐,就会迅速形成口口相传的喜人形势,产生难以估量的影响,并且影响会越来越大。

不久,我炒制的瓜子已在芜湖几乎家喻户晓,人人皆知。这也让我想到了一个现实问题:既然顾客这么喜欢买我的瓜子,何不设一个固定的摊位,方便顾客找到我,好买我的瓜子呀！这就像当年我卖水果时在上海旅社门口挤出一个摊位一样,我也想在市中心挤出一个摊位。

尽管我知道,现在要想在芜湖市中心挤出一个小小的摊位,已远没有当年那么容易了。但是,我依然心心念念,一门心思总想在市中心寻找到一个小小的摊位。

第十五章　福地十九道门巷

为寻找到一个固定的摊位，我沿着繁华的中山路来回走了几趟，最后看中市中心百货大楼南侧妇幼保健院隔壁的十九道门巷。

十九道门巷位置比较不错，闹中取静，巷口紧靠着繁华的中山路，人来人往熙熙攘攘。巷尾则是一条僻静狭窄的巷道，与多条小巷纵横相连，通往北京路、华兴街等地。尤其转过几条小巷，就到了大戏院，走几步就进了我家小院。这的确让我十分满意，离家近什么事都方便。

芜湖这座城市虽不多大，但历史悠久。早在春秋时期就以"鸠兹"之名载入史书，并被称为"吴头楚尾之地"。厚重的历史使芜湖每一条老街老巷都有一段精彩的故事与来历，"十九道门"巷也不例外。

据说，当年上海一个大老板来芜湖经商时，看中这里风水好，便购地置业。在此盖起大批房屋，一幢连着一幢，鳞次栉比，多到拥有十九道门。从此，旁边那条巷道便被老百姓称为十九道门巷。

当然，我看中十九道门巷作为瓜子摊位，绝不是想沾那位上海大老板的光，而是考虑这儿是繁华之地，又离我家近，巷道又多。万一"打办"的人来管来抓，我从小巷道一溜就可以回家。这儿的小巷我都熟悉，也好与"打办"的人周旋"打游击"。

当时十九道门巷口还有一个卖卤鸭的摊点，摊主是位胖胖的中年人，每天下午都在巷口摆卤鸭摊。我与摊主认真商量了一番，那摊主人也客气，同意我在他摊位旁边摆个瓜子摊。经营的品种不同，互不影响，也没矛盾，而且还可以相互照应。

我最初摆的瓜子摊,也真可怜。一只装榨菜的竹篓倒扣在地上,上面放一只圆竹匾盛瓜子,就成了我的摊位。竹篓和竹匾都是我找对面西花园菜市场借的,菜市场内几个年轻女营业员都爱吃瓜子,我递上两包瓜子,笑嘻嘻地说借几只竹篓和竹匾用一下。她们见到瓜子,高兴得立刻拆开来分着吃,边吃边把竹篓竹匾找出来递给我。与这些女营业员混熟了对我也有很大帮助,她们看见"打办"的人来了会及时向我通风报信。我搬起竹篓连同竹匾往西花园菜市场一丢,背起装瓜子的编织袋就穿过菜市场溜走。有时"打办"的人突然出现,我来不及收拾竹篓和竹匾,背起瓜子拔腿就从十九道门巷口跑走。扔下的竹篓和竹匾,菜场的女营业员都会主动走过来帮忙收走。

有群众的帮助,有顾客的支持,我简陋而可怜的瓜子摊位终于在十九道门巷口艰难地生存下来,这也让我在瓜子的经营上迈出了重要的一步。

十九道门巷口真是我经营瓜子的福地,自从我在这儿摆了个简陋的瓜子摊位后,生意是一天比一天好做。每天来买瓜子的人是络绎不绝,几乎是一个接着一个。每天上午九十点钟,我背上一编织袋20多斤瓜子,到十九道门巷口摆摊卖。这边刚把从对面西花园菜场借来的榨菜篓和竹匾支好,那边就有顾客围上来购买。你半斤他一斤,我手持一杆秤又是收钱又是称重,忙得连喝口水的时间都没有。还有一毛钱一包的小包瓜子,也不断有人丢钱来买。这里是市道口,人来人往,熙熙攘攘。买瓜子的人也相互影响,看你买瓜子他也来买,买的人是越来越多。

每天大概到吃午饭时间,我背来的20多斤瓜子就卖空了。剩下几小包瓜子,我连同借来的榨菜篓子和竹匾子,一起送给西花园菜场的女营业员们,也算对她们的支持表示感谢。

到下午三点半左右,十九道门巷口卖卤鸭的开始出摊了。我把中午现炒的20多斤瓜子又背了来,开始摆下午摊位。每天下午的生意比上午还要好些,这与中山路上的人流量有关,下午中山路的人流量总比上午大得多。人流量越大,生意越好做。

我做人一向比较大方，与人为善。平时卖瓜子也是这样，先尝后买，即使不买也可以品尝，从不斤斤计较。每次称瓜子卖，我总是让秤杆翘着，拎着秤跷着兰花指给顾客看，让人满意。别人说小商小贩爱占小便宜，我却与众不同，不喜欢占人便宜，宁愿自己吃亏也不愿意亏待顾客。我从不喜欢抠，也就是不喜欢小气，相反却有点穷大方。我卖瓜子一贯奉行货真价实，从不缺斤少两，敢于公开宣布"少一罚十"。而且每称一个顾客的瓜子，我都会习惯地随手抓上几粒瓜子添给顾客。这随手抓几粒瓜子对我来说没多大损失，但顾客见了会感到满意，别人说我傻，喊我傻子，其实这是做生意的诀窍，会赢得更多回头客。

关于喊我"傻子"的来历，说来也简单。我是淮北人，芜湖在江南，喜欢喊我们淮北人是"侉子"。"侉子"喊走了音，就喊成了"傻子"。加之卖瓜子时，每次称好我总爱添入几粒，这与斤斤计较的小贩有点不同，也被人说成有点傻。买瓜子的人为区别我与别人卖的瓜子，就说"去买傻子瓜子""傻子瓜子味道好"等等，时间一长，我就成"傻子"了。我从不认为喊我"傻子"有什么丑，是小看我、轻视我。相反我却觉得亲切，顺耳，有特点，顾客也好记住。

说来有点怪，在十九道门巷口摆瓜子摊，我遇到过几次"打办"的人来巡查，但一次也没逮到过我。每次总有人提前通风报信，让我早早回避。时间一长我也摸到了"打办"人的规律。来过一次后，至少要平安两三个小时他们才会再来。后来渐渐地"打办"人管得也不那么严了，似乎睁一只眼闭一只眼，不像以往见到我们小贩时的态度——狠得怕人，恨不得要把我们生吃掉。当然，这主要因为国家的政策发生了重大变化。

1980年，我在十九道门巷口的瓜子摊已基本走向稳定，生意也开始兴旺起来。本来每天只能卖四五十斤瓜子，渐渐地每天瓜子销量已增加到百把斤。原来我的瓜子摊位是靠借来的榨菜篓和竹匾支起，后来我买了一辆旧板车，每天用板车来运瓜子，既省力又方便。板车装上几大包瓜子，带上秤、匾、木凳和包装袋等杂物，一车拉到十九道门巷口。车上货物也不用下,只要把板车放平,用两条长木凳前后一支,板车就成了一个很不错的瓜子摊位。顾客一看见我在卖瓜子,立刻就围了上来,把瓜子摊位围得水泄不通。后来的顾客只能排队购买,而且队伍越排越长,我一边称瓜子,一边包瓜子,还要一边收钱,一个人真要忙得连喝口水的时间都没有。每天不把一板车瓜子卖完,我根本不能休息。

晚上把板车拖到家,我是又累又渴,想休息也不行,还要忙第二天出摊的准备工作。好在我家人多,都伸伸手帮帮忙,我就轻松多了。大儿子年金宝、二儿子年强已长大成人,还有妻子耿秀云也能做点杂事,打打下手,糊糊包装纸袋,帮忙包瓜子等。但是,要他们跟我到十九道门巷口出摊,他们一个都不愿意。都说有点不好意思,丢人现眼怕丑。我不知道卖瓜子有什么丑,不偷不抢靠手艺吃饭,靠辛苦赚钱!

但是,炒瓜子、卖瓜子再辛苦再累,回到家我却有两样爱好始终不能丢。一是晚上吃饭要喝上两杯,酒不要多好,一般酒就行。芜湖产的弋江大曲,淮北产的濉溪大曲都可以。菜也不讲究,一包花生米,两块臭干子都能下酒。要是能斩上一碗卤鸭,或者耿秀云能炒上两个小菜那就更好。二是每天要上澡堂泡上一把澡,我喜欢在大澡堂里泡澡,让热水浸漫全身,润滑皮肤,闭上眼睛尽情享受,那种感觉有种难得的舒服与惬意。

我常去的澡堂就是家门口的大众浴室新华池,比较普通,浴资也便宜。浴客大多是门口的熟人与老朋友,大伙经常见面,谈心聊天轻松自由。偶尔高兴我才上新芜路上的高级浴室大观园泡澡,这儿档次要高些,浴资也相应贵些。我去浴室都是卜雅座,单间或双人间。洗过澡躺在澡堂里的长靠椅上,盖上长浴巾,悠闲地沏杯茶,抽根烟,盘算一天的生意,考虑明天的计划,对我来说就是最大的享受。我好多生意上的主意与打算,都是在大澡堂里泡澡时盘算出来的。

瓜子生意好了,每天不愁卖,基本上炒多少就能卖多少。瓜子零售价每斤2.4元,100斤瓜子就是240元,一天上下午带点摸晚,卖100多斤到200斤瓜子不成问题。这样一天营业额就近500元,盈利多少我就不说了,这个呆账芜湖人都会算。

  生意好做,瓜子畅销。在福地十九道门巷摊位上,我虽然非常忙碌与辛苦,心中却充满着快乐与幸福。

  这种很少有的快乐与幸福的感觉,是我当了几十年小贩也从未体味过的。

第十六章　患难夫妻劳燕飞

芜湖是个商业城市，商业经济久负盛名。芜湖经商的小商贩多，个体劳动者多，也就是人们常说的小市民多，我也属于小市民这个阶层的人。这类人有个最大的优点就是吃苦耐劳，但也有个不小的缺点，就是喜欢嚼舌头，说闲话，生是非。这方面我深有体会，也让我吃够了苦头。

我所炒的瓜子因风味独特，口感超群，受到广大消费者的喜爱，生意兴隆。这本应是件好事，但社会舆论四起，一时铺天盖地，给我与家人均造成不小的压力。

当年，芜湖街头盛传的流言蜚语有两方面。一是说我发财了，早就成了万元户。如政府不控制，再这样发展下去，"傻子"就要成为暴发户、资本家了。也有好心朋友直接劝我："傻子，你知道树大招风吧。生意做大了，红眼病人多，还是趁早收缩一下，免得招惹是非！"

说实话，我听了心里也不是个滋味。外面到处传闻"傻子要被抄家了""傻子又要被抓进去了"等等，搞得人心惶惶。家里妻子儿子听到风言风语，也都感到有点害怕。甚至连顾客似乎也有了这方面的担心。

一天下午，我出摊稍微迟了点，排队等候买瓜子的顾客就毫不顾忌地直接对我说："傻子，你到现在没来，我们都担心你出问题了。"

我听了只能苦笑笑，说："我又没犯法，出什么问题？"实际上我心里也是这么想的，只要不做亏心事违法事，我就不怕任何人说闲话！

可是，另一方面的闲话就没这么简单了，实在烦人，搞得连我家庭都不得安宁。社会上是越传越厉害，而且人们对此又特别感兴趣，那就是男女之间的故事。

其实,我整天不是炒瓜子就是卖瓜子,从早忙到晚,哪有片刻空闲与女人搅和?况且我人长得又丑,大字不识文盲一个,从不会浪漫,不讨女人喜,哪个女人爱我?

但是,这话传到我老婆耿秀云的耳朵里,她听了心里始终放不下,整天提心吊胆,有空就找我争吵。

我怎么解释耿秀云也不相信,下班回来想休息一下喝杯酒,她也不停地缠着我,问这问那,刨根问底,还要我老实交代。晚上想睡个安稳觉也不行,弄得我真不知道如何是好。

加之社会上传得最怕人的是"又要抄傻子家了""傻子又要进笼子,又要被关起来了"等等。这让耿秀云整天担惊受怕,寝食不安,不知所措。

耿秀云也是一个苦命女人,没有正式工作,只能做做临时工、合同工,她与我结婚已有20年,为我辛辛苦苦生下三个儿子,我很感谢她。她却跟着我一直受苦受罪,没有过上一天幸福日子,更没过上一天安稳日子。用芜湖老百姓的话说,是板凳头上放鸡蛋——危险的日子多,安稳的日子少。

现在我卖瓜子好不容易赚了点钱,家里经济略有好转,手头也有点积蓄,眼看生活一天天好起来,没想到社会上风言风语,流言四起,又让她心惊胆战,夜夜不安。

耿秀云的想法很简单,也很现实,就是想过普通老百姓的平安日子,安稳日子。她的确害怕我又被抓,她一个妇道人家带着三个孩子又怎么过日子呢?况且,我已被抓进去两次,说不定第三次进去就在眼前。她又将孤苦伶仃地撑着一个家,上有80多岁老母,下有读书儿郎,这样的苦日子她哪愿再尝?

可我总觉得,能把瓜子生意做到这个份上,实属不容易。当然还要继续做下去,而且要努力做得更大,怎能轻易收手?

对耿秀云的心思,我看得清清楚楚,明明白白。我想,既然她胆小,不敢冒险,整天担惊受怕地在过日子,的确也是受罪。不如就按她的心思,夫妻俩分开各过各的日子,也好让她安安稳稳地过几天省心日子,睡几夜安稳觉。

主意一定,我干脆与耿秀云摊牌。那天吃晚饭时,我喝了点酒,趁着酒兴对耿秀云说:"你整天与我争吵,担惊受怕。生怕我又被抓,到时候连累你和孩子,像这样过日子也不是个事。真不行,我俩就分开过,各过各的日子!"

耿秀云听我这样说,沉默了好一会儿,也未置可否。我知道,她的思想在做激烈斗争。

我想了想,又说:"你仔细考虑考虑,考虑好了再做决定。现在瓜子生意好不容易已经做开,我一时半会也不会收手,还要继续做下去。我也铁了心不怕,能做多大就多大。"

耿秀云知道我的态度,肯定会为瓜子生意一门心思走到底,不觉叹了口气,轻声说:"我一个妇道人家,眼光短浅,真看不清国家未来的发展与变化。万一你被抓进去,我带着三个孩子,这日子怎么过?"

我喝了一口酒,接着说:"我也看不清国家的政策是否会变化,但我不怕,并已横下一条心。生意坚决要做下去,而且还要做大,大不了再次被抓进号子,第三次坐牢!"

耿秀云见我说得如此坚决,知道我的倔强性格,想劝我只做做瓜子小买卖已不大可能,一时不知说什么好。

夫妻俩在感情中产生矛盾,而且还不是一般矛盾,话不投机,两人又各有脾气、个性,就很难弥合,很难和解。随着时间的推移,我和耿秀云的分歧越来越大,争吵也越来越多,况且又互不相让,矛盾随之越来越激烈。

夫妻一旦同床异梦,分手就是迟早的事。经过多日思考,反复斗争,最终我只能硬着头皮走进了芜湖市新芜区法院大门,正式提交了离婚申请。

新芜区法院经过多次调解、劝和,劝我与耿秀云不要离婚,但是效果不大。法院见我与耿秀云的感情确实破裂,而且双方都同意离婚,便也不再调解,准许我俩离婚。

经几次协商,1981年3月9日,我和耿秀云终于达成离婚协议。86岁的老母亲、次子年强、三子年兵随我生活;长子年金宝随耿秀云生活。

财产按协议分配后,看着耿秀云和大儿子年金宝拎着各自的衣物离开家,我不由得感到难过起来。

生意做好了,卖瓜子开始赚钱了,家庭却破碎了。妻离子散,怎不让人感到心酸!

离婚后,我身上的担子一下子重多了。上有老下有小,老母亲已80多岁,两个儿子都在上学,还没成人,又当爹又当妈,还要炒瓜子卖瓜子,生活的重担真压得我喘不过气来。

但是,一看到瓜子生意一天比一天兴旺,我又浑身是劲,不觉又忘掉这些生活上的不快与艰难。我起早摸黑,忙了家里又忙家外,又是炒瓜子又是卖瓜子。我本来身体就瘦小,这样一辛苦一累,人就变得又黑又瘦。还是一位朋友好心提醒我:"傻子,你是家里的台柱子。像这样累倒了,你不仅生意做不成,一家老小也吃不上饭,那真成了大问题!你不如花钱请两个人来帮忙,你自己也轻松一些。"

朋友这一说,我也觉得有点道理。思前想后,我决定花钱请人帮忙,按当时流行的说法叫"雇工"。

考虑瓜子生意比较兴旺的状况,我狠狠心一下招聘了三个工人。三个工人都是熟人朋友帮忙介绍的,年轻能干肯吃苦。两人在我家里专门炒瓜子,一人站一个炉灶;还有一人跟我一起外出,摆摆瓜子摊,帮忙卖瓜子。

有三个人帮忙,我的瓜子生意好做多了。尽管我要教他们炒瓜子的有关技术和卖瓜子应注意的事项,还是要忙前忙后,但具体事情少多了,人也觉得轻松多了。有人负责炒瓜子,有人帮忙卖瓜子,我十九道门巷口摊点的瓜子日销量也在不断上升。每天真是顾客盈门,顾客购买瓜子的队伍总是排得长长的,让人看了心里就乐滋滋的。

晚上回到家,喝点小酒,泡把热水澡,然后定心定意地整理一天卖的钞票。卖瓜子大多是小钱,白天收钱时,我总是喜欢用只小皮包装着,晚上回到家,我则把皮包里的钱全倒在卖瓜子的大竹匾里整理,大票 10 元归 10 元,5 元归 5 元;小票 1 角 2 角 5 角,归归类,用橡皮筋扎好;再就是 5 分 2 分 1 分的硬币,理齐了用废报纸包好。

理钱虽费时费事,因大都是零钱,还有不少硬币,但心里特别舒服,可算是一天辛苦后的一种享受吧!

第十七章　第一次接受采访

就在我的瓜子生意日渐兴旺、一天比一天畅销时，一位文质彬彬的中年男人突然来到我家。他不像是做瓜子生意的人，也不像是个小商贩，怎么跑来找我？

我正感到有点疑惑时，那人自我介绍说，他是《芜湖日报》记者，想要采访我，要对我经营的瓜子进行一番了解与宣传。

我听了一惊，我这个小贩从未与报社记者打过交道，也从不看报纸。只知道把旧报纸收来裁成小方块形，然后做包装纸，装瓜子包成三角形小包卖。现在生意好了，用报纸包瓜子三角包的少了，常把旧报纸糊成桶状形纸袋，半斤一斤地装瓜子称着卖。报社记者怎么想起要来采访我？

想想近来社会上流言蜚语甚多，什么"要抓傻子啦""要抄傻子家啦"等等，我不觉警惕起来，怀疑这人是不是来摸我底细的"侦探""特务"？

我越想越害怕，干脆对来人说："对不起，我很忙，没时间接待！"

那人见我这样说，只好笑笑："那等你有空吧，我再来采访，今天你先忙！"

我听他说还要来，看来他还不明白我的意思，立即直截了当地补充说了一句："我整天忙生意，根本没时间接待你们大记者，你就不要来了！"

那人笑了笑，好像没在意我说的话，也没说什么，似乎并不计较我拒绝他采访。

没过几天，那位记者又来到我家。我听见敲门声，打开门一看又是他，不觉有点烦，毫不客气地把他挡在了门外，还顺手把门闩了起来。然后任他再怎么敲门我也不开,心想这下他该死心了吧。

谁知他毫不气馁,第三次又来到我家,我真有点不耐烦,冲着他就吼:"你老来干什么?"

不想,这次他却笑着说:"我今天来不是想采访你,而是来调查芜湖市场上的瓜子质量,看哪家瓜子质量好。"说着,他从包里拿出几小包瓜子,依然微笑着说,"这是我从市场上随机买来的10包瓜子,你们是行家,请你们评评谁家瓜子质量最好?"

我听他这样一说,也不好意思再拒绝人家了。于是忙招呼他进屋坐坐,并叫来正帮忙的两个工人,大家一起来品尝品尝他带来的瓜子。

评瓜子我当然内行,每包只嗑两三粒瓜子就知道味道好坏。我打开一包瓜子,慢慢嗑几粒,然后喝口水,漱漱嘴,再嗑下一包。如此这般依次嗑下去,品下去。最后一包瓜子编号是10号,味道与众不同,甜中带咸,咸中微辣,一嗑即开,壳肉分离,就像我炒的瓜子。我把10号瓜子推到他面前,说了声:"这一包瓜子,我觉得味道不错。"

两位工人也同意我的意见,异口同声地说:"10号瓜子味道好,又容易嗑开,好像我们炒的瓜子。"

那位记者打开他的小本本,指着上面编号说:"你们看,10号瓜子是傻子瓜子。我们在报社已评过了,大家也都一致认为10号瓜子味道好。每包瓜子编号代表谁家瓜子,就我一人知道,而且瓜子包编号都事先记在我本子上,没谁知道。现在你们也评出是傻子的瓜子质量最好,看来大家的意见是一致的!"

他边说边笑,我们听了也都高兴得笑出了声来。

这时那位记者才话归正题,不紧不慢地说:"现在国家鼓励个体户,鼓励私营经济发展。我们报纸也想宣传宣传芜湖三家个体户,一个是北京路上的卤鸭大王,一个是新芜路上的烧饼大王,还有一个就是你们十九道门巷口的瓜子大王。这是好事,宣传对你们也有利,你们应该支持!"

我被他说得有点不好意思,连忙解释说:"记者同志,实在对不起。我有点误会,你多谅解!"

我立即请他坐下说,又叫帮忙的工人赶快泡茶,还热情地要挽留他同我们一起吃晚饭。

直到这时,我才知道这位记者的名字,他是《芜湖日报》记者徐明熙。徐明熙见我态度变得热情起来,心情也好了起来,笑着对我说:"年师傅,现在你们都在忙。今晚8点左右,你不忙时,我再来采访你吧。"

我不好意思地点点头,说:"那就麻烦你再跑一趟,今天晚上你来吧,我在家等你。"

当天晚上,徐明熙如约而至,坐在我家脏兮兮的大桌旁,开始对我进行采访。

我活这么大岁数,还是第一次接受记者采访,也不知该怎么讲。

徐明熙客气地笑着说:"你不要紧张,随便聊聊,有什么说什么。主要谈谈为什么你炒的瓜子受到顾客喜爱!"

但是,真让我说还是有点紧张,真不知从何说起。愣了好一会,也没说出一句话。徐明熙见状,便开始问话。他问什么,我就讲什么。他问多了,我嘴讲发热了,便自顾自地讲个不停,也不知讲得对不对。他不问的我也讲。看他很有耐心,也不打断我的话,边听边记,任我尽情讲,我说话也慢慢变得流畅起来。一个多小时的采访,我滔滔不绝地讲了一个多小时。

临走时,徐明熙笑着夸奖我说:"你今晚讲得不错!"

本以为徐明熙采访过就行了,谁知没过几天他又来了,同我又聊了许多,问这问那,我当然积极配合,尽量满足。有几次徐明熙还跑到十九道门巷口瓜子摊点,看我卖瓜子。这时我可没时间陪他聊了,他也自觉地只看不问,顶多与我打个招呼,说声:"你瓜子生意真不错哟!"

我笑笑说:"小本生意,靠大家照顾!"

徐明熙笑着说:"瓜子是小本生意,但能做到消费者喜爱,也不是一件容易的事。"

两三个月后,天气开始转凉了。一天上午我正准备出摊,门口一个邻居拿着一张报纸,喜滋滋地推开我家院门,大声喊道:"傻子,你上报纸啦!"

我听了一惊,忙放下手中的板车,说道:"快给我看看!"

邻居把报纸举得高高的,边抖动报纸边说:"你看,你看!"

我接过报纸看了看,想想又还给邻居:"我不识字,还请你念给我听听!"

邻居大声说:"今天的《芜湖日报》,还是头版哩!是徐明熙和陈胜国俩人写的报道,标题是《名不虚传的"傻子瓜子"》!"

我听了心里一阵高兴,多少年来我这个从不被人看得起的小商贩,今天终于在党的报纸上公开宣传啦!那一刻我想到许多,想起自己一生艰难走过的道路,也想起炒瓜子的艰辛,还有遭受到的打击,以及两次坐牢……但是,想得最多的是,今后"打办"若再来查我抓我,我就将报纸给他们看,至少我可以理直气壮地说:"芜湖日报是党报,都公开宣传我了,不就是鼓励我卖瓜子吗!"

当天上午出摊,我发现十九道门巷口买瓜子的人又增加了许多,购买的队伍是越排越长。有的顾客边排队边看《芜湖日报》,人们议论纷纷,七嘴八舌。我也不知大家都说些什么,只顾不停地称瓜子包瓜子,收钱找钱。同时我还要反复招呼顾客往巷内排队,以免影响中山路上的交通。

显然,报纸的宣传起到了不小的广告作用。当天我带来的100多斤瓜子,不到中午就卖得一粒不剩。中午我回家简单吃点午饭,又抓紧时间连续炒上几锅瓜子。下午出摊我又带上现炒的瓜子,同样很快就卖得精光,而且排队购买的人还不愿散去。我只好耐心地对他们说:"请大家明天来买,今晚我会加班多炒些瓜子,争取明天满足大家的购买需要。谢谢人家!"说完,我还不好意思地向大家连连点头,表示歉意。

但是出人意料,第二天早上我刚出摊支好板车,就有买瓜子的顾客告诉我,说在离我瓜子摊点不远处的百货大楼墙上,贴满了大字报,内容是指责《芜湖日报》不该宣传傻子瓜子,是在鼓励"傻子"走资本主义道路。

那位顾客还笑着对我说:"这么大的事,那么多大字报,都与你'傻子'有关,你也应该去看看!"

我听了既感到吃惊,又一肚子意见,冲着那位顾客说:"我不识字,只会炒瓜子卖瓜子,随他们贴什么大字报,写什么内容,我才不管哩!"

有位顾客边买瓜子边笑着说:"我念一段给你听听,你还愿听?"

我说:"你念,我愿意听,我倒要看看他们写的是什么内容?"

那位顾客马上大声念道:"大字报上是一首顺口溜:傻子瓜子呆子报,呆子报道傻子笑。四项原则都不要,如此报纸真胡闹!"念完那位顾客忍不住笑出了声。

我听了也立刻大笑起来:"你别说,这大字报写得还真对,我是在笑嘛!"说完,引得排队的顾客也都笑了起来。

其实,那大字报贴在市中心繁华道路口,反倒替我做了不小的广告宣传。某种程度上说,其宣传效果不比报纸上的宣传力度小。芜湖市中心人来人往,每天围观的人是里三层外三层,围得水泄不通,连续多天都造成交通堵塞,行人车辆难以通过,害得交警都要出来维护交通,疏导交通。许多看过大字报的人又好奇地来到十九道门巷口,要来看我卖瓜子,自然也跟着排队买上一包瓜子尝尝。

那段时间,每天出摊后,我做的第一件事不是整理瓜子摊,而是招呼排队买瓜子的人往巷道里面站。并且要求队伍尽量排整齐,以免队伍过长,挤到中山路上影响交通。

报纸的宣传,加上大字报产生的影响,使我的瓜子变得更加畅销。同时也启发我要重视广告宣传,既然报纸已公开宣传傻子瓜子,芜湖消费者又认可傻子瓜子,我干脆请人用粉笔在一块小黑板上写上4个大字:傻子瓜子。

这以后每天出摊时,我都要把这块小黑板广告牌挂在板车上,拉到十九道门巷口摊点。然后,就挂在我身后的墙上,十分显眼,顾客老远都能看到。

　　这是我第一次在摊头公开亮出"傻子瓜子"的广告,虽是粉笔写在小黑板上,非常简陋,也不显眼,但影响与效果很大。芜湖全城乃至周边几个城市的人,都知道芜湖有个名牌产品叫"傻子瓜子"。

第十八章　副市长走访我家

1981年9月中旬的一天，也就是《芜湖日报》刊登"傻子瓜子"报道后没几天，我正在家里炒瓜子，突然听见门外有人喊道："傻子，赵文波副市长看你来了！"

"赵市长来看我？"我简直不敢相信，正迟疑时，几个干部模样的人已经走进我家昏暗的平房里。

我忙停下手中的锅铲，只见走在前面的是一位中等个头瘦瘦的领导，伸出手要与我握手，我赶紧把手在衣服上擦了擦才伸了过去。

旁边有人介绍说："这位就是芜湖市副市长赵文波，分管财贸工作，今天专门来看看傻子瓜子经营情况。"

我一听说真是赵副市长，激动得不知如何是好，连忙说："欢迎赵市长！我家太脏，板凳上尽是灰，真不好意思。"说着，我拿了块抹布揩了揩板凳上的灰，招呼来的一行人坐下。

赵副市长十分和蔼，平易近人。他握着我的手说："没关系，来打扰你了。"说着把身后跟着的几位领导一一向我介绍，"这位是工商局长，这位是公安局长，这位女同志是芜湖日报社总编！"

都是大领导，我家可没来过这么多的领导啊！

我怯怯地和他们一一握手让座，叫两位工人赶紧来给客人泡茶。然后，我随手抓了一大捧现炒的瓜子放在桌上，请各位领导品尝。

赵副市长也不客气，一边招呼随行的几位领导尝尝瓜子，一边拿起一粒瓜子放在嘴里就嗑了起来。随后笑着说："老年啊，你手艺不错呀，瓜子炒得味道是与众不同!"

我轻声答道:"赵副市长,您夸奖啦!我每天炒瓜子,多少炒出一点经验了!"

"现在瓜子卖多少钱一斤?"赵副市长边嗑瓜子边问。

"两块四一斤。"我回答说。

"你现在一天要销售多少斤瓜子?"

我如实汇报说:"报告市长,现在生意好多了。但我就两口锅炒,一天可卖 200 斤左右瓜子。"

赵副市长笑嘻嘻地说:"我们今天来,就是想了解了解你瓜子生产与销售情况。芜湖老百姓喜欢吃你炒的瓜子,这是你的成绩。希望你继续努力,争取创出瓜子名牌产品,为咱们芜湖人争光!"

"谢谢副市长关心和鼓励,我一定努力!"我高兴地大声说,"有市长领导支持,有全市老百姓支持,我会加倍努力,傻子瓜子一定会有更大发展。"

赵副市长又对随行的几位领导说:"你们工商和公安部门,也要对年广九同志炒瓜子多多关心与支持。"赵副市长说完又转过身,对报社女总编亲切地说,"《芜湖日报》最近连续宣传芜湖三家个体户,受到芜湖老百姓的欢迎与支持,希望你们还要继续多宣传个体经济。现在国家鼓励个体经济发展,我们今天走访在芜湖有影响的卤鸭大王、烧饼大王,还有傻子瓜子,就是紧跟国家政策,鼓励个体经济加快发展!"

报社女总编听了头直点,说:"请市领导放心,我们报社一定会认真研究今天对个体户的走访,加大对个体户的宣传力度,从舆论上加强对个体户的关注与支持。"

我在旁边听了是一阵高兴,紧紧握住赵副市长的手说:"我年广九一定不辜负市长的希望,炒出老百姓爱吃的好瓜子,创出'傻子瓜子'品牌!"

我只知道赵文波是位南下干部,在芜湖老百姓印象中口碑很好,多年来一直担任芜湖市的财贸部长,长期重视芜湖的经济与民生的发展。但是,我从未与赵副市长见过面,更没想到他会亲临寒舍,鼓励我炒瓜子卖瓜子。赵副市长又询问了我的生活情况,以及未来的发展与打算,我一一做了汇报,并欢迎赵副市长以后常来我家做客。

走访结束后,我把赵副市长一行送出巷口多远,依然呆呆地望着他们的背影,仿佛还在梦中。

副市长来访加上报纸宣传,使傻子瓜子的销量节节攀升。每天计划销售的瓜子,都是早早就卖完,而且还不断有人在摊前排队不愿离去,反复询问,还想要购买一点傻子瓜子。甚至还有一位危重的病人,躺在病床上也向子女表示"想吃傻子瓜子"的心愿,确实让我感动,也难忘。

那是1981年的秋天,芜湖人对傻子瓜子特别喜爱。傻子瓜子真的是生意兴隆,畅销不衰。十九道门巷口的摊点上每天都围满了顾客,瓜子供不应求,连晚上下班想收摊都很困难,摊位上的瓜子不卖完是根本收不了摊。那天摊位上的瓜子早已卖完,但仍有许多顾客围着摊位不愿离去。其中有一位中年男子也挤在摊位前,在不停地向营业员诉说着,请求帮点忙,称点瓜子给他。

我听见了,忙对他解释说:"今天瓜子卖完了,你要想买瓜子明天再来!"

那位顾客说:"我父亲生病住院,病情已危重,我要照顾他,明天实在没空来!"

我见他话说得实在,就提醒他:"我们瓜子卖完了,但是,马路对面的迎春瓜子还在卖,你明天没空来,现在你可以过去称上一点。"

那位顾客听我这样一说,愣住了。好一会,他才动情地对我说:"我父亲病重危险,住在弋矶山医院,可能活不了几天。他今天指明说想吃傻子瓜子,我要称别的瓜子回去欺骗他,今后一生我都将会感到愧疚!"

我听他这样一说,不觉心头一热,也有点感动。心想:"这是一位孝子呀!为了父亲的一点小小的心愿,排队来买傻子瓜子。虽没买到,也不愿用别的瓜子来欺骗父亲,我应该设法满足他的心愿!"

我一把抓住他的手,轻轻说了声:"你的想法是对的,也谢谢你父亲对傻子瓜子的喜欢。那你跟我一道走吧,到我家里称点瓜子给你,让你父亲好好尝尝。"

那位中年男子高兴地跟着我,沿着小巷来到大戏院 52 号家中。我当场称出两斤傻子瓜子给他,并对那位顾客说:"请转达我年广九的问候,祝他老人家早日康复!"

那位顾客激动地接过瓜子,不断地表示感谢,又是鞠躬又是敬礼,心满意足地离去。

这件事虽小,却给我很大的启示,既然顾客这么喜欢吃我炒的瓜子,仅靠家里两口炒锅已无法满足销售需要,何不顺势扩大生产规模,增加瓜子产量,满足顾客需求?

1982 年春节眼看就要到了,这可是瓜子销售的旺季。芜湖人爱吃瓜子,逢年过节家家户户都要买点瓜子招待客人。由于市场供应紧张,多年来芜湖一直是凭票供应瓜子,而且每家每户只有一斤的定额,根本不能满足广大群众的需要。

经过反复考虑,我决定顺势而上,紧紧抓住春节这个市场销售旺季,早做准备,扩大生产,开办一家傻子瓜子厂。

我做事喜欢说干就干,雷厉风行,不喜欢拖泥带水、拖拖拉拉。主意一定,我立刻委托几个朋友帮忙寻找合适的厂房与场地。

几天后,有两个朋友向我推荐了三四处空闲的厂房,我抽空前往实地一一进行查看。经过反复比较,多方考虑,最后确定位于芜湖市东郊路阡坡山的一处闲置厂房。

这儿说是郊区,其实紧邻市区,而且离我家也不太远,开车十多分钟就到了。这是一间约 180 平方米大的厂房,旁边还附有七八间小平房,可做办公室和工人宿舍。厂房外面是一块面积不小的院地,到时汽车上货下货也比较方便。院门外就是东郊路,直通九华山路、人民路,到市中心鸠江饭店十字路口。应该说地理位置比较让人满意,厂房虽不多大,但可容纳几十名工人在里面工作,而且用电用水也很方便。

我边看厂房边盘算该怎么安排,哪间平房可住工人,哪间平房可做食堂、仓库和办公室等等。得知厂房是郊区花农大队的,我便与花农大队负责人进行了具体的谈话,包括用地、用水、用电等生活设施方面,也都要一一考虑成熟。然后,我们双方谈妥了厂房出租价格、期限,以及付款方式与时间等。

第二天,我就签订了一份租赁合同。租期暂定一年,到期后双方若合作愉快则可优先续租。

厂房租下后,我就近找了一家农村建筑队,对厂房进行了简单的维修与粉刷,并在厂房内砌了9座大炉台,购置了9口大炒锅。我之所以没砌10座炉台,是因为我喜欢9,9是个位数中最大的数字,也是个吉利数字。我名字里就有个"九"字,广九嘛!

随后,我立即开始招聘工人。朋友问我有什么标准,我说:"很简单,年轻、力壮、肯吃苦。"

我仅把招聘信息在熟悉的朋友中透露了一下,并未在报纸上刊登广告,消息立刻就传开了。没想到来报名当工人的年轻人还真不少,那几天招聘报名点也是热闹非凡。经过我亲自询问,从第一批报名的年轻人中,招了20名工人。后来又有熟人朋友介绍,我又不好意思拒绝,陆陆续续又增加了十来个人,这样前前后后招了有30多名工人,都是清一色的年轻人。他们个个年轻力壮,朝气蓬勃,我看了很是满意。

为了保证傻子瓜子的炒制质量,工厂开工前,我对所有新工人都进行了为期两天的上岗前培训。由我亲自授课,示范操作,并现场生火炒制,以及浸卤、晾干等全套的瓜子生产程序。让每个工人都能掌握炒瓜子的基本功,以及瓜子炒制过程中应注意的安全事项和工厂有关的纪律与制度等。

工厂前后筹备了有半个多月时间,芜湖市傻子瓜子厂就正式诞生了。

有人劝我举办一个隆重的投产典礼,请些市里的领导与嘉宾,以及新闻记者等相关人士,开一个有模有样的成立大会。办几桌喜庆的庆祝酒,再做一块工厂牌子,搞个揭牌仪式。邀请相关市领导为工厂揭牌,既热闹又有脸面。

可是,我一个建议也没采纳。我做事一向讲究务实,不喜欢搞那些花架子,讲排场,乱花钱!所以工厂开工后,附近居民也不知道这儿有家瓜子厂。他们只知道每天有货车从这儿开进开出,十分繁忙。还有空气中散发着浓浓的瓜子香味,估计附近居民早就能闻到。

其实,一辆辆货车拉进厂的是一包包生货,运出去的却是一包包炒熟的瓜子。

多少天后,我才知道,我创办的这家傻子瓜子厂,不仅在芜湖是第一家私营企业,而且在全国也可能是第一家私营企业。

1982年春节,由于我的傻子瓜子厂的投产,十九道门巷口的瓜子摊从早到晚都是敞开供应,满足顾客的购买需求。为繁荣芜湖市的春节市场供应起到了一定的保障作用。在我的努力下,芜湖全市多年来凭票供应瓜子的历史终于结束了。

春节前那段日子,每天前来购买傻子瓜子的顾客总是排着长蛇般的队伍,从十九道门巷口一直往巷道里排,常常看不到队尾。不到瓜子售完,长蛇般的队伍都不会散去。甚至还有朋友熟人打电话,写条子,希望多买几斤傻子瓜子。我基本上是有求必应,尽量满足各方面人士的需求。

毕竟我有9座大炉台,9口大铁锅,以及30多名工人在加班加点地炒制瓜子,每天至少要生产几千斤瓜子,为保证芜湖春节市场的供应做出了一点小小的贡献。

第十九章　降价促销助竞争

傻子瓜子赢得老百姓的喜爱与青睐,生意兴旺,瓜子畅销,而且供不应求,自然在芜湖瓜子市场引起强烈反响,不可避免地也会招来同行的嫉妒与眼红,从而导致芜湖瓜子市场的激烈竞争。

芜湖瓜子市场本来只有几个品种瓜子在销售,而且销量有限,都不景气。但在傻子瓜子的带动下,芜湖瓜子市场有了蓬勃发展,涌现出一批名声显赫的瓜子大王。芜湖先后出现30多个瓜子品种,有50多家国营、集体和个体户在从事瓜子生产与销售。仅瓜子品种就有傻子瓜子、迎春瓜子、春光瓜子、胡大瓜子、友谊瓜子、龙凤瓜子、康健瓜子、玉兔瓜子、双虎瓜子、神龙瓜子、如意瓜子、龙腾瓜子等等,真是品牌林立,异军突起。

芜湖瓜子市场品种繁多,购销繁荣兴旺,瓜子销量不断攀升,在全国也产生一定影响。瓜子这个小小商品,长期以来就属于不起眼的小食品,因芜湖这座城市的激烈竞争,竟然也做出了一篇大文章,引导并带动全国的瓜子市场随之出现蓬勃发展的喜人局面。同时,也给芜湖赢来一个响亮的头衔:瓜子城。

纵观芜湖瓜子市场竞争日趋激烈,真可谓烽火连天,狼烟四起。但是,能与傻子瓜子相抗衡的也只有迎春瓜子和胡大瓜子这两个品牌。其他的品牌瓜子都没这个实力,也没这个能力敢与傻子瓜子相提并论,进行抗衡。

我仔细研究了迎春和胡大两个品牌的瓜子,这两家瓜子企业的实力与技艺的确不能小觑。

迎春瓜子是芜湖市供销社经营的瓜子,占着国有企业的优势,财大气粗,实力雄厚。在瓜子质量上具有一定的特色,瓜子品种更是开发较多,除传统的奶油瓜子、椒盐瓜子外,又开发出玫瑰瓜子、薄荷瓜子和甘草瓜子等新品种。尤其是聘请了芜湖老牌瓜子店店主潘龙彩的侄儿潘锦忠作为技术顾问,使瓜子质量有了大幅度提高,在芜湖瓜子市场上占有一定份额。

胡大瓜子也是个体户经营的瓜子,由绩溪人胡福如一手创建。胡福如我比较熟悉,他同我一样当年也卖过水果,炒过瓜子,还一毛钱一小包在芜湖街头巷尾卖过瓜子,同样也被"打办"的人抓过、罚过。

胡福如比我年长十来岁,在瓜子炒制技艺上有一套本领,尤其擅长炒大片瓜子,这方面可算是我师傅。我俩有过不少交往,关系也处得不错。当然,我经营的傻子瓜子对他胡大瓜子的发展也有借鉴与启示。据说,他把瓜子取名为"胡大瓜子",还是受到我的影响与启发,是跟傻子瓜子后面学的。

当我把傻子瓜子创出名声后,在社会上影响越来越大,瓜子销量也不断攀升时,胡福如的妻子朱秀英也受到启发与联想。

一天,朱秀英对丈夫胡福如说:"傻子瓜子牌号怪吸引人的,生意也做得活。咱们生意想要越做越大,做出影响,也要有个响亮的瓜子名号,让顾客好记住。"

胡福如一听,觉得妻子说得有道理,连忙附和:"是的,我们瓜子也应有个好听好记的名字,吸引顾客购买。"

朱秀英见丈夫同意自己的意见,连忙把早想好的瓜子名字笑着说了出来:"你姓胡,专炒大片瓜子,我看就叫'胡大瓜子'吧!"

胡福如觉得妻子说得很有道理,仔细想想"胡大瓜子"名字也不错,好听又好记。他二话没说,连声叫好:"好,就叫'胡大瓜子'!"

从此,"胡大瓜子"这个瓜子品牌就这样在市面上叫开了。

但是,私交归私交,关系归关系,既然大家都是生意场上的竞争对手,做生意就顾不得这些了。我就是要想办法在瓜子市场上打败他们，战胜他们，尤其要战胜"迎春瓜子"和"胡大瓜子"这两个品牌。

其实，随着傻子瓜子声誉的不断提升与扩大，尤其在全国各地报刊舆论的持续宣传下，加之我一贯重视瓜子质量，迎春瓜子再怎么财大气粗，胡大瓜子再怎么有特色，也都无法与我傻子瓜子较量。即便如此，我总觉得还没把这两家有影响的瓜子击败、击垮、击倒，至少没让他们在经营上受到大挫，元气大伤，从而败下阵来。我很清楚，只要在市场上把这两个领头羊的瓜子击败，别的小品牌瓜子更是难以兴风作浪。

经一段时间的反复思考，可以说挖空心思，绞尽脑汁，我决定利用价格战，从价格上把这两家主要竞争对手一举击倒击垮！

市场上瓜子零售价每斤 2.4 元，生瓜子批发价每斤 1.4 元，两相比较，一进一出，每斤瓜子盈利近 1 元。除去成本、人员工资、运输费、损耗费、包装费，以及配料、燃料、水电等杂七杂八费用，每斤瓜子净利润可达 0.84 元。经过认真计算，我觉得可采用薄利多销的方式，让利于顾客，降价促销，吸引更多顾客购买。只要销售量增长，薄利也会变成厚利大利。

我虽然没有文化，大字不识几个，但经商算账我一点也不比别人笨，不比别人差。主意一定，我毫不犹豫地付诸行动，果断实行瓜子零售降价。我在十九道门巷口摊点公开贴出告示：为感谢广大顾客对傻子瓜子多年来的厚爱与支持，现决定回馈顾客。即日起傻子瓜子价格由每斤 2.4 元降至每斤 1.76 元，欢迎广大顾客前来购买。

我不知道这次降价的百分比是多少，也不知傻子瓜子一旦降价销售，会给瓜子市场带来什么样的效应与后果。

不过，有人替我算了一下账，说这次降价的幅度达 27%，能算得上是大降价。我也算了一下账，知道降价后，每斤瓜子我减少利润 0.64 元。这种利润损失不是小数，一般小瓜子企业是根本经受不住这种损失的。

当然，我更不知道由于傻子瓜子的率先降价，芜湖的瓜子市场将会发生怎样一次可怕的"大地震"，并会出现什么样的巨大变化呢？我不敢想象，只能静观其变，看瓜子市场反应。

果然，芜湖瓜子市场似乎毫无思想准备，全市 50 多家瓜子经营者，无论是国营，还是集体和个体，一个个都目瞪口呆，不知所措。他们做梦也没想到，我年广九会不顾利润，让利顾客，搞起降价促销这一市场绝招。

一时间芜湖所有的瓜子零售点都无人问津，尤其是迎春瓜子和胡大瓜子零售门店一改往日的热闹景象，变得冷冷清清。唯有我傻子瓜子摊位前人头攒动，热闹非凡，从早到晚，购买傻子瓜子的队伍都是长龙摆尾，不见尽头。

降价促销使傻子瓜子立刻成为热销货、顾客的抢手货。傻子瓜子几乎是生产多少就销售多少，仓库很难有存货，生意甚至一度兴隆得不得不凭票限购。

为照顾到方方面面有关人士都能购买到傻子瓜子，我在十九道门巷口的摊位上贴出一份告示。大致内容是：凡烈士军属、现役军人、新婚夫妇、老龄人、未成年人以及残疾者，均可凭户口本优先供应傻子瓜子 2 斤；外地来芜的客人，凭当日车票可优先购买傻子瓜子 2 斤。

瓜子紧俏到要凭户口本购买，凭车票购买，这或许只有傻子瓜子才能出现的热销场面，实在令人无法理解。

好在傻子瓜子厂生产能力较强，供货有保障，不愁断货，瓜子日销量由往日数百斤猛增到数千斤，甚至上万斤。逼得迎春瓜子、胡大瓜子以及芜湖其他所有的瓜子品牌不得不跟着傻子瓜子一起忍痛降价。否则，他们在芜湖市场将无法生存下去。

也就在短短几天内，芜湖的瓜子市场上竟然无一家品牌的瓜子价格高于每斤 1.8 元。

这场由我发起的大降价大促销、让利消费者的活动，不仅带动全市的瓜子价格普遍降低，也促使芜湖的瓜子行业都走上改善经营管理、提高瓜子质量和降低生产成本这条良性循环的发展道路。

傻子瓜子这次率先降价的举措，经广大顾客的口口相传，还有全国各地报刊的持续宣传,不仅为傻子瓜子赢得良好的信誉与口碑,而且也开辟了新的广阔市场。傻子瓜子由此开始走出芜湖,走出安徽,走向全国。先是附近的合肥、铜陵、南京、马鞍山等城市的经营者主动来芜湖洽谈设点零售,随后上海、武汉、郑州等大城市也有经营者专程来芜湖联系批发零售业务。傻子瓜子由此也开始打入全国更广阔的市场,生产与销售随之出现一派喜人局面。

为此,我不得不专门又招聘一批年轻的业务人员来进行应对,加强与充实销售队伍,以满足傻子瓜子在全国市场销售上不断增长的需要。

第二十章　扛走货栈的牌子

傻子瓜子销售旺盛，名声大噪，确实让我非常高兴。但是，也应了那句古话——"树大招风"。我陆续听到社会上风言风语，到处传闻，什么"'傻子'雇工剥削，在走资本主义道路"、"'傻子'雇工人数已多达30多人，是典型的资本家"、"政府应对'傻子'加强管理与限制，不能让他如此疯狂地发展下去"，我听了真不知说什么好，一时难以解释与回答。

一天傍晚，我与一位朋友在一起喝酒聊天。酒过三巡，那位朋友善意地提醒我说："傻子现在生意做大了，问题也闹大了！"

"这话怎讲？"我边喝酒边问。

朋友小声地告诉我："你还不知道，据可靠消息，省政府已派调查组来芜湖了，专门调查你傻子瓜子的经营情况。"

"调查我干什么？我又没犯法。"我感到有点不理解。

那位朋友抿了一口酒，缓慢地说："你从不看报，现在全国报纸都为你闹翻天了！"

"你别瞎忽悠我吧，怎么全国的报纸为我闹翻天？"我被朋友说得更加糊涂了。

那位朋友笑嘻嘻地解释说："现在全国报纸都在为你傻子瓜子的雇工问题，展开一场激烈的姓'社'与姓'资'的大争论。有人说你傻子姓'社'，就是说你雇工扩大生产是为了保障市场供应，还在走社会主义道路；也有人说你傻子姓'资'，就是说你雇工剥削，完全在走资本主义道路！"

"我怎敢走资本主义道路?这些人真敢说,我也不懂他们为什么这样说!"我大感不解,越听越不明白。

那位朋友见我听得认真,便解释给我听。他说:"国家规定雇工人数不能超过7人,可你雇工已达到30多人,严重违反国家规定,不是走资本主义道路是什么?"

我笑了,连忙辩解:"说我雇工违反规定我承认,但说我在走资本主义道路那就是外行了。炒瓜子全靠手工活,这你知道,雇7个工人能炒多少瓜子?老百姓都喜欢傻子瓜子,市场畅销,供不应求,现在30多人炒瓜子都不够卖。我只有多雇工扩大生产,多炒瓜子,才能满足顾客需要。"

我说着说着就有点气:"真是一帮书呆子,什么都不懂。我炒瓜子人手还不够,还要扩招,招聘新工人!"

朋友劝我不要气,他善意地说:"现在你傻子雇工这个问题,不但省里知道,连中央都知道了。全国大报小报天天报道,都在争论,恐怕全世界都知道你这个傻子了!"

"知道傻子的人越多越好,名气大了生意更好做。我只知道做生意,降价让利给老百姓,不赚昧心钱!"我猛干了一杯酒,重重地放下酒杯说。

那位朋友也干了一杯酒,笑着提醒我:"现在国家形势与政策还不明朗,很难看清,你还是小心为妙!"

我点燃一支烟,抽了一口说:"你说得有道理,也谢谢你提醒,我是要在各方面都注意。"

经朋友这样一提醒,我心里还真要多长个心眼,至少要保持清醒头脑,处处小心谨慎,时刻加以提防。

果然,就在瓜子畅销时,仓库保管员向我反映了一个现实问题。保管员说:"家里生货已不多,只够三天生产了!"

我听了一惊,不觉反问道:"我们不是与贸易货栈签订了30万斤生货供货合同吗?"

保管员回答说:"我们是与贸易货栈签订了一份30万斤供货合同,但货栈只提供了两批货,后面还有一批 10 万斤生货,货栈说暂时无货供应。"

"怎么无货供应?"我听了有点生气,问道,"他们具体有没有说是什么原因?"

"他们没说什么原因,只说生货紧张,不能保障供应了,要我们谅解。"保管员详细地答道。

"还有这样不讲理的,合同定了 30 万斤生货,怎能不按时兑现?"我越说越气,大声吩咐保管员,"你明天去货栈继续催货,不行我们就想办法对付他们!"

第二天,保管员一早就去了贸易货栈催货,快到中午时才回来。保管员愁眉苦脸地对我说:"年总,催也没有用,贸易货栈还是那句话,说现在生货十分紧张,暂时没办法兑现合同。"

我想了想,对保管员说:"那咱们先礼后兵。你写份告示,就说贸易货栈中断生货供应,傻子瓜子被迫停产,现无瓜子出售。我来贴到十九道门巷口,让广大顾客都来评评理,给贸易货栈增加点压力!"

我的想法很简单,傻子瓜子深受群众喜爱,现在一旦无瓜子供应,群众意见肯定不小,必然对贸易货栈产生意见,这样贸易货栈就会受到来自顾客的巨大压力了。

当天晚上,待瓜子售罄,我把那份写好的告示贴在十九道门巷口摊位的墙上。顾客看了纷纷指责贸易货栈不给傻子瓜子供货,你一言他一语,议论纷纷,一时真是怨声载道。有的顾客怒气冲冲地说贸易货栈在破坏市场供应,甚至有的顾客破口大骂,说贸易货栈做事缺德!

我想群众意见大了,贸易货栈自然会感到压力,就会在社会舆论的压力下被迫兑现供货合同。

然而,我的小算盘完全打错了。没想到贸易货栈依然不理不睬,哪管什么社会影响、群众意见,依然是不供货。他们毕竟是国营单位供销社的下属企业,铁饭碗大锅饭吃惯了,怎怕我做小生意的小商贩来这一套!

我又急又气,眼看家里仓库生货不多了,难道真要停产不成吗?

情急中我对保管员说:"我先到货栈去讲理,你马上叫上两个工人,一起赶过去。"

我已考虑好对付贸易货栈的办法了:先把他们的牌子砸掉,让全市人民都知道他们不守合同,不兑现供货合同。但是,冷静一想,砸贸易货栈牌子不是明摆着打砸抢吗?

看来贸易货栈的牌子不能砸,一砸就是犯罪,我年广九不就成犯罪分子了吗?

但是,转而一想,我能把他们贸易货栈的牌子扛走呀,扛到市委去,让市领导看看,再同他们讲理评理!

对,就这么办,把贸易货栈的牌子摘下来扛走,让他们找我去要,这样到时候我就好讲话啦。

主意想好,我立即跳上厂里一辆装运瓜子的小货车,催促司机按我指定的路线行驶。

司机见我急匆匆的样子,不知何事,连声问:"年总,出了什么事?要到哪里去?你怎么这么急?"

我气呼呼地说:"你不要多问,听我指挥,赶快往贸易货栈开,到了你就知道了。"

司机听我这样一说,也不好多问,一踩油门,驾驶汽车直朝贸易货栈开去。不一会,小货车就开到了芜湖市贸易货栈大门口。

我跳下车,抬眼看去,只见贸易货栈大门前挂着两块长木条牌子。一块长木条牌子上写的是红颜色字,一块长木条牌子上写的是黑颜色字。我不识字,不知道牌子上写的是什么字,更不知道要扛哪块牌子,心想,千万不能扛错牌子!

正犹豫时,两个青年工人骑着自行车急匆匆赶来了。他俩见我犹豫不决,问清情况后小声告诉我,写红字的是党委的牌子,写黑字的是贸易货栈的牌子。

我立即走上前去,抱起贸易货栈的黑字牌子使劲晃了几下,然后用力往上举。贸易货栈牌子顶上的挂钩一下松开了,我顺势摘下长长的牌子,接着双手高高搬起,用力往货车上咣当一声扔了上去。

货栈的门卫不知发生了什么事,赶紧跑出来阻拦,大声喊道:"你是什么人,胆子怎么这么大,大白天敢扛我们货栈的牌子?"

我一把推开门卫,大声说道:"我是傻子年广九,叫你们经理到市委去拿牌子吧。你们货栈与我们签订的合同不兑现,造成我们停产,我们一起到市委去评评理!"

门卫根本不懂我说的什么意思,一步跨到我们汽车前面,拦着汽车不让开动,还大声吼道:"你年广九跑来摘我们货栈牌子,那我们不吃饭啦?"

我也大声吼道:"你们没饭吃,我全养着!"

说完,我扭头对厂里两个青年工人说:"你俩赶紧把门卫拉开!"

听我这样一说,两个青年工人一哄而上,用身体把门卫紧紧挡住,然后慢慢用力将他推开。门卫还想挣扎,但被两个年轻人用身体挡着,也毫无办法。

我催促司机赶紧开车,司机立即点火发动,小货车轰的一声快速开走了。

小货车一路穿街过巷,飞快地往前行驶,不一会就行驶到范罗山市委大门口。

我跳下车,吩咐气喘吁吁赶来的两个青年工人找来根绳子,帮忙把贸易货栈的牌子捆牢,然后,按我说的方法,把货栈的牌子倒过来,高高地悬挂在市委大门口。

路过的群众看见贸易货栈的牌子倒挂着,不知发生了什么事,纷纷跑上来围观,市委大门口很快就围满了看热闹的人,里三层外三层,黑压压的一大片,十分热闹。

我也不解释,不说话,拍拍身上的灰,扭头就往家里走,心想,等市领

第二十章 扛走货栈的牌子 | 107

导看到倒挂的货栈牌子,肯定要来找我,到那时我再来慢慢解释。

谁知刚回到家,还没喝口水,抽根烟,《芜湖日报》记者徐明熙就急匆匆地赶来了。他一见到我,就态度严肃地问:"你怎么把人家货栈牌子扛到市委大门口挂着?"

"货栈不讲理,订好的合同不供货,害我们工厂要停产。"我连忙解释道。

"你有话好好讲,怎么能这样无政府主义乱搞?把人家货栈牌子拉到市委门口,还倒挂起来!"徐明熙一脸严肃地说,"市领导对你这种做法很有意见,要我来跟你谈谈,赶紧把人家牌子扛回去。你这事可大可小,真要处分你,到时你后悔都来不及了!"

我听徐明熙这样严肃地说,再冷静想想,觉得徐明熙的话讲得是有道理,扛人家牌子这事做得有点鲁莽、冒失。我不觉说了声:"这事我做得是过分了。那徐记者您看,现在我该怎么办?"

"快把货栈牌子送回去,向人家赔礼道歉吧!"徐明熙说着朝我后背上推了一把,"不能再让事态扩大,以免难以收场!"

我立即清醒过来,赶紧对徐明熙说:"对,按你说的办。马上把牌子送回去,上货栈赔礼道歉,好挽回影响!"

我说着就准备往范罗山上跑,刚走两步忽然又折回身,因想起看过的京剧《将相和》,剧中大将军廉颇负荆请罪的故事。我立刻叫来一个青年工人找根绳子,吩咐他将我双手反绑起来。

可是,那个青年工人不懂我的意思,吓得抓着绳子不敢动手绑。

我神情严肃地说:"你不要怕,我叫你绑你就绑!"

徐明熙也在一旁帮腔:"年老板叫你绑你就绑,不要怕!"

那个青年工人这才看着我,怯怯地将我主动背到身后的双手绑了起来。

我见他不敢用劲,只是轻轻地绑,又大声说:"你要用劲绑啊,不然还能叫负荆请罪吗?"

那位青年工人听我这样说,才稍稍用力将我双手绑了起来。

我被绑好后,抬腿就往范罗山上走去。一路上身后跟满看热闹的人,人们惊讶地看着我双手被绑,议论纷纷,不明白到底发生了什么事。

我也不在乎大家的议论,只顾大步地往范罗山上走。见贸易货栈的牌子还倒挂在市委大门口,我忙扭头叫身后的青年工人赶紧上去把货栈牌子放下来。

范罗山上是芜湖市领导机关所在地,市领导我只认识赵文波副市长,他曾走访到过我家。

我慢慢来到赵文波副市长办公室,大声地检讨自己,说:"赵副市长,我傻子年广九今天请罪来了!我给市领导添麻烦啦,请赵副市长批评我!"

说完,我惭愧地低下了头,一言也不发。赵文波副市长看我头低着,双手又反绑着,立刻走上来帮我松了绑,语重心长地说:"老年啊,货栈没按合同提供你瓜子,这是他们的错。但是,你不能扛人家货栈的牌子,而且还倒挂到市委大门口,这就是你的错了!"

我虚心地接受赵市长的批评,诚恳地表示:"我这事是做得不对,做得过分了,所以来向领导认错请罪,请领导严厉批评!"

赵副市长态度严肃地说:"我们做任何事都要依法,绝不能胡来。你傻子年广九现在是知名人士,更要注意自己的形象。这事你要认真检讨,把牌子赶紧送回去,向贸易货栈诚恳赔礼道歉,争取赢得人家的谅解!"

"赵副市长,您批评得对!请领导放心,我这就把牌子送回去挂好,诚恳地向贸易货栈赔礼道歉!"我连连向赵副市长弯腰鞠躬,表示歉意。

我这人有不少缺点,但有一个优点,就是知错就改。我立即叫来小货车,把货栈牌子装上,开到贸易货栈的大门口,认认真真地把贸易货栈牌子重新挂好。

牌子挂好后,我先向贸易货栈的门卫鞠躬道歉,然后又跑到街上买了一挂千响鞭炮,按芜湖民间风俗,在贸易货栈大门口"噼噼啪啪"地炸响,算作真诚地赔礼道歉。

　　鞭炮的响声让贸易货栈的工作人员都跑到了大门口,不知发生了什么事,还有路过看热闹的人,货栈门口一时围满了人。我也不怯场,对着人群大声说道:"我年广九不应该扛货栈的牌子,现在向贸易货栈真诚赔礼道歉!"说完,我对着贸易货栈的长条牌子,毕恭毕敬地鞠了一躬。

　　然后,我吩咐青年工人赶紧买来两条"东海"牌香烟。我亲自送到贸易货栈陈经理办公室,又是鞠躬又是道歉,请陈经理代表我把烟散给货栈的工作人员抽,表示赔礼认错,请大家原谅。

　　我诚恳道歉,赔礼悔过,终于得到贸易货栈陈经理和工作人员的谅解,连门卫也对我表示原谅,这事才算勉勉强强有个了结。

　　第二天下午,仓库保管员喜滋滋地来告诉我,说贸易货栈来电话了,通知我们去取货,第三批 10 万斤生货已经到货了。

第二十一章　雇工人数敢破限

经过扛牌子风波后，我更加懂得做瓜子生意，绝不能忽视原料采购与储备。原料就是生瓜子，用行业内话说就是生货。

芜湖是鱼米之乡，但不产籽瓜，也就是打瓜。我们附近农村也没有种籽瓜的习惯，顶多夏季种西瓜。西瓜子不仅产量低，而且颗粒不大，嗑起来费事。相比较安徽淮北地区就产籽瓜，而且产量也可观。但是，随着芜湖瓜子业的迅速发展，淮北地区的籽瓜产量远远不能满足需要。我们只能把眼光投向省外，设法到外省去寻找供货渠道，以免被芜湖市贸易货栈卡住脖子。

多年来芜湖供销社独家经营瓜子，每年有15万斤的指令计划，他们只在春节时生产10万多斤瓜子，芜湖有10万户居民，正好每户分配一斤瓜子计划，但要凭户口本到指定商店购买。随着芜湖瓜子业的发展与竞争，贸易货栈独家垄断瓜子原料的局面慢慢也被打破，芜湖瓜子业对贸易货栈的依赖也越来越小。

我国瓜子产地主要在大西北，新疆、内蒙古、宁夏、甘肃等地区，由于气候与地理等诸多因素，这几个地区盛产籽瓜。其中兰州大片籽瓜尤为著名，瓜子片大壳薄而且肉厚，堪称瓜子中的上乘品。我要求采购员把眼睛盯牢这些籽瓜产地，在籽瓜产地多设立几个收购点，争取多签订一些生瓜子全年供货合同，这将对我们瓜子厂的正常生产起到一定的保障作用。当然，签订这些大宗供货合同，要及时掌握国家政策的变化，最好能把交货地点定在芜湖，以免运输途中节外生枝。

大宗生意要积极主动,小宗生意也不能放弃。芜湖附近瓜农挑少量生瓜子来卖,我要求仓库保管员要态度热情,不能嫌数量少而冷淡瓜农。积少成多,一个瓜农挑来百把斤生瓜子,10个瓜农就是千把斤,数量也可观。瓜农起早挑瓜子来,要安排早餐招待;中午挑瓜子来,要安排午餐招待;晚上挑瓜子来,除安排晚餐外,还要帮助瓜农寻找旅馆住宿。只要我们态度热情,收购价合理,附近瓜农就愿意把生货卖给我们傻子瓜子厂。我们就比同行多一个原料收购渠道,保证工厂的正常生产。

至于贸易货栈,我们依然要与他们做生意,继续签订供货合同,不轻易放弃。合同能签订多少就多少,有当无,不能完全依靠。三方面供货渠道,相互补充,使我们的原料供应有了充足保障。

原料无忧,销售不愁,我的主要精力自然就要投到工厂管理和产品质量上。在管理工厂方面我有个基本出发点——绝不亏待工人。

我自小受苦,尝尽生活的艰辛,深知做工人的辛苦与劳累,所以我给工人的报酬,绝不比国有企业工人低。国有企业青年工人月薪33元左右,我们傻子瓜子厂最低月薪100元,是国有企业青年工人的三倍。厂长的月薪则更高,月薪达240元,副厂长月薪达200元。

在劳保福利上,我们工人每年两套工作服,还不定期发放茶杯、香烟、毛巾、肥皂等实物福利。工人生病住院期间,医药费报销,工资照发。来厂探亲的工人家属,一周内不需交纳伙食费。另外,工人若加班发加班费,完成工作任务发放奖金,还按季度给工人发红包,红包内有20元至200元,数量不等。每炒一麻袋瓜子,装生货的麻袋,废品公司回收2元一个,归炒瓜子工人所有,这属于额外收入,意在鼓励工人多炒多得。

傻子瓜子厂工人实行包吃包住,按军事化管理。一日三餐,分文不交,而且伙食保证营养丰富。早餐油条、馒头、稀饭;中餐四菜一汤,荤素搭配;晚餐除四菜一汤外,还提供少量白酒,而且都是上品牌的好酒。工人劳动强度大,喝点酒可消消乏,但绝不允许过量,以免喝醉影响工作。

逢年过节,除集体聚餐放假外,厂里还适量地发放数额不等的节日奖金或红包。并且每个职工还可以领到几斤傻子瓜子,作为节日礼物,带回家让家人和亲戚朋友们品尝。瓜子数量虽不大,但这也是一种宣传广告。喜爱吃瓜子的人多,尤其是自己炒的傻子瓜子,节假日拿出来招待客人,或送给亲朋好友们品尝,既有面子,又起到一定的广告效应。

我们傻子瓜子厂青年工人多,结婚喜事也多。我公开宣布,青年工人结婚成亲,一方在傻子瓜子厂工作的,我送贺礼500元;男女双方都在傻子瓜子厂工作的,我送贺礼1000元。这让在傻子瓜子厂工作的每个工人都有一股荣誉感、自豪感。而且青年工人结婚举办婚礼时,我都争取亲自出席,除特殊情况不能参加外,我都要赶去喝杯喜酒,表示祝贺,也加深与青年工人的感情。

不亏待工人,让工人得到实惠,工人就会热爱工厂,努力工作,以工厂为家,发挥主人公积极性,为工厂生产卖力。

但是,我对工人的要求也相当严格,特别是产品质量不容有丝毫含糊。每个工人每天炒的瓜子都要单独存放,下班时检验,达不到质量要求的就要罚款。当然我罚得不多,一般也就10元、20元左右。但要罚,不罚工人无所谓,质量也就没保证。

在工厂规章制度上,我要求工人不能迟到早退,尤其看不惯工作时偷懒磨洋工。若被我发现,轻则教训,重则惩罚。

当然,我还有最严厉的处罚——开除。当面干活认真,我一走就吊儿郎当。好,我有办法对付。我每次走出厂门,在外稍等一下,抽根烟工夫,又突然转身拐回了工厂。这叫"回马枪",很见效,一下就能把不老实的工人逮住,灵光得很。我就开除了好几名吊儿郎当的工人,甚至厂里的一位副经理,我也不手软,坚决开除。纪律不严明,工厂就管理不好。我们瓜子车间每天要炒几千斤甚至上万斤瓜子,可到下班时,车间地上干净得连一粒瓜子壳都没有。

随着傻子瓜子的畅销,广大消费者的支持,我明显地感到所生产的瓜子越来越供不应求。为此我想继续扩招工人,增加生产能力,满足消费者的需求。

但是，国家有关部门又有明文规定，个体户雇工不能超过7人。这是一条政策红线，违反就要受到处罚。况且，也有朋友不断提醒我："生意不要做得太大，以免招惹是非！"特别是上回那个朋友告诉我"省政府已派调查组来芜湖了，专门调查你傻子瓜子的经营情况"，还说"全国报纸都在为你傻子瓜子的雇工问题，展开一场激烈的姓'社'与姓'资'的大争论"，更让我有所顾忌，也格外小心谨慎，不敢贸然增招工人，扩大生产。

但是，傻子瓜子的影响力正在日益增强，瓜子畅销，形势向好。作为一个敢闯敢干的商人，理应乘势而上，发展壮大，怎能错失良机，故步自封？

经过一番激烈的思想斗争，认真思考后，我决定增招工人，扩大生产，满足市场需求。说实话，我也不想违规招工，但是，炒瓜子这门生意全是手工活，没有人手根本不行，要想产量高就要多招工人。不过，这次招工我私下进行，不公开招聘。

我把多年来一直跟着我炒瓜子的青年工人何宣怀叫来，吩咐他回趟怀远乡下，悄悄地在老家亲戚朋友中招20名青年人来当工人，并反复叮嘱他不要声张。

何宣怀才20多岁，也是我老家安徽怀远人，与我还有点沾亲带故的关系，是我远房的亲戚，按辈分说我算是他的爷爷辈了。他十四五岁就跟在我身后学做小生意，卖水果，卖冰棒，以及学炒瓜子，与我一样，什么小生意都做过。何宣怀中等身材，长得瘦瘦的，十分机灵，工作一贯认真负责，学什么会什么，而且人又老实，分配给他的工作他都能想办法完成，这一点让我很放心。炒瓜子也是个技术活，教别人炒瓜子我多少要留一手，但教何宣怀我完全放开，一点也没藏着掖着，甚至连卤汁配方我也放心地全部教会他。可以说我们傻子瓜子厂的瓜子炒制技术，何宣怀经过学习与操作，已经完全熟练掌握。

不过，何宣怀做事还是比较稳重，并敢于负责，勇挑重担。对我们傻子瓜子厂的瓜子炒制质量,以及卤汁的熬制,他每天都要亲自过问,亲自操作,不需我烦神。我也信任地大胆交给他负责,他真正成为我的得力助手。

大约一周后,何宣怀果然从怀远老家招来20名年轻力壮的小青年。我要何宣怀等到晚上夜幕降临,才悄悄地把工人分散开来带到厂里。工人进厂后就不能随便出厂。然后,即进行上岗前的培训工作,这些我都交给何宣怀负责。

不过,为了安全起见,我也伤透了脑筋,绞尽了脑汁,以防被外人知道。我让厂里工人全部改换名字,只用假名不用真名,以应付上面的检查。万一上级管理部门来人检查,看到工人花名册上的名单,却找不到真人,也容易蒙混过关。

甚至连一些老工人,我也叫他们用假名,何宣怀就在那时改名叫"何晓马"。谁知这一改,大家一叫开,反倒把原来的真名忘了。至今我都一直叫他"何晓马"。

其实,我也知道让工人改用假名字只能算作自我安慰吧。上级管理部门真要来厂里检查,恐怕这也是难以蒙混过关的。

第二十二章　联营单干有点烦

就在傻子瓜子厂生产稳定，产品畅销，逐步走向兴旺时，芜湖市副市长赵文波又来到我家。这次没有其他几位领导陪同，他只与《芜湖日报》社记者徐明熙俩人一道走来。

赵副市长先是询问我的经营情况和工厂生产情况，然后笑着问："你现在生产原料还存在问题吗？"

我知道赵副市长话中有话，暗示我曾为生产原料未能及时供应，与贸易货栈闹起不小矛盾的事。

我笑着回答："谢谢赵副市长关心，现在瓜子业竞争激烈，有时原料也紧张，不过是暂时的，目前基本上没有什么大问题。"

"那好！你傻子瓜子现在是名牌产品，在全国闻名，也是芜湖的骄傲。为了更好地发展傻子瓜子，使傻子瓜子企业跃上一个新台阶，我想给你一个建议。"赵副市长突然一本正经地对我说。

"请问副市长有什么高见？我洗耳恭听。"我听了立刻也认真起来。

赵副市长喝了口茶，慢慢地说："我是这样考虑，你傻子瓜子有技术，也有市场。市供销社有资金有实力，还有瓜子原料资源，如果你们两家联合起来经营，肯定对傻子瓜子的发展有很大的促进作用，不知你有什么想法？"

我第一次听到联营这个问题，而且还是从分管财贸的赵副市长嘴里说出来的，问题肯定不简单。说实话，我真没思想准备，一时也不知如何回答是好，只能笑了笑，说："十分感谢赵副市长的好建议！只是这问题我还没想到,领导却已替我考虑到了,真应该好好感谢领导。等有空我来好好考虑考虑您的建议。"

"这个问题的确不是小事,涉及方方面面,许多问题也不是一两句话就能解决的。我今天来先向你吹吹风,等闲暇没事时,你再认真考虑考虑。"赵副市长说完又补充道,"等你考虑好了,有什么想法,到时我们再来沟通沟通。"

直到这时我才明白,赵副市长今天来的真正目的,是劝我走联营道路。这让我很快想起,新中国成立初期国家对私营工商业主的改造。不免觉得这问题的确不是小事,赵副市长绝不是简简单单地建议,背后怕有更深的隐情与不好明说的原因。

越是想不透我就越有点着急,不觉起身跑到离我家不远的芜湖日报社找到徐明熙,想通过他侧面了解一下,赵副市长跑来动员我联营的真实目的与具体原因。

徐明熙见我真心来打听,也不搪塞敷衍,与我边抽烟边聊了起来。

果然,赵副市长这趟来我家动员我与供销社联营,背后是有故事的。

原来安徽省工商局、省供销社、省政研室和芜湖市财办,遵照省委书记张劲夫的指示,联合组成了一个调研组,专门到芜湖对傻子瓜子厂进行了为期十天的认真详细的调查,写出了一份颇有分量的调研报告。报告分析了傻子瓜子受到消费者欢迎的具体原因,以及傻子瓜子的主要特点、产量、价格与目前的经营状况,还有傻子瓜子工厂雇工的现况,尤其是傻子瓜子这一产品产生的积极影响与消极影响等等,并明确提出意见"让傻子瓜子与芜湖市供销社进行联营生产",以促使傻子瓜子由个体经营走上集体经营的道路。

省委调研组的意见,芜湖市政府当然要认真贯彻执行。赵副市长此次来我家,就是为此登门来做我工作的。

知道政府要求联营的内情,我考虑也就更加慎重了。省委调研组的意见绝不是轻易拿出的,表面上看联营是可以帮我解决资金问题与原料问题,但是,一旦联营,我就要受到多方面的限制与管理,绝不能像现在这样完全当家做主,说一不二,这是明摆的事。我做个体小贩多年,自由自在惯了,恐怕很难适应联合经营方式,到时反而影响傻子瓜子的发展,至少现在联营的时机与条件都还不成熟。

我没及时给赵文波副市长回话,说实话也不好给出一个明确的答复。

过了一段日子后,我以为此事已不了了之了,谁知赵文波副市长又一次来到我家。

老干部做事就是认真,见我迟迟没给答复,赵副市长又来做工作了,还是那个意思,希望我与供销社联合经营,还说了联营后的许多好处:在生产规模上可扩展得更大,发展得更强,成为芜湖一个重点的有影响的大企业。

我听了后,觉得这事不能再拖下去了,也不能再这样继续地含含糊糊,要给赵副市长一个明确的答复。

我考虑了一下,口气婉转地对赵副市长说:"谢谢市领导对傻子瓜子的关心与爱护,也谢谢赵副市长不辞辛苦地反复登门商谈此事。关于联营的事,我反复考虑,认为目前时机还不合适,等以后条件成熟了我再向您汇报。"

赵副市长听我这样说,知道我思想还有顾虑,至少我现在还不愿意与供销社进行联合经营。他也不好再做动员了。他淡淡一笑,说:"你认为现在联营条件还不成熟,那我们就再等等。等你认为联营条件成熟时,我们再来进行商谈,好吧?"

我知道我这样答复,赵副市长不会满意,芜湖市政府领导也不会满意,安徽省领导更不会满意。但是,我也是没有办法啊!

傻子瓜子是我历经艰辛,辛辛苦苦拼搏与奋斗出来的产品,目前正在开花,即将结果,正在产生可观的经济效益,我怎能轻易地与别的企业进行联营生产!

不过,领导不满意是否会在某些方面对傻子瓜子的生产与经营加以限制？这个问题我不能不考虑，也不能不多多少少有点担心。

自从傻子瓜子出名后，芜湖人就疯传傻子发大财了。社会上不断流传一个个小故事，说得有鼻子有眼，就像亲眼所见。说傻子每天收的钞票多得要用麻袋去装，下班时扛着麻袋往银行地上一倒，由银行营业员去数，傻子自己都不管。我听了只能笑笑，没办法解释，解释了也没人信。近年我是赚了钱，但绝没有赚到用大麻袋去装钱，而且还不用数。

还有说傻子现在出门都带保镖了，怕遭人暗算，一般人很难近他身。我听了也是笑笑："我要保镖干什么？我的命还没金贵到那种地步！"

不过，我是收到过敲竹杠的恐吓信。可惜我不识字，对我构不成威胁。是我手下工人拆开信念给我听的，信上语气还非常强硬："傻子，限你正月十五晚上 10 时整，准时送 5 万块钱到十三中门口，放在门口左边的大条石下。不送要你傻子的命，向公安局报警也要你傻子的命！"

芜湖十三中位于河南盆塘沿偏僻的乡村，学校大门口是两口偌大的水塘，只有一条幽静的小路穿塘而过通往学校门口。这儿远离市区，晚上基本上没有行人，黑森森的，连路也难走。恐吓敲竹杠的人也会选择地方，可是却选错了人。我听了眯都不眯，根本不当一回事，晚上照旧一个人敢外出，一个人敢走黑路，我才不怕呢！

不过，现在省、市领导要求我联营，态度还积极得很，是不是多少也受到社会上"红眼病"的影响，真不好说。

但是，这件事也给我一点启发，那就是要多做好事善事，多做公益活动，给社会留下一点傻子瓜子的新形象。

1982 年夏天，芜湖遭受特大暴雨袭击。连续多日的倾盆大雨导致山洪暴发，洪水泛滥，附近几个县都被洪水淹成泽国，农村生产和农民生活受到严重影响。灾情发生后，我心情难以平静，回想当年怀远老家农村遭受水灾的惨景，不由得动了怜悯之情。

想想自己生意做好了，也应回报社会，帮助灾民渡过难关。我找到芜湖市有关部门，说明来意，要求捐款救灾。芜湖市有关部门领导表示十分欢迎,热情地接待了我。领导问我准备捐赠多少善款,我考虑第一次捐款不能太少,一口就报出捐赠30000元,并立即让人把支票送了过来。有关部门领导当场就帮我办好捐赠手续,并对我的行动表示支持与赞扬。

不久,我到合肥办事,又向省民政厅捐赠10000元,对我老家淮北灾区表示一点心意。后听说阜阳地区也遭了灾,我立刻又捐赠5000元。

随后,我又为芜湖养老院捐赠10000元,并购买了3000元国债等等。

报社记者闻讯前来采访,要进行宣传报道。我干脆说出埋在心里的话:"我现在能做生意赚钱了,全凭国家政策好,这点我永远不会忘记。钱是身外之物,生不带来,死不带去。如果我死了,我做生意赚的钱全部上交给国家。"

报纸把我说的话发表出来后,有个朋友看到了,跑来问我:"傻子你是真犯傻了啦?你说以后要把钱全部上交给国家,那你儿子也不管啦?"

我笑着说:"儿子怎么不管?肯定要管,但我不是给他们钱,只是给他们一条路。"

"这话怎讲?"那个朋友好奇地追问。

我笑了笑,认认真真地答道:"儿子,我把他们抚养成人就行了。然后指一条路让他们自己走,怎么走则由他们自己做主。如果要给他们钱,那就害了儿子了!"

其实,对已长大成人的小大子年金宝,我甚至连一条捷径都不愿意给,让他自己闯。

那年离婚后,小大子年金宝就跟我前妻耿秀云过。去年见我瓜子生意做开了,年金宝跑来找我,说想学习炒瓜子技术,要求重新回到我身边。

我看他已长成20岁的帅小伙子,生得白白净净的,也应锻炼锻炼,便同意他回来。

但是,我对他说得很清楚,想到我这儿学手艺就要从工人干起,与别的工人一样站锅台炒瓜子,老老实实地从头开始学。别仗着老子光到厂里摆资格甩架子,这个干不了那个不愿干,一点实事也不愿做,要是这样你就趁早别来。

小大子年金宝听了头直点,一句话也没说。到厂里后简单培训了一下,他就与其他工人一样上岗,一样吃住,一样炒瓜子,按时上下班站锅台,到月拿工资。我也没多教他什么,全靠他自己操作、苦干,熟中生巧,干中学会。看见儿子手艺提高,我心里当然暗暗高兴。

谁知年金宝根本就不是一个安分的人,跟我后面炒瓜子也不过一年多时间,他就又生出了花样。那天,他跑来找我,突然提出要单过。

我不觉一愣,但很快明白他的意思。什么单过,就是要离开我。看着儿子炒瓜子后烟熏火烤皮肤变黑了,身板也结实了,想想小孩也真长成了。儿子翅膀硬了,做父亲的不能不让他向外飞。但是,儿子飞得越高越好,就是不能给我添乱子。

于是,我对年金宝说:"你想单干,我没意见。不过,我可要跟你明确说,什么生意你都可以做,就是不许做瓜子生意!"

"为什么不能做瓜子生意?"年金宝迷惑不解。

"为什么?你想想就明白了。"我态度严肃地说,"我摆摊子卖傻子瓜子,你开个店也卖傻子瓜子,这不明摆着跟老子唱对台戏嘛!"

年金宝被说得不吱声,不好意思地低下了头,一句话也没说。

我相信他应该记住了我说的话。转而一想,儿子毕竟是第一次创业,肯定会遇到不少困难,不觉又对他说:"为支持你创业,我给你3万元创业费,表示我做老子的一点心意。但是,还是要提醒你,别忘了我说的话。什么生意你都能做,就是不能做瓜子生意!"

年金宝把头直点,似乎听懂了我的话,也记住了我的话。

离开我以后,年金宝一度确实没做瓜子生意。他先后试了好几桩生意,换了好几个行当,结果都没成功。这无疑给刚创业的年轻人是当头一棒,也让他懂得生活的艰辛与不易。

小大子年金宝跟在我身后时,他不需要烦任何神,只要把瓜子炒好就行了,他没想到现在自己创业会如此艰难。不知是处处碰壁走投无路,还是把我这个"父训"当成耳边风,经过一段时间后,年金宝最终还是做起了瓜子生意。

我是在十九道门巷口瓜子摊上,听顾客议论后才知道的。

那天,有顾客买瓜子时问了我一句话:"傻子,你在劳动路又开了一家分店?"

我回答说:"没有啊,你是听人说,还是自己亲眼所见?"

"你自己去看看,就在劳动路口。昨天上午瓜子店才开张,也卖傻子瓜子。"那位顾客买过瓜子后,边走边说。

我好生奇怪,心想谁有这么大胆子,敢在芜湖开冒牌傻子瓜子店?

我立即停下手中活,三步并作两步地赶忙跑到劳动路口。果然,是有一家新开业的傻子瓜子店,店门正对着马路。店内顾客盈门。店门口还放着几盆花篮,显然是才开张营业天把时间。

店门头上"傻子瓜子专卖店"几个大字,十分醒目。我悄悄朝店里看了看,只见年金宝正在柜台内忙碌着卖瓜子。

我气得浑身发抖,气不打一处来,真想冲进店里把他狠狠揍一顿:"你公然与老子对着干,打老子牌子连招呼也不说一声!"

但是,想想店里那么多顾客,不能太丢儿子面子。古话说"虎毒不食子",毕竟是自己的儿子。现在儿子卖傻子瓜子,也算是子承父业。我这做父亲的虽不支持,可也不好公开反对呀!

想到这,我不由得按下心中的火气,悄悄转身离开了劳动路口,心想,随他小子玩去吧!

但是,回到家里,我还是气得一鼓一鼓的,儿子的做法深深伤害了我的自尊心。经过反复考虑,我决定给儿子一点颜色看看,让他也知道一点老子的厉害!

第二天,我在十九道门巷口的"傻子瓜子"广告牌上,请人加上"正宗"二字,以表示年金宝的"傻子瓜子"不是正宗的。

"正宗"二字还真厉害。顾客依然认我的牌子,生意照样久盛不衰。但年金宝店里的瓜子生意明显受到影响,变得清淡了许多。

我听到消息后,不由得笑了:"小子,跟老子作对,你还嫩了点!"

第二十三章　小二子也闹单干

1982年12月30日,是一个平常的日子,但对傻子瓜子来说是一个值得纪念的日子。

这一天,时任中共中央总书记的胡耀邦视察芜湖,乘坐一辆白色的面包车,由芜湖市委书记陈光琳陪同巡视芜湖市容市貌。白色的面包车驶入芜湖市中心繁华的中山路上,经过十九道门巷口时,陈光琳特意向胡耀邦介绍傻子瓜子情况,并指给总书记看我经营的瓜子摊。当时我正在瓜子摊上卖瓜子,可惜我一点也不知道,总书记正在用关切的目光注视着我的瓜子生意。

据说,芜湖市委领导还在铁山宾馆向胡耀邦专门汇报了傻子瓜子的经营状况及雇工问题,并还请总书记品尝了傻子瓜子。胡耀邦品尝傻子瓜子后还夸奖说:"瓜子味道是不错嘛!"胡耀邦还明确指示,"改革开放首先要试验,放手让傻子瓜子发展就是试验嘛。"

尽管我这个小老百姓没办法在现场听到胡耀邦的指示,但后来有人详细地告诉了我,我还是感到非常温暖与激动。我想,有国家领导人的亲切关怀与热情支持,傻子瓜子一定会发展得更快更好。

其实,对傻子瓜子来说,值得纪念的日子还有1982年12月23日。这一天,国家工商总局给我发来正式通知,告诉我"傻子"商标已正式被批准。我记得通知书原文是:"年广九同志,你的'傻子'商标,业已核准。"

我捧着国家工商总局的通知书,一时激动得不知如何是好。

多少年的辛苦，多少年的奋斗，终于获得国家认可，取得合法地位。这很不容易。

别看傻子瓜子早已闻名，要注册商标却不是一件容易事，我们已申报了很长时间，费尽周折与努力，今天终于获得批准。这表明傻子瓜子在生产、销售以及经营上又跨上了一个新的台阶。

从此，经营傻子瓜子，我再也不用东躲西藏、担惊受怕了。有了注册商标，就会受到国家法律的保护，我做生意卖瓜子也就心安理得、理直气壮了。

当然，商标注册后，对傻子瓜子的质量与信誉也相应有了更高的要求与更严格的标准，这将促使我们不断地加强管理，提高瓜子质量，为顾客提供更好的服务。

好消息还不止这一个，是一个接着一个地来到。1983年元旦刚过，《光明日报》就对傻子瓜子进行了有分量的宣传。先是在头版显著位置发表了有关傻子瓜子的文章，接着第二天，又在二版刊发徐明熙和该报记者联合采写的长篇通讯《傻子和他的瓜子》，并配有评论文章。

《光明日报》是全国有名的大报，影响力非同一般。像这样又是文章又是评论，还有长篇通讯来宣传傻子瓜子，在全国并不多见。

《光明日报》的宣传报道，一时在全国引起强烈反响，也使傻子瓜子的影响力与知名度大大提高。

当然，《光明日报》对傻子瓜子的报道也让芜湖某些人感到不安，又是写人民来信又是上访，表示极大的不满和反对意见，这方面徐明熙的压力比较大，我也感觉到一点压力，但身正不怕影子斜。

随后《人民日报》主办的《市场报》也发表了一篇报道，态度更是鲜明，简直就在帮我说话。我看了很是觉得舒服，报道的标题显得硬邦邦的——《该为傻子瓜子开绿灯了》。

绿灯就是放行，就是支持，这谁都懂。可是，安徽省和芜湖市有关领导和部门，仍然在按省联合调查组的意见在行事，仍然不敢跳出"对傻子瓜子要加强管理与限制""主张傻子瓜子与芜湖市供销社进行联营"等条条框框。这一点我感觉比较明显,至少在傻子瓜子发展道路上,我还没有看到已有绿灯在亮起。

绿灯没有亮,红灯却唰地亮了,没想到这次亮的红灯竟然来自我的家庭内部。

去年大儿子年金宝离我而去,仅过去几个月,小二子年强也向我提出要"单过",而且还很是突然,我竟然毫无思想准备。

小二子年强比他哥哥年金宝小两岁,但小二子头脑灵活,少年老成,而且一贯好强。当年小二子出生时给他起名字,不想还好,一想竟吓了我一跳。这小子命强八字硬,长大不敢说出人头地吧,起码也是我年家的一个强者。

小二子年强长大后学习成绩果然优秀,凭着小聪明还当了几年班长。不过,我还是希望他学点手艺,卖水果,炒瓜子,跟我一样,长大后做点小生意。我干过的事走过的路,小二子年强也都干过、走过。

但是他与我不同,看我经常受歧视,遭打击,社会上又存在瞧不起小商小贩的现象,他多多少少也受到一些伤害,不想再做小贩。初中未毕业他就报名进了芜湖市无线电一厂当起一名工人,想摆脱做小贩的命运。

但是,想归想,能不能摆脱就又是一回事。这方面我从不强求孩子,一切随他们自己愿望。孩子长大了,做家长的一定要学会放手。

小二子年强爱看书学习,当工人期间,时常到离家不远的安徽机电学院图书馆借书阅读,过几天又去还书。一来二去,小二子年强与安徽机电学院图书馆里年轻漂亮的女图书管理员谈起了恋爱,很快俩人就难舍难分,坠入爱河。

不久,小二子年强就和女图书管理员喜结良缘。我做父亲的当然从心里高兴,喜得合不拢嘴。但没想到的是,这桩婚姻却轰动芜湖,在社会上闹得是沸沸扬扬。学院内外,大街小巷,到处都在谈论,议论纷纷。原因很简单,女孩出身于典型的知识分子家庭。全家5口人,除妹妹在读中学外,其余人都在安徽机电学院工作。父亲是讲师,母亲是医生。而我却是个毫不起眼的小商贩,在街头摆摊卖小小瓜子,确实让人看不起。门不当户不对,两家在文化、职业等方面都有很大差距,社会上说什么的都有。

"知识分子家小姐,好不嫁歹不嫁,嫁给小商贩家。"

"跟傻子儿子结婚,还不是想傻子几个臭钱!"

"这女孩哭的日子在后头,到时想吃后悔药都来不及。"

世俗的偏见也笼罩着姑娘的家庭,母亲气得犯高血压病,卧床不起;父亲也劝女儿要慎重考虑;妹妹在学校被同学讽刺得哭,回家就一个劲地拿姐姐出气。

女孩默默无言,欲哭无泪。她也曾有过动摇,但小二子年强的甜言蜜语又使她鼓起勇气,坚定不移。

女孩愿意,谁说谁反对也没用!

小二子年强结婚后不久,见我瓜子生意红火,深受消费者喜爱,他看在眼里记在心里。经过一段日子认真思考,又觉得瓜子生意也有发展前途,比在国有工厂当个工人拿点死工资强多了。于是,小二子年强主动从工厂辞职,回到我身边也做起小生意,炒瓜子、卖瓜子。

小二子年强跟小大子年金宝一样,也在我傻子瓜子厂锻炼过一段时间。他站过锅台,尝过烟熏火燎的辛苦;也炒过瓜子,深知每翻一锅铲瓜子所需的力气;又干过销售,走南闯北,还一度负责厂里的财务,懂得管理工厂的艰辛。但是,小二子年强精明。估计炒瓜子的一套工艺与流程都学会了,掌握了;管理工厂的一套本事也熟悉了,学到手了。他思想考虑得也成熟了,便找机会向我开口了。

1983年3月的一天傍晚,天气刚开始转暖,在大戏院52号那间旧平房里,我正在喝酒。小二子年强也陪着喝了一杯濉溪大曲后,他放下酒杯,笑嘻嘻地直截了当地说:"爸爸,我也想单干,跟金宝一样。"

我一听火了:"什么单干?你小子翅膀硬了,难道也想跟老子分家,闹独立?"

小二子年强说话声音不大,但我听得清清楚楚:"我也想做瓜子生意,没什么要求,先找你借点本钱,等赚了再还你。"

"还我?你小子以为卖瓜子跟嗑瓜子一样容易!"我干了一杯酒,重重地放下酒杯,火冒冒地说,"你小子要想好了,不要到时候分开了又后悔!"

"我早想好了,真要后悔也不会找您!"小二子年强口气坚定地说。说完又笑着补充道,"不过,还有点小小的要求,要请您支持!"

"还有什么要求,干脆一起说出来。"我大声说。

"家里那部4909电话,您要留给我,我要用它来联系业务。"小二子年强不慌不忙,胸有成竹地说。显然,分开单干这个问题他已考虑了许久。

我在心里不免有点暗暗吃惊:"这小子真精,以后肯定比我厉害,连联系业务的电话都想到了。"

4909电话是芜湖最早一批装的住宅电话,我当时为方便做生意,是到邮电局花高价安装的。现在一些有关的业务单位都知道这部电话是我的,业务往来、谈生意、进货、算账等,都通过这部电话来联系。现在小二子年强要这部电话,是想把我的业务关系一把揽过去呀。

我越想越气,连干了几杯酒。不觉想到古话"子大不由父",儿子大了是没有办法永远留在身边的,分开单过也是迟早的事。现在既然小二子年强主动提出,不如顺水推舟,让他早点独立,离开我单独过日子。

想到这,我心一横,气呼呼地说:"我让你!让你单过,家里房子、电话,还有你弟弟小三子,全部交给你。"想想我又补充几句,"小三子还小,还在读书,你要让他上大学,别过早让他也做生意。这一点,你做哥哥的一定要负责!"

小二子年强抬头看看我,见我说话的态度十分严肃,连忙点点头,说:"这你放心,我会让小三子一直读书,直至上大学,不会让他和我一样,过早做生意。"

小二子年强大概没想到我会这么干脆,说完又一声不吭地只顾低头喝酒。

  我也是不停地喝着闷酒,一时也觉得没什么可说的了……

  这一夜,我第一次尝到了失眠的滋味。整夜辗转反侧,难以入眠。生意做开了,钱赚了,名也有了,生活却不尽如人意。尽管我也知道,儿子长大成人迟早要分家,只是没想到会来得这么快,这么突然。

  第二天早上,我收拾好随身行李,让厂里来了一辆小货车,把我连同行李全部接走,离开了这个让我生活了大半辈子的大戏院52号,以及见证傻子瓜子发迹的三间老屋。

  临离开老屋时,我对正准备上学的小三子年兵说:"好好上学,以后争取考大学。不要跟我一样做小商贩。"

  我的话小三子也不知听懂了没有,他呆呆地看着我和一货车行李,不知家里发生了什么事,好一会才默默地点点头。

第二十四章　出走昆山闯上海

在瓜子厂里住了几天后,我的思绪依然难以平静,每天晚餐我都要多喝几杯闷酒,借酒浇愁。何晓马知道我心情不好,每晚喝酒时他都要陪我喝上两杯,与我聊聊天。

那天晚上我正与何晓马喝酒时,突然接到江苏昆山瓜子厂李经理的电话。

李经理长得胖胖的,为人十分忠厚又热情。因为是同行,他与我早在生意场上就相熟。对于我炒瓜子的技术他很是欣赏,一直想请我当他们厂的技术顾问,但由于芜湖傻子瓜子厂业务繁忙,我难以离开,所以当顾问的事也就一直没有实现。这回昆山瓜子厂因为瓜子质量不行,销路不畅,造成大量积压,工厂被迫关门。李经理急很了,才来电话热情地邀请我去昆山住上几天。

李经理在电话里说得十分诚恳:"年总,我们只想请您到昆山来住上几天,到我们瓜子厂看看,指导指导我们炒瓜子。当然,您来厂里指导,我们一定会给您指导费和辛苦费的!"

李经理的热情邀请,还有他们厂的贾经理随后也打来电话,同样是热情相邀,而且言辞非常恳切。这让我不由得萌生一个念头:干脆离开芜湖,到昆山去闯荡闯荡,顺便也换个环境,过下新的生活。

我越想越觉得有必要离开芜湖,免得心中不悦。生活不如意,工作不顺心;妻离子散,政府又催着要联营,两个儿子又先后分开单干。真不如到外地去过一段清净自在的生活,远离这些烦恼。

主意拿定，我便将自己的打算告诉了昆山的李经理。李经理一听当然高兴，喜不自禁地在电话里对我说："这真是求之不得的好事，我们想都不敢想，热烈欢迎年总来昆山指导工作！"李经理还踌躇满志地说出他们的计划，"年总，您带一批技术骨干过来，到昆山来多住一段日子，我们联营办瓜子厂。您出技术，我们出资金、人员，包括这边的厂房、设备等杂七杂八的所有基建和生活设施等等，均由我们负责并承担，不要您年总烦任何神。"

"你们想联营办厂，这个我还没想到，我来考虑考虑。"我本想是到昆山去换个环境，休息休息，过段清闲日子。不想李经理和贾经理却有自己的考虑，更大的计划。对此我当然要认真考虑，才能做出决定。

李经理越说越高兴，信心倍增，而且态度也坚决："我们联营办厂，盈利我俩二五对扒。如果亏损，由我们全部负责承担，不要您年总破费一分钱。一句话，您年总到昆山来，肯定是只赚不赔！"

我见对方诚心诚意，不由得也高兴起来，果断地说："先按你说的这么初步定，具体一些细节到时我们见面再商谈。我先把芜湖这边安排好，过几天就带人过去。"

李经理听我说决定过去，高兴地说："那就谢谢年总，一言为定，我们就在昆山等着接您了！"

接下来几天，我把厂里的工作一一做了仔细安排，然后精心挑选出8个愿意同我一起出去的技术骨干，要他们把家里生活安排好，并做好思想准备，计划在昆山工作小半年。

我当然想把何晓马带在身边，可找他商量时，他犹豫不决，面露难色。我知道他有实际困难，年轻人结婚不久，又刚添了一个小孩，家中确实有些困难，我想想也就没有继续动员勉强了。

临走前，我特地找到小二子年强，很认真地对他说："老子离你远远的，瓜子摊、瓜子厂全交给你。厂房还有半年租期，生货熟货照价折算，会计已把账都盘好了，他会同你细说，就看你小子能撑多久。"

小二子年强没想到我会突然离开芜湖,把瓜子摊、瓜子厂全部交给他负责,一时不免有点惊讶。他想说什么,见我头也不回地转身离去,也就没说了。

第二天上午,我带领傻子瓜子厂8名技术骨干,乘火车赶赴昆山。

昆山是苏州下属的一个县,距离上海仅50公里左右路程。显然是受上海的影响,昆山人改革开放的步伐迈得比较大,思想也开放。在经济发展上,昆山人早已行动,敢想敢做敢闯,大胆地走在芜湖人的前头。

邀请我到昆山来的昆山瓜子厂位于昆山火车站附近,是上海铁路局劳动服务公司的下属企业,专门生产火车上的旅游食品。什么瓜子、花生米、五香豆、豆腐干,以及烧鸡、卤肉等开袋即食的小食品。规模虽不大,但厂房不小,有好几间空闲大厂房,大约1000平方米,非常适合办瓜子厂。

来昆山后,我的确像李经理说的基本上不需要烦神,只是动动嘴、指挥一下。在芜湖办瓜子厂时,需要解决资金、厂房、工人,还有原料等问题,在昆山我则什么也不要管,纯粹当甩手老板。我的工作就是要保证炒制的瓜子质量,当然,还有我那个响当当的"傻子瓜子"招牌。好在我带来的8个技术骨干承担了大部分的工人培训工作,前后也不过就一个多星期的时间,昆山瓜子厂就开始按我们傻子瓜子厂的生产技术流程与管理方法开始生产瓜子。而且瓜子产量也在不断提高,由一天炒制几百斤瓜子,到几千斤瓜子,甚至上万斤瓜子。

昆山生产的瓜子在销售上也不用我烦神,与我联营合作方的销售渠道主要以火车上零售为主。别看火车上流动的食品售货车不大,装的食品也不多,但销售量不小。火车上旅客多,一坐几个小时,行程十分枯燥,没事嗑瓜子就是旅客喜爱的打发时间方式之一。傻子瓜子名气大,价廉物美,第一次在火车上零售,自然受到消费者欢迎。

除火车上的销售外,昆山生产的瓜子也在附近的吴江、常熟、张家港、太仓几个县,以及苏州市的市场销售。不过,他们在销售上竟然放弃庞大的上海市场,这让我颇为不解。

我直接向对方李经理建议:"我们现在生产的傻子瓜子,也要争取打入上海这个大市场。"

不想李经理回答说:"上海老牌瓜子太多,像好吃来瓜子、城隍庙的五香瓜子等在上海人眼里是根深蒂固,所以只能一步步地慢慢来。"

李经理的意思我当然懂,看来他还是信心不足。我开导他:"我们傻子瓜子也是名牌瓜子,现在名声比较响,深受消费者喜爱,进入上海市场不会比别的瓜子差!"

李经理听我这样说,当然表示支持,并同意我的想法,把傻子瓜子打入上海市场。

昆山到上海的确很近,交通也方便,火车一天很多班,汽车班次就更多。我在昆山工作任务不多,没事就可以往上海跑,了解上海市场上瓜子销售行情。几趟一跑,我对上海市场上瓜子销售现状有了大致了解。上海人对瓜子的口味与喜好,哪几种瓜子在上海受到欢迎等,我都一清二楚。

仔细研究上海好吃来瓜子和城隍庙五香瓜子后,我发现上海瓜子的加工方法与我们傻子瓜子的加工方法有所不同。我们傻子瓜子讲究炒制,喜欢大火快炒,加工的瓜子偏硬,一嗑易开;而上海瓜子则强调烘、炕等工艺,加工的瓜子偏软,重五香味。芜湖与上海两类瓜子,风味各异,也各有特色。

为占领上海瓜子市场,我要求昆山瓜子厂开足马力加班生产瓜子,争取在国庆节前至少生产40万斤瓜子,为大举进攻上海市场做好充足准备。

国庆节正是秋季,气候宜人,也是瓜子销售的旺季。我想借此时机在上海站稳脚跟,形成优势,争取在上海瓜子销售市场上占据一定份额。

为让傻子瓜子在上海消费者中拥有一定的知名度,我考虑可先在上海进行一下试销,看看上海消费者的反应与销售状况。我先后与上海4

家食品商店进行了洽谈,并挨个察看了4家食品商店的具体地理位置与门店情况。

经过实地考察与反复比较,最终我选中了位于上海闹市区的南京东路上的利男居食品店,以及位于淮海中路地段上的野荸荠食品店。

这两家食品店在上海都有一定的知名度,属于老牌食品店。其实,我选中这两家食品店,不仅因为这方面的因素,主要是因为这两家食品店的地理位置比较理想,旁边都有一条窄窄的小巷道。到时候顾客排队购买傻子瓜子时,队伍好往巷道内排,妨碍不到交通。就像芜湖十九道门巷口一样,买瓜子人再多也可往巷道内排队。不然,排队的人过多队伍较长,影响到马路上的交通,交警是要来管的。

我说这些选中的理由时,两家食品店的经理听了还觉得好笑,说我真是个傻子,买瓜子还能排出多长的队伍吗?

我也不解释,只是微笑着说:"等你们卖傻子瓜子时,你们就知道我这个傻子到底傻不傻。"

不久,这两家食品店相继开始销售傻子瓜子。头两天的经销量,一个店大概也就200来斤,可谓销售平平。几天后,果然有人排队购买。先是十几个人,后来是几十个人,再后来就有几百人了。一天上午,野荸荠食品店前购买傻子瓜子的顾客队伍,竟拐弯向巷道里排出一条400多人的长蛇阵。这在上海著名的商业中心淮海路上,确实不多见,也为傻子瓜子开拓上海市场开了个好头。

我得知消息后,立即赶到淮海路上的野荸荠食品店,挤在人群中悄悄看了看他们销售傻子瓜子的热闹场面。我本不想惊动商店经理,大概是顾客排队过长,人太多,商店经理也出来维持秩序。经理突然看见了我,有点不好意思地说:"年总啊,真被你说中了,傻子瓜子果真要排队购买。没想到,真没想到!"

傻子瓜子这次在上海试销成功,给了我不小的信心,也让我看到傻子瓜子在上海市场销售的潜力,以及未来发展的前景。

1983 年 9 月初,经过一番准备,我带着几个助手又来到上海,开始向上海市场发起全面进军。同行的人提议找家中档宾馆住下,我摇了摇头,语气坚定地说:"我们这次来上海不是来旅游来玩,而是来做生意的。我们要住就住大宾馆,要有气派,要显示身份!这样生意才好做,也不会让别人看不起。"

我在上海外滩外白渡桥旁的上海大厦包了一间豪华房间,这儿是上海的繁华地段,交通方便,还可俯瞰黄浦江两岸的优美风光。为了出行便捷,我们还包下一辆高级出租车,作为交通工具,便于出行联络开展工作。

在宾馆住下后,我让随行的人从上海市电话号码簿上找出一些有影响的食品商店和公司的名称、地址和电话号码。然后,根据每家食品商店和公司的具体位置,尽量做到互不干扰与影响,最后定下 20 多家食品商店和商场,邀请他们的主任、经理等负责人出席傻子瓜子品尝会。我还让随行的人到南京路文化用品商店,选购了 20 多张烫金的高级请帖,请会写毛笔字的老夫子认真写好请柬,再一家家送上门,表示对应邀单位的尊重与诚意。同时我们还给上海几家报纸、电台的记者也发出了邀请,希望他们也能抽空前来出席傻子瓜子品尝会,以便进行宣传报道。

我把在昆山特制的一批傻子瓜子的小包装,赠送给上海大厦的服务员们品尝,并告诉她们如觉得味道不错,吃完可再来免费领取。

别看小包装的傻子瓜子不起眼,影响却不小。上海大厦无论是大厅服务员,还是楼层服务员,抑或迎宾、电梯等服务员,品尝小包装傻子瓜子后,都与我关系处得不错。这些服务员虽不能直接批发销售傻子瓜子,但她们口口相传的宣传效果也很厉害。

到上海的第三天下午,"傻子瓜子品尝会"在上海大厦 19 楼一间中式宴会大厅隆重举行。两位年轻貌美的上海大厦女服务员担任礼仪小姐,她们端庄苗条的身姿给傻子瓜子品尝会增添了不少靓丽的色彩。

前来参会的嘉宾,从一出电梯门开始签到,礼仪小姐就立刻引导入座。然后,礼仪小姐又给每个嘉宾都泡上一杯上等的安徽黄山毛峰绿茶。

这些高级绿茶都是从黄山批发来的,质量十分考究。嘉宾面前的大圆桌转盘上,放着8只素雅的瓷碟,每只瓷碟里分别盛放着奶油、酸梅、多味、酱油、麻辣、玫瑰、椒盐和五香8个新品种瓜子,任由嘉宾品尝。

品尝会前后到了有20位嘉宾,大家欢聚一堂,现场气氛十分欢快热烈。宴会厅里华灯齐放,低回的音乐声伴着宾朋们的盈盈笑语,我看了很是满意。

品尝会开始时,我先简单介绍了一下傻子瓜子发展的经历,表达了即将进入上海市场的信心,并感谢各位嘉宾赏光出席傻子瓜子品尝会。

然后,我热情地说:"我们芜湖人十分喜爱上海货,几乎家家都有几件上海商品。现在我把芜湖货傻子瓜子也带到上海来,希望上海人也能喜爱。今天就请各位商界领导和新闻界记者朋友,先来品尝品尝傻子瓜子。同时也请各位朋友自由谈谈,有什么感受和建议,以及傻子瓜子进入上海市场后该如何发展,才能在上海深入持久地发展下去等等方面。我想听听在座的各位朋友的高见!"

开场白后,我立刻邀请利男居和野荸荠两家食品店经理发言,请他俩谈谈经销傻子瓜子的感受与体会。

两位经理都说一口浓浓的上海话,让与会者听了倍感亲切。尤其傻子瓜子在两家食品店经销时都受到消费者的欢迎,出现排队购买的热烈场面,更让大家感到浓厚兴趣。

利男居食品店经理刚介绍完销售情况后,就当场表态,订货1万斤。随后,野荸荠食品店经理也不示弱,当场订货1.5万斤。

两位经理一带头,参会的嘉宾们纷纷响应,也相继报出各自的订货量。你1万斤,他2万斤,大家边嗑瓜子边订货,会场气氛变得异常活跃。

我见场面如此热烈,心里很高兴,立刻起身把我的名片分别送给每一个嘉宾和新闻记者,希望与各位朋友多保持联系,今后傻子瓜子在上海的发展就仰仗在座的朋友们了!

晚上,我在上海大厦19楼举办丰盛的晚宴,招待各位嘉宾。我先斟满酒,高高举杯,向全体嘉宾敬酒、致谢,然后一饮而尽。

接着我又离席,走到每个嘉宾身边一一敬酒、叙情。在我的带动下,晚宴始终洋溢着热情友好的气氛,觥筹交错,欢声笑语。大家边喝酒边聊天,相互加深印象,亲如一家。我是喝了一杯又一杯,开怀畅饮,尽兴尽情,给大家留下了难忘的印象。

晚宴结束时,我还给每位嘉宾准备了一份 4 斤装的傻子瓜子礼品包装,8 样新品种瓜子每样半斤,聊表心意。

第一次在上海举办傻子瓜子品尝会,虽然邀请的嘉宾人数有限,但效果相当不错,而且现场订货量就高达 22 万斤。相信有如此大数量的傻子瓜子在上海各大食品商店销售,其影响与宣传效果将难以估量,也让我对上海市场充满着信心与希望。

夜幕下的黄浦江两岸灯火辉煌,我站在上海大厦 19 楼中式宴会大厅里,远远眺望上海美丽的夜景。忽然觉得,繁华的大上海很适合做生意,适合傻子瓜子发展。

第二十五章 上海漏税教训深

转眼国庆节到了,我特地让昆山瓜子厂放了一天假。秋高气爽,风和日丽,从芜湖跟我来昆山的弟兄们难得有个休息天,大家结伴到上海逛逛。南京路、豫园、外滩,大家边聊边玩,十分开心。我没闲情雅致去观光赏景,而是坐上出租车先后赶到经销傻子瓜子的利男居和野荸荠两家食品店,想亲眼看看傻子瓜子在上海的销售情况。

我没惊动两家食品商店的负责人,而是悄悄地夹在顾客中挤进店去看看。两家食品店前都悬挂着鲜艳的五星红旗,迎风招展,一派国庆佳节繁荣热闹的景象。两家食品商店都在闹市区,生意兴隆,顾客盈门。经销傻子瓜子的柜台前更是人头攒动,熙熙攘攘。前来购买傻子瓜子的顾客是络绎不绝,几乎一个接着一个,有时也会有几个顾客在排队等候购买。我先到店内看了看,然后又慢慢走到店外,远远地站在店外的空地上,抽了根香烟,才心满意足地离开。

在如此繁华的大都市里,我生产的傻子瓜子能受到顾客欢迎,的确令人感到欣慰!

但是,万万没想到,就在我满怀希望看好上海市场时,上海竟无情地给我当头一棒,打得我措手不及。

1983年国庆节刚过不久,10月11日,上海三大报纸《文汇报》《解放日报》和《新民晚报》,同时在头版显著位置刊登报道,报道傻子瓜子在上海偷漏税案,并加有编者按,措辞严厉。

上海这三家报纸不仅在上海有较大影响,读者众多,而且在全国也有不小影响。消息传开,舆论是一片哗然,震惊整个上海,甚至全国。随后《安徽日报》和《芜湖日报》也相继转发上海的报道,整个安徽也随之震动。

芜湖影响自然更大,人们议论纷纷,十九道门巷口的傻子瓜子销售量也随之锐减。

不久,《人民日报》也发表新华社电讯"傻子瓜子在上海销售偷漏税四万三千元,税务部门限令其11月11日前全部交清",同时《人民日报》还配发了评论文章《唯害必止》,措辞十分尖锐:"……傻子不傻,而且很刁。半年时间仅在上海销售瓜子中就偷漏税4.3万元,吃起国家了,胃口多大!对这样的不法商人必须依法处理,如果我们的同志对这类事情丧失警惕,那我们自己就真的成了傻子了。"

人民日报社、新华社都是国家一流新闻单位,发表的消息与评论其影响可想而知,不仅在全国范围,连世界也都知晓。我没想到问题会发展到如此严重地步,一时真不知该如何挽回。

其实,国庆节前上海开展市场大检查时,税务部门就电话通知了我,说傻子瓜子在上海销售漏交了税款。我是通知会计前去办理税务手续的,估计会计是忙忘了,或者是节日休假处理私事等其他原因,没有及时补交税款。那段时间我也是只想到如何扩大销售,没有盯紧这件事,这样一拖就耽搁了。当然,漏交税款主要责任应由我来承担。尽管我整天只抓生产与销售,对经济问题过问不多,但作为企业负责人还是应该负主要责任。

没过几天,我即带着会计匆匆赶到上海,在上海最繁华的老城区里找到南市区税务局。见到税务人员我首先承认自己的错误,虚心接受税务人员的批评与教育,保证以后不会再出现漏税事件,并当场补交了43000元税款。南市区税务局人员对我能认识到自己错误并及时补交税款表示欢迎。他们态度也很热情,说欢迎傻子瓜子继续在上海经营,只要按章纳税,税务部门就会支持,就会保护。

但是，上海的事情平息了，安徽的事情似乎才刚刚开始。安徽省委对此事很是重视，专门向芜湖市委做了指示，要求严肃查处。芜湖市的行动比较快，仅过了天把时间，也就是10月15日，芜湖市委安排工商局、税务局和银行三家单位组成联合调查组，进驻傻子瓜子厂。

虽然我早在离开芜湖时，把傻子瓜子厂交给了小二子年强，但在工商注册上傻子瓜子厂的负责人写的还是我名字。芜湖市工商局接连打了几个电话给我，说明这次三家单位组成联合调查组进驻傻子瓜子厂的原因与目的，主要是检查傻子瓜子在经营中的违章违规行为，追查偷漏税款问题等，希望我要正确理解，积极配合调查，主动讲清问题、交代问题。

我在电话里对芜湖市工商局负责人说："我年广九热烈欢迎联合调查组进驻傻子瓜子厂。现在我不在芜湖，傻子瓜子厂也早就交给了小二子年强负责。你们查你们的账，有问题该怎么处理就怎么处理，我保证积极配合。厂里会计还是老员工，他也会积极配合。我现在在昆山比较忙，就不回去了，有什么问题我会负责到底。"

芜湖市工商局负责人在电话里反复强调："老年啊，你在昆山可以不回来。但是，联合调查组制定的四条检查纪律，你一定要知道。另外你要跟你二儿子年强讲清楚，绝不能违反这四条检查纪律！"

我当即表态："请工商局领导放心，我会转告小二子年强，要他积极配合检查，遵守检查纪律，绝不隐瞒。"工商局负责人还在电话里把检查纪律详细地给我讲了。我耐着性子让对方把四条检查纪律一一说完。

这四条检查纪律内容大致是：

一、必须接受检查，不得回避；

二、必须如实准确地提供有关情况，回答问题；

三、检查期间可以继续生产经营，但大宗业务往来必须向工商部门申请；

四、过去有错误，偷税漏税要补，违反工商管理规定的要纠正，对合法经营工商部门是保护的。

我听了头脑嗡嗡响,只记了个大概。不知道小二子年强在芜湖面对联合检查组时,会如何处理,毕竟他才18岁,涉世未深呀,我不免对他有点担心。

后来芜湖朋友向我介绍说,上海偷漏税案在芜湖反响也很大,各瓜子厂家趁机加紧竞争,市贸易货栈也顺势停止向傻子瓜子供应生货。年强已完全陷入内外交困之中,傻子瓜子的产、供、销,面临着严重的危机。

本来检查组的进驻已使傻子瓜子厂人心惶惶,年强又没见过这阵势,不免有点抵触情绪。加之检查组整天在厂里找这人谈话,找那人谈话,烦得年强又耍起孩子气,对厂里工作几乎不管不问。这让工厂的经营一时处于混乱之中,瓜子产量是一跌再跌,销量也每况愈下。本来就是傻子瓜子竞争对手的芜湖几家瓜子厂更是幸灾乐祸,认为击垮傻子瓜子的时机到了,至少可报上次我率先降价逼他们就范之仇,纷纷向傻子瓜子发起进攻。增加零售网点,大做广告,扩大影响。激烈的市场竞争不仅表现在瓜子销售上,还转移至生货抢购上。芜湖各瓜子厂家派出多路采购人员,远赴新疆、内蒙古、甘肃等地,抢购壳薄肉厚的大片瓜子。一时瓜子生货紧张,价格上涨。元气大伤的傻子瓜子已无力角逐大西北,只好在苏皖一带拾遗补阙,零星收购生瓜子,以解燃眉之急。

谁知芜湖附近的生货价格上涨更凶,每百斤生瓜子价格高达150元,几乎与熟瓜子批发价相差无几。

关键时刻,年轻气盛的小二子年强面对激烈的市场竞争,忽然清醒过来,觉得不能就此束手就擒。他咬咬牙,果断决定投入竞争,抢购生货,并连夜派车运货。他要不惜代价保住傻子瓜子这块招牌,保住十九道门巷口这块"风水宝地"。

上海漏税事件,导致傻子瓜子的生产与销售第一次遭受严重的挫折。

不久,检查组撤离,也不清楚查没查到问题。我想即便有问题,估计也不是太大,否则芜湖早就传开了。但是,听说小二子年强也与我一样,带着10多个技术骨干远赴新疆,到五家渠新疆建设兵团农垦六师办瓜子厂去了。至此,傻子瓜子年家族中的"三驾马车"只剩下大儿子年金宝一人,仍在芜湖苦苦坚持着经营。

  这次漏税事件给我的教训非常深刻,带来的影响也很大,给傻子瓜子带来的名誉与经济上的损失更不小。我会对这件事进行深刻反思,吸取教训,改进工作。绝不让此事今后再次出现,要注意加强与督促会计人员对相关税务政策的学习与自查。

第二十六章　北京关怀暖心窝

上海漏税事件给我教训很深,也使傻子瓜子遭受一次沉重的打击。转眼事件过去有两个多月,大约12月中旬,眼看1983年就要过去。我又突然接到芜湖市工商局打来的电话,不由得又紧张起来,心想又有什么问题出现了。

正忐忑不安时,对方却笑嘻嘻地在电话里说:"老年啊,我是市工商局的付科长。你不要紧张,这回是好事,可以说是个喜事!"

"什么呀,喜事、好事?"我真是丈二和尚摸不着头脑,连忙问了声,"付科长,你说到底是什么事,又要找我?"

"你还在昆山吧?明天我就到昆山来,当面和你说,到时候我们电话再联系。"付科长故意不说,卖起了关子。

"付科长,你什么都不说,这样就害我了。先简单透露一下,省得今晚我睡不好觉!"

"我说是好事,是喜事,就是好事喜事,绝不会骗你。"付科长爽朗地笑出了声,"今晚你尽管放心睡大觉,好事临头,还能睡不着觉?明天下午我们在昆山见面。"

我被付科长说得真是云里雾里的,一时也猜不透到底是什么好事。不过,从付科长的欢快语气和高兴劲儿,至少可以猜出一点端倪,他这回赶来昆山找我,应该不会是什么坏消息。

第二天下午,在昆山火车站,我接到了芜湖市工商局的付科长。付科长我不太熟悉,在芜湖似乎见过面,我却想不起来,但他认识我。

昆山火车站人流量比较大,我特地带了个小青年举着牌子在出站口来接付科长。在熙熙攘攘的下车人群中,我还没看到付科长,付科长却一把握住我的手。寒暄几句后,他将身旁还跟着的一位领导向我作了介绍,原来那位领导是芜湖市政府的韩主任。一番交谈后,方知他两人这次来昆山,真是专程为我而来,这让我颇感意外。

在昆山县中心城区,我找了一家宾馆,帮付科长和韩主任俩人安排好住处。稍事休息后,两位领导才同我说起正事,把他俩这趟专程到昆山来的目的,原原本本地告诉了我。

原来,他俩是为落实芜湖市政府领导的指示,专程来昆山请我再回芜湖经营傻子瓜子。我感到有点奇怪,芜湖市领导的态度怎么一下又变热情起来,要请我年广九再回去经营傻子瓜子呢?

见我有点不理解,工商局的付科长干脆就把事情的来龙去脉全部说给了我听。

"老年啊,你已是大名人呀!你离开芜湖到昆山来经营傻子瓜子,已经惊动北京高层啦!国务院领导很关心你,芜湖市领导为了落实国务院副总理万里、姚依林的指示,指派市政府韩主任和我专程前来昆山,邀请你再回芜湖,继续经营傻子瓜子。芜湖市政府有关部门将为你回芜湖的经营提供一定的方便与支持。"

付科长的这番话的确让我十分惊讶与感动,我没想到国务院副总理会关心到我这个小商贩,不觉感动地连声说:"谢谢,谢谢国务院领导,也谢谢芜湖市领导!"

在与付科长和韩主任的交谈中,我才逐渐知道北京国务院领导的确对我非常重视与关心,这让我顿时感到一种从未有过的温暖与激动。

接连两个晚上,芜湖市委召开常委扩大会议,专题研究傻子瓜子经营问题。芜湖市委11个常委全部到会出席,市工商局、税务局的负责人也列席参加会议。

会议由市委书记陈光琳主持,这位在芜湖主持工作多年,对年广九的傻子瓜子经营状况比较熟悉的老领导,开诚布公地说:"年广九的傻子瓜子经营受到消费者欢迎,这是件好事,问题是,本来我们可以引导他搞得更好,但因为对年广九傻子瓜子这个问题一时拿不准,所以既不取缔也不支持,随他自己经营发展。中央政策很清楚,个体经济发展得还不够,还要继续放开,鼓励发展。"

接着,黄连庄、李青副书记等也相继发言,分别指出芜湖在社会舆论方面,对年广九没能给予公正积极的评价。对他"博采众长、摸索总结,终于炒制出一嗑三开美味可口的傻子瓜子"正面鼓励得不够;对他在推动私营经济发展上的贡献肯定得也不足。也就是说,对年广九消极的一面看得比较多,积极的一面看得比较少。芜湖存在的这些不正常现象,我们应积极主动地加以引导,为年广九傻子瓜子的健康发展创造有利的环境与条件。

常委们经过充分地讨论,最后形成决议。指示芜湖市政府和工商局立刻派员去江苏昆山,登门请年广九再回芜湖来经营傻子瓜子。市有关部门要热情欢迎年广九回芜湖经营,支持他扩大生产,并对傻子瓜子的经营提供必要的帮助与支持。

当然,对年广九本人存在的一些毛病,市有关部门也应主动热情地开展必要的思想帮助与引导等。

付科长和韩主任的详细介绍,把他们来昆山的意图说得清清楚楚。尤其北京国务院领导对我的亲切关怀与具体指示,让我听了深受感动,眼睛情不自禁地热了,随之逐渐变得模糊起来。我不是容易动情的人,但此时此刻,我却感动得难以自已。我一个毫不起眼的小商贩,却能受到国务院领导的关怀与关注,这真是做梦也想不到的事情!

我激动地对两位领导表态说:"既然国务院领导如此重视傻子,看得起我傻子,芜湖市领导又派你们来热情地邀请我回芜湖经营,我年广九还有什么话说?"

韩主任也热情地说:"年总,傻子瓜子已是全国闻名。你放心,市领导已明确指示我们,要对你多加关心与帮助,为你回芜湖经营傻子瓜子提供必要的支持与方便。"

我态度坚定地表示:"谢谢,谢谢市领导对傻子瓜子的关心与支持!明天我就向昆山方面来反映这件事,把相关事情妥善安排好,处理好,过几天我就带人回芜湖。"

付科长也接着说:"傻子瓜子是芜湖的品牌,芜湖消费者对傻子瓜子也有很深的感情。年总回芜湖经营,我们工商部门会提供热情帮助与服务的,这一点请年总放心。"

"这我知道,我年广九当然放心。"我大声笑着说,"二位领导这么辛苦,跑这多远路,就凭这一点,我年广九就已十分感动!"

第二天,我热情地邀请韩主任和付科长到昆山瓜子厂去看看。

昆山瓜子厂在我的管理与指导下,生产早已恢复正常,管理也走上了正轨。车间里是一派热火朝天的景象,炒锅叮当,炉火正旺,到处是工人忙碌的身影。一股瓜子的香味,在车间里悠悠飘荡,沁人心脾。

韩主任和付科长在我陪同下,在车间里慢慢走了一遭,这里看看,那里问问,见生产车间里一派热火朝天的场面,不免有些小小的惊讶。尤其他俩听我介绍现在工厂一天可生产两三万斤傻子瓜子,而且傻子瓜子销售也在上海市场站稳了脚跟,形成产销两旺的喜人局面后,更加觉得完全有必要请我回芜湖经营,而且对我回芜湖后的发展也充满了信心。

我对两位领导说:"你俩先回芜湖,向市领导反映。我年广九既然答应回芜湖经营,就一定会回去的,不会变卦!"

韩主任和付科长见我如此坦率,顾全大局,也有点激动。紧紧握着我的手,抖了又抖,说:"年总做事一向干脆、爽快!欢迎年总回芜湖经营,我们会尽可能地满足你提出的要求,在厂房和资金贷款上给予大力支持。"

我也语气坚定地说:"请二位领导放心,我年广九说话一向算数,绝不食言。到时候我们在芜湖见!"

第二十七章　给省委书记写信

回芜湖后,我依然沉浸在激动之中。我总觉得只有把傻子瓜子生意做好,才能报答国务院领导和芜湖市领导对我的关心与信任。

我首先到傻子瓜子厂去看看,一切依然是那么熟悉,似乎没有多大改变。只是工厂已没我离开时的繁忙与热闹,变得冷冷清清。厂内只有10多个工人仍在坚持生产,产量也十分有限。

厂里负责人是何晓马,我到昆山时想把他也带上,但他因生活上的实际困难没有随行,而是留在芜湖辅助年强管理工厂。可后来年强也像我一样带上一批技术骨干远赴新疆经营傻子瓜子,何晓马也是因为家里有困难没去新疆,而是独自留下来管理工厂。不过傻子瓜子厂也需要有人负责,何晓马当然是理想人选。

何晓马突然看见我,可以说是又惊又喜。他没想到我会回来,更没想到我回来竟与北京国务院领导的关怀有很大关联。客气了几句话后,何晓马就开始诉苦了。

何晓马说,年强也是憋着一肚子气才离开芜湖的,他对芜湖的经营环境也是不太满意,才带着一批技术骨干跑到新疆去经营。年强到新疆时就把厂里的烂摊子全扔给了他,现在工人已跑走了一大半,工厂只能勉强维持生产。

我要何晓马不要泄气,安慰他说:"现在国务院领导对我们傻子瓜子的经营非常重视,芜湖市政府领导为了贯彻国务院领导的指示,专程派人到昆山请我回来,这是个极有利的机会。我回来了就是要重整旗鼓,东山再起。你别急,我会想办法来恢复生产,恢复傻子瓜子的元气的。"

何晓马知道我回来又要亲自管理工厂时,心里特别高兴,说:"年总,您回来了,我们就有信心,傻子瓜子厂也有希望了!"

何晓马陪着我在厂里各处转了转,看了看。我与厂里的老会计又仔细谈了谈,了解工厂经济方面的状况。

老会计见到我也是怨苦叹天的,一肚子怨言,说厂里产销都不景气,而且亏损严重,债台高筑,赤字已达18万元。

老会计的话让我感到有点意外,好端端的一个工厂,我走时还是月月赢利,短短一年时间不到就转盈为亏,不能不让人痛心!

随后,我又转到十九道门巷口看看。十九道门巷口的傻子瓜子摊位仍在零售,只是往日排队购买的热闹景象已不见踪影,偶尔有少数零零散散的顾客前来购买。站摊的两个年轻人都认识我,热情地和我打起招呼。我顺便问了下近期傻子瓜子的销售情况,他俩说现在生意清淡多了,半死不活的。

我对他俩说:"你们不要丧失信心,我现在回芜湖再度经营傻子瓜子,就是要恢复傻子瓜子当年的繁荣与兴旺,况且市有关部门也会大力支持我们!"

两个年轻人听我这样说,脸上都露出了笑容。其中一个年轻人还冲着我说:"年总你回来了,我们干得也有劲!"

没过几天,又传来一个喜人的好消息。中央下达了1984年的第一号文件,明确提出支持个体私营经济发展。这无疑给了我莫大的信心与鼓励,让我听到了党中央的声音,看到了个体经济发展的方向。因我雇工经营而引起的全国性的姓"社"与姓"资"的激烈大争论,也随着中央一号文件的下达而慢慢地平息了下来。

当初离开芜湖到昆山时,我口头上已将工厂交给了小二子年强,尽管他现在与我一样远离芜湖,但原来的工厂我也不好再接手管理了,只能重起炉灶,重新开张。

按照我在昆山与韩主任和付科长谈好的要求,芜湖市政府会在厂房和资金上给予支持和帮助。相关部门很快就帮我在芜湖市工业干道酿造八厂附近的芜湖铅丝厂租下了厂房。

芜湖铅丝厂是芜湖二轻局下属的一家工厂,专门生产铁钉和铅丝等产品。随着社会的发展,像这种规模不大的小工厂已陆续遭到淘汰或倒闭。铅丝厂闲置的厂房正好可做瓜子厂的生产车间,一幢办公楼可做职工宿舍,另外还有仓库等辅助设施。

有政府的支持与相关部门的配合,开办工厂的一些相关的程序与手续很快就办妥了。一家银行还主动找到我,要提供资金贷款。有厂房,有资金,还有政府相关部门的一路绿灯,我们傻子瓜子工厂很快又开办起来。

为了让工厂能尽快开工生产,我一下招聘了108名青年工人,清一色的20多岁的年轻人,我们工厂立刻充满着一股青春活力。

形势一派大好,我信心倍增,同时心中的一股感激之情也在不断地涌动。我一边谋划着傻子瓜子的全新发展思路,一边又想着,该怎样才能向党和国家表达自己的感激之情呢?

经过几天的深思熟虑,突然一个大胆的想法闯入脑海:何不请人帮我写封信?就写给省委书记,向安徽省委第一把手汇报汇报自己的生产计划、行动决心,以及对党和国家的感激之情!

正好在我的顾客中有位中学语文老师,他因为喜欢吃傻子瓜子,常来购买瓜子而与我相识,我们逐渐发展成比较熟悉的朋友。

我请这位中学语文教师帮忙写封信,他当然是一口应允。

这位中学老师做事很认真,他要我详细说说自己的想法和写信的目的。我俩细谈了一晚上,我把心里想说的话以及想表达的意思全部告诉了他。

第二天晚上,这位语文老师就把信的初稿写好,并反复念给我听,还做了详细的解释与说明。我仔细听完信的内容后,又谈了下自己的意见。

这位语文老师又修改了一稿,才算完成了任务。

为慎重起见,我又把信送给《芜湖日报》记者徐明熙看看,请他再把把关。给省委书记写信,可不是闹着玩的。我虽没文化不识字,但芜湖有文化的秀才多哩。

1984年3月27日,我给安徽省委书记黄璜同志的信终于写成完稿,并立即寄了出去。

我给黄璜书记的信全文是——

尊敬的黄璜书记:

我是芜湖市"傻子瓜子"经营者年广九。我知道您工作很忙,本不应打扰。但有些问题不得不向您汇报。企业在整顿,经济效益要上去。我作为个体专业户,怎样才能为国家出一份力呢?为此,我拟订1985年生产计划,向您汇报。

今年生产计划是1000万斤,产值1600万元。只要各方面支持,完成任务是没有问题的。

第一,收购1000万斤生瓜子,可以解决5000户瓜农的产品销路;第二,国家可以收各种税202万元;第三,有利于集体的收入,特别是知青店。

黄书记,我"傻子"年广九是一个微不足道的个体户。虽几经挫折,但我认定党是伟大的,党的政策是正确的。特别是我从外地回到安徽,有人指给我看"振兴中华、建设安徽"八个大字时,我心情特别激动。我总在想:我是吃安徽粮、喝安徽水长大的人,怎样才能为建设安徽而贡献我的微薄的力量呢?去年,我曾用盈利捐献给安徽省1万元、芜湖3万元做救灾款,1万元给敬老院,其余的钱全部存进了银行,这些钱是人民的。如果我死了,全部交给国家。

黄书记,以前我曾向有关领导提出过计划,至今未见答复。这次计划就是我向您和安徽人民立下的"军令状",如不能兑现,甘愿坐牢。盼望能得到您的支持。

　　此致

敬礼！

芜湖市"傻子"年广九
1984 年 3 月 27 日

信发出后,我没指望黄璜书记回信。然而,仅隔了一周时间,我竟然收到了黄璜书记的亲笔回信。真是让我大喜过望,激动不已。

黄璜书记给我回信的全文是——

年广九同志:

　　三月二十七日来信收悉。

　　你是安徽省有影响的个体劳动者之一,政府在各方面都很关心你。你决心开拓前进,以更大的成绩来报答各方面的关怀,这是非常必要的。我预祝你取得新的进步!

　　我们国家坚持社会主义制度,这是一项基本原则。在相当长的时期内,适当发展包括个体经济在内的多种经济形式,这是我党的一条重要政策。我认为你经办的企业,对搞活经济、繁荣市场、方便群众、安置就业都起了一定的积极作用。国家应该保护你在政策规定范围内的正当权益。你在来信中提到的问题,已告诉芜湖市委,请和光琳、衡遽同志以及市有关部门联系,他们是会关心和支持你的。

　　你这个同志是有些毛病的,有的毛病也是突出的。我们共产党人允许人们犯错误,但允许和赞同完全是两回事。有错误一定要改,改了就好。这一原则对你对其他同志都是适用的。希望你认真学习党的有关政策规定,遵纪守法,团结和爱护工人同志,不要辜负党和政府对你的关心。至于有些同志不能公正地对待你,大多属于认识问题,经过教育是可以转变的,你也不必过多忧虑。

祝

进步!

黄璜

1984 年 3 月 31 日

我请人把黄璜书记的信念了一遍又一遍,并要求念的人边念边解释,让我好吃透领导精神。省委书记能给我一个卖瓜子的小商贩回信,不仅感动了我,也感动了众多像我一样的个体户。我知道黄璜书记不是在给我"傻子"年广九一个人回信,而是给安徽所有个体户回信。接连几天,我都沉浸在对黄璜书记回信的感动之中。

1984 年 4 月 3 日,《芜湖日报》头版全文刊登黄璜书记的信,第二天 4 月 4 日《安徽日报》又全文刊载黄璜书记的信。随后,全国不少报刊也进行了转载。这既让我感到高兴,也让我渐渐意识到,我也应该给黄璜书记写封回信,不然我就有点失礼了。

我又找到那位帮我写信的中学语文教师,委托他再帮忙写封回信。这次我要求他把信写得长一点,详细点,该讲的话都要讲到,让省委书记能看到我的诚意与决心。

这位中学教师前后写了几天,改了几稿,才把长长的回信写到我满意。

我给黄璜书记的回信全文是——

尊敬的黄书记:

您好!

我收到您的复信,看到省报 4 月 4 日的报道,感到春风扑面,亲切暖人。我全家和我的伙伴们无不欢欣鼓舞,感激万分。

通过学习,我深深感到,您的复信和省报的报道,体现了党的政策,充满了改革精神,说出了我们个体户的心里话,使我们看到安徽大有希望。这不仅对我鼓舞极大,更重要的是对全省个体户和专业户的莫大安慰和支持。我作为安徽的子孙而感到自豪。

是的,正如您所说,我是"有毛病"的人。有些"毛病"还很突出,有错"改了就好"。这些我都虚心诚恳地接受,并决心彻底改正,决不辜负您的希望。不过,在"左"的思想影响下,我上下挨整,左右受压,有少数领导和同志,不按政策办事,给省委帮倒忙……造成政策上的混乱,损害了党在群众中的威信。奇怪的是有些人说假话还受重用,这样下去怎么能同中央在政治上保持一致呢?希望对这些人(当然包括我在内)要加强教育,否则对"四化"不利。

我家境贫寒,自小随父做生意,受过很多苦,是社会地位低下的小人物,被人看不起。但是,艰苦的生活,曲折的道路,也锻炼了我的意志。我明白什么是苦,什么是甜;什么是好,什么是坏;什么是丑,什么是美。特别是粉碎"四人帮"后,我更加认识到什么是富强,什么是贫困;什么是光荣,什么是耻辱。并因此勉励自己好好走路,干一番我自己能干的事业,来扭转人们对我们个体经营者的偏见。今天,在党的三中全会精神指引下,我的愿望终于实现了。尽管前面道路还有困难,但我没有理由不向前看,不好好干。

黄书记,我绝对相信,中国人是爱国、爱家乡的。过去,我经常跑些地方,要是有人在我面前说外国比中国好,我是反对的;如果说我们安徽不好,我就会生气;说安徽人不会做生意,我不服气。现在安徽农业上去了,"包"字又开始进城,形势越来越好。我们脸上有点光彩,心里也高兴。我举双手赞成这种改革的正确方针。据我所知,许多个体户也都为此叫好。个体户的积极作用,不可低估。

尊敬的黄书记,在省委和您的支持下,最近以来,市委对我的设想和打算十分重视。陈光琳书记、赵市长接见了我,鼓励我好好干,争取作更大贡献。有关部门和同志也转变了对我和个体户的看法,积极热情地支持我发展生产,搞好"傻子瓜子"经营。由此说明,我的进步,应归功于党和政府的支持和爱护。

目前,我正在积极筹备扩大生产的事。并在工商部门和领导的配合下,教育自己的子女和同我一道干的同伴,认真学习党的方针政策,提高思想觉悟和政策水平,解决矛盾,消除隔阂,同心协力,办好"傻子瓜子公司"。坚决服从工商管理,接受组织监督,按章纳税,决不允许任何人去干有损党和人民利益的坏事。为振兴中华、建设安徽争气献力。

请放心吧,我们安徽的好书记!

"傻子瓜子"经营者年广九　谨呈

1984 年 4 月 15 日

这封信主要是出于礼貌,当然也向领导说了一些心里话。

我没想到黄璜书记给我的回信在社会上持续产生影响与效果,反响很大。

6月27日,新华社和《人民日报》同时发表"安徽领导人与'傻子瓜子'经营者"的长篇通讯,更是在全国引起强烈反响。

在这样一片大好形势下,我那远在新疆的小二子年强,也敏锐地感到形势发生了可喜变化,对傻子瓜子的发展有着积极的推动作用,及时地从新疆回到芜湖。

小二子年强毕竟是年轻人,行动比我快,一回到芜湖就四处寻找合适厂房,他要紧紧抓住这个大好时机,扩大生产,发展傻子瓜子。他嫌原来的工厂太小,交通也不理想。很快他就看中位于东郊路洗布山的一处厂房,并迅速果断地租下,成立芜湖市傻子瓜子总厂。

小二子年强有眼光,看问题也比较远。他成立傻子瓜子总厂显然是一步到位,为日后发展做好准备,到时扩大分厂就不必再改厂名了。

在国务院领导的亲切关怀,以及安徽省领导和芜湖市领导的具体指导与帮助下,傻子瓜子又迎来了一个新的充满希望的春天!

但是,傻子瓜子发展形势越好,我考虑的问题越多,越复杂。或许这是我走向成熟的表现,或许这是我多年来做小贩,吸取了经验与教训的结果。

这么多年来做小商小贩与个体经营,我渐渐地明白了一个简单的道理:要想把傻子瓜子真正发展起来,离开政府与有关部门的支持与帮助是万万不行的。

想想前阶段省委调研组意见,让我与有关单位联合经营生产,还有芜湖市政府领导也登门做工作,建议我跟相关单位联合经营,当时是觉得条件不怎么成熟,现在看来却觉得条件已具备,而且逐步成熟。

是的,傻子瓜子若与有关单位联合经营,我将减少不少烦恼。还有扩大生产,走发展之路,需要的资金、劳力和厂房等方面的问题,也都要靠相关单位帮助出资出力才能解决。关键是安徽省和芜湖市的领导也都希望我走上联营生产道路,加之在昆山的联营虽谈不上多成功,但钱没少赚,人也轻松。所以我反复考虑,也同我几个好朋友多次研究,觉得还是应积极主动地响应政府的号召,紧跟形势发展,走联营生产道路。

我把自己的想法向市工商局领导做了专门汇报,并向芜湖市政府领导做了反映,希望能得到有关部门和领导的大力支持,引导并帮助我走联营生产之路。

第二十八章　可怜女人小顺子

自从1981年与前妻离婚后,我就一直是孤苦伶仃,孑然一身。虽与两个儿子,还有老母亲住在一起,生活上多少有个伴,但情感上的孤单仍让我不时有种说不出的伤感。

好在瓜子生意日渐火爆,白天忙于生意,时间还好打发。可是,晚上回到家清静下来后,形单影只,总觉得有种孤单感包裹着全身,让人难以摆脱。

不过,没过多久,一个女人便闯进了我的生活。她姓李,名叫李守顺,门口邻居都习惯地叫她小顺子。小顺子与我也是邻居,她家就在我家前面不远的小巷转角处。进进出出,上街买菜,或外出办个事什么的,她都要经过我家门口。都是街坊邻居,时间一长,自然就互相熟悉了。

其实,小顺子搬到我家门口的时间并不长。她家原先在大花园百花剧场旁边的一条小巷内,父亲老李个头高高的,长得一表人才,是大花园里有名的民间艺人,以变魔术为生。

大花园是芜湖市中心有名的娱乐场所,唱戏说书、马戏魔术、拉洋片、套竹圈……什么娱乐形式都有,从中午到晚上总是人头攒动,热闹非凡。老李玩魔术比较简单而且灵活,连道具都不需要多少,更不需要拉大棚搭舞台,只要找块空地,放上一张小方桌即可。方桌上铺着一块大红绒布,上放两只倒扣着的瓷碗。老李扯着嗓子大声吆喝几声,立刻就有人围上来。见人围多了,老李才用手轻轻地掀开瓷碗,往红绒布上放上一颗小白球,慢慢放下碗将白球扣住,然后在另一个碗里也放入一只小白球,也用碗扣住。待一切就绪，老李大声喊道："各位朋友注意，很快就开始变了。马上小白球会听我话，两只白球跑到一个碗里！"

老李边说边卖关子："大家信不信？千万不要眨眼，只要眼一眨，两只小白球就跑到一起了。"

说完，稍等了一下，老李双手一挥，喊声"嗦"。停了会，他才笑眯眯地十分优雅地先后掀开两只小碗。果然，一只碗空了，另一只碗里却挤着两只小白球，人群立刻爆发出一阵赞叹的哄笑。

老李见时机成熟，取下头上戴着的高檐边黑绒帽，帽口朝上往小方桌上一放，嘴里念道："出外走江湖，全靠朋友缘！有钱的五毛一块不嫌多，没钱的五分一毛不嫌少。"

围观的人知道要交钱了，纷纷往帽子里扔零钱角子，也有放纸币的。等这次钱收过了，老李又开始变第二个魔术……如此这般，一天下来，老李的收入也可观。

小顺子的母亲也算是个艺人，在一家京剧团里跑龙套，当群众演员。她母亲身材不高，很适合在戏中演无名角色，跑跑龙套，或者女扮男装演个小兵小卒的，抓把刀或剑，从台左跑到台右就下场。最大的角色是演秀才身后的书童、小姐身边的丫鬟，而且从不开口。从下午化装登台，一直到晚场散戏才卸装。

我到小顺子家做过几次客，就碰到过她母亲带着装回家吃饭。我初次见了还真有点不习惯，可她母亲却习以为常，并与我们谈笑风生。

小顺子虽没继承父母的艺术细胞，却继承了父母的外貌优点。身材像父亲，肤色像母亲，高挑的个子，白净的皮肤，生得是清清秀秀、漂漂亮亮。她30出头，比我小十多岁，在一家服装厂当缝纫工，收入不太高。

命运似乎对小顺子有点不公，她早早嫁人，想寻找一个生活上的依靠，过普通人的平静生活。谁知道丈夫有陋习，一直瞒着小顺子，婚后仍不收敛，依然不时犯事。小顺子见他不思悔改，只好与他分开。

不久，小顺子又嫁了个男人。俩人恩恩爱爱，生活很是幸福。不想，因身体原因,小顺子结婚了几年,始终没有怀孕,而且男人在家里又是单传,特别看重传宗接代这件大事。时间一长,丈夫忍受不了,狠狠心把小顺子蹬了。

又过了几年,经人撮合,小顺子与住在老横街上金老师的儿子走到了一起。起先俩人关系还不错,但日子一长,新鲜感失去,生活归于平淡。丈夫小金子的坏脾气便暴露出来,稍有不顺,就喜欢动粗。小顺子常被小金子打得哭哭啼啼往娘家跑,我就不止一次地看见小顺子流着泪脸上青一块紫一块地从门口走过。小顺子与小金子只是同居,并没领结婚证,分开也容易,不需要办任何手续。

此时,我瓜子生意已经做开,"傻子瓜子"也开始有点名气,收入自然比较可观。对小顺子我多少有点同情心,这不仅是因为邻居关系,更主要是觉得她格外可怜。

有次在门口遇见小顺子,见四周没人,我悄悄地跟她说:"生活上若有什么困难,别不好意思,可跟你傻大哥说一声。我傻子不敢说能帮你多大忙,小忙还是可以帮帮你。"小顺子听了冲我一笑,连声说:"谢谢,谢谢傻大哥!"

小顺子回到娘家后,与我见面的机会也多了。有时休息天,小顺子没事还跑到我家来玩。本来她就比较勤快,见我一天到晚忙炒瓜子,既辛苦又劳累,家里也凌乱不堪,便主动帮我收拾收拾。她这一主动,脏乱的家立刻变得干净清爽起来,我看了自然高兴,我那上了年纪的老母亲更是欢喜得不得了。

母亲已近90高寿,见我孤苦伶仃整天一个人忙碌辛劳,不觉有点心疼。见小顺子来我家主动帮忙做些家务事,她别提有多高兴了,真是看在眼里,喜在心头。每次小顺子来,母亲总要迎上去同她唠叨几句,拉着她的手问长问短。小顺子每次临走时也不忘向母亲打声招呼,母亲更是热情地把她送到门外。看得出母亲很喜欢小顺子,有时家里烧点好吃的菜,母亲也不忘小顺子,总是先盛上一大碗,然后颤巍巍地亲自端到小顺子家,让他们一家人都品尝品尝。

小顺子父母对我也不错,时不时还让小顺子带信邀请我上他们家做客。一来二往,两家做长辈的也都心知肚明,只是这层纸都不好意思捅破。

时间一长,小顺子来我家的次数多了,慢慢地社会上就传出一些风言风语,说什么的都有,而且大都是针对小顺子的。

"小顺子跟傻子好,还不是看上傻子有几个钱!"

"小顺子是苦命女人,跟谁过谁都会倒霉。"

"傻子大小顺子十三四岁,又没文化,只会做瓜子生意,小顺子不图钱图什么?"

芜湖不大,街坊邻居、厂里工友,大多是低头不见抬头见,相互熟悉或间接熟悉。这些风言风语越传越走样,越传越复杂,也越传越难听。小顺子不能说一点听不见,听了心里肯定不是个滋味。她也不止一次地向我诉说过这方面的苦,我也不知道该怎么安慰她才好。

一天,小顺子有点不好意思地对我说:"干脆,我俩把事情办掉算了,省得让人嚼舌头。"

我懂得小顺子的意思,是想与我正式结婚,让她在社会上能够名正言顺,也好堵住别人的嘴,不让别人说闲话。

可是,在这个问题上我与小顺子的想法就存在着严重分歧。傻子瓜子才出点名,在社会上刚刚开始有点影响,销售形势也越来越好,我正全身心地投到瓜子生产与销售上。若此时忙于结婚,必然会分散精力,影响瓜子事业的发展。尤其我才给省委书记黄璜写了一封信,立下军令状,保证今年完成1000万斤生产任务。此事经一些宣传报道,已是全国人民都知晓的一件大事,无形中给我很大压力。所以,我想等到明年再考虑个人的私事。

小顺子对我的想法当然不高兴,说我根本不关心她,不重视她,不替她考虑。我说作为一个企业家就要以事业为重,不能让儿女情长误了大事。

我知道我这样说,小顺子不会理解,也会对我有不小的意见。

我只好安慰小顺子:"婚姻大事绝不是急的事,等到明年我向省委书记承诺的生产任务顺利完成,一切都安定了,我们再从从容容地来办大事,才更加有意义。"

为了让小顺子相信我说的是实话,我又补充说:"日子就定在明年十一国庆节,秋天气候宜人,日子又吉利。把婚事办得隆重热闹些,让你风风光光、体体面面地嫁给我傻子!"

小顺子听我这样说,显然感到满意,脸上立刻露出了笑容。

然而,怎么也没想到,还没等到国庆节,小顺子和我就闹翻了,而且还闹得比较厉害。

离国庆节还有四五个月时间,记得天还未转热,一天晚上我与两个朋友喝酒,喝到酒酣耳热时,一个朋友趁着酒兴小声提醒我,说小顺子又和小金子偷偷混在一起了,要我留点心。我听了当然不相信,立即追问他,这种话可不能随便说。

席间另外一个朋友也跟着我帮腔,大声指责那位朋友:"喝酒就喝酒,怎说这种捕风捉影的话?"

那位朋友借着酒兴,拍着胸口说:"我不是亲眼看到,我敢乱讲?我是提醒傻哥,为他好!"

我见那位朋友态度强硬,不像是道听途说的样子,心里多少有点数,便端起酒杯,示意大家多喝酒,不要刨根问底。

那场酒我多喝了几杯,也没有再问那位朋友,回家后倒头就睡。第二天,我找到小顺子,要她把这件事解释清楚。

小顺子见我一脸严肃的表情,知道事情败露,难以隐瞒,只好一五一十地把事情的前因后果都向我讲明了。

原来先前与小顺子同居的小金子是个无业青年,是社会上有名的小混混,整天游手好闲,不思进取。他见小顺子与我相处后,经济条件有了明显改观，便主动来找小顺子。小顺子心地善良，性格又软弱，当然主要还是不忘旧情，便偷偷与他约会了几次。

小顺子怕我不相信，还提高音调向我发誓："我有点同情他，拗不过他纠缠，就见了几次面。我敢发誓，别的什么都没有！"

可是，此时我已经非常生气，心想我对你小顺子并不薄，你竟然背着我与小金子私会。无论小顺子怎么解释，发什么誓，我也不会相信。

我承认小顺子是个善良女人，心比较软。但是，小金子不是个好坯子。况且，旧情萌发，什么事都有可能发生，日后还不知会招来多少麻烦，真的很难说。

想到这，我重重丢下一句话："那你今后再与小金子过日子吧，我俩从此一刀两断，谁也别找谁！"

说完，我头也不回地转身就走，把小顺子孤零零地丢在那儿。

我走得很坚决，没有任何犹豫与牵挂。

说实话，我不亏欠小顺子，只有她小顺子亏欠我。可此时我已不计较这些，也就省事又省心了。

第二十九章　有奖销售损失惨

经过与相关部门的联系、沟通与协调，又经过一段时间扎扎实实的筹备与组建，1984年7月1日，我终于正式走上了联营生产的道路。

在省、市领导的关心与支持下，我与芜湖市新芜区劳动服务公司、芜湖县清水河工业公司，联合成立了联营性质的芜湖市傻子瓜子公司。

根据联营协议，新芜区劳动服务公司和清水河工业公司两家单位共同投资30万元，我则投入技术以及"傻子"的商标。公司总部设在芜湖市北京路旁的冰冻街上，我出任公司总经理，另设3个副总经理。市领导还为我推荐了一位大学生当秘书，主要是怕我没文化，当不好这个公司的家。

当然，我这个一把手也不是好当的。按照联营的协议规定，简单地讲，我实际上是负责承包经营，即每年将向两个联营单位提交18万元的纯利润，超过的利润则归我所有。若完成不了承包任务，我自己掏腰包也要补足18万元利润，这是硬性指标。所以我身上的担子和责任还是比较重，比较大。

公司成立伊始，我首先要转变自己的思想作风与工作态度。再也不能像以往经营管理几十个散兵游勇那样，想怎么办就怎么办。现在是个偌大的公司，一切工作都要有计划，要有制度，要按章办事。为了让我这个总经理好开展工作，我任命了3个副总经理。一个是钱建华，他是新芜区劳动服务公司的代表。钱建华曾是机关干部，工作能力比较强，做事稳重，能独当一面。重要的事情交给他处理，我心里既放心又踏实。一个是魏副总经理,他是清水河工业公司的代表,人也稳重,工作负责,就是胆子有点小,过于谨小慎微。还有一个副总经理是小金,他算是我这一方的代表,跟我后面已有多年,鞍前马后不辞辛苦。他是东北人,做起事来积极主动,敢负责任,还有开拓精神。

有3个副总经理辅助,我对联营的傻子瓜子公司的发展充满信心与希望。

公司领导班子安排好后,我就开始招聘工人了。这次招聘工人与以往招聘有点不同,当然是要求提高了。不同之处主要有三点:一、招聘工人数量比较多,达到120名。既然是公司,人少了不行。二、招工条件比以往也多了一条,必须具有一定的文化程度,至少要达到初中毕业以上学历。以往不要求文化水平,只要年轻、肯吃苦就行。经过这么多年实践,我越来越觉得一个人没有文化不行。我这一生就吃了不少没有文化的亏,也弄了不少笑话。现在成立傻子瓜子公司,我应多招些有文化的青年工人。三、增加招聘几名女青年,并要求身高在一米六五以上,还要会一门外语。考虑公司以后的发展需要,将来可能要与外国人做生意,没有外语人才不行,得考虑先储备一些懂外语的年轻人才。

就在我为公司的发展精心谋划之际,北京又传来一个令人振奋的好消息,对傻子瓜子的发展十分有利。

新闻界的朋友热心地告诉我,1984年10月22日,一代伟人邓小平在中央顾问委员会第三次全委会上讲话时,又专门谈到了傻子瓜子。他老人家语重心长地说:"前些时候,那个雇工问题,反响强烈呀,大家担心得不得了。我的意见是放两年再看,那个能影响我们大局吗?如果你一动,群众就说政策变了,人家就不安了,你解决一个'傻子瓜子'会牵动人心不安,没有益处,让'傻子瓜子'经营一段,怕什么?"

新闻界朋友是消息灵通人士,不但信息多,而且信息准确,尤其是来自高层的信息,没有把握他们从不敢乱说。

其实,邓小平同志对傻子瓜子的经营十分关心与重视,他老人家支持放手让我经营的态度是一贯如此。记得两年前的1982年4月,邓小平听到有关部门反映傻子瓜子有关雇工的问题时,他就做过指示:"不要动,先放一放,看一看。"当时我也是从新闻界朋友口中知道邓小平的指示的,很激动。现在他老人家在中顾委全委会上又提到傻子瓜子,可见他老人家对傻子瓜子和我的关心是长期的、一贯的。对此,我是打心眼里感谢。有中央高层领导的支持,我想傻子瓜子一定会有长足发展。

1985年元旦刚过,中国从南至北,从东到西,突然刮起一股有奖销售旋风。不论什么行业,凡涉及需要销售的商品均推出有奖销售这一时尚经营模式。城市、乡镇随处可见,各行各业都卷入其中,纷纷效仿有奖销售,用诱人的奖品来刺激消费者的购买欲,从而达到加快销售商品的目的。连银行储蓄、文艺团体演出、体育赛事等,也都实行有奖销售活动。奖品更是名目繁多,像彩电、冰箱、电风扇、收录机等都搬到大街上展示,招徕消费者。一时间中国的消费市场是生意兴旺,热闹非凡。

面对这些热闹场面,我当然也跃跃欲试。我和副总经理钱建华认真商量了一下,一致认为有奖销售势头正猛,我们傻子瓜子也应紧跟潮流,立刻开展有奖销售,不能坐失良机。

我对钱建华说:"我们搞有奖销售就要搞大的,奖品要比别人的都大,面向全国。一下印上300万张兑奖券,凡购买两斤傻子瓜子者赠兑奖券一张。"我做生意一向干劲大,胆子也大,而且充满着自信。我信心满满地对钱建华说:"这样可以卖上600万斤傻子瓜子,毛利达300万元,纯利有80万元!"

钱建华虽是机关干部出身,但做事也一向有魄力。他对我的意见立即表示支持,充满希望地说:"年总说得有道理,傻子瓜子本来就有不小的名气,搞有奖销售,奖品一定要比别人大,这样才能有影响,才能吸引消费者。"

我和钱建华副总经理越谈越有劲,越谈越觉得有奖销售对傻子瓜子的发展也是个极好机遇。我笑着说:"有奖销售赚的钱,我看暂时可以不动。到时候向国家申请要一块土地,盖一所'傻子大学',为国家培养傻子瓜子人才。专门研究学习我傻子的技术、我傻子的经济,还研究学习傻子瓜子的经营艺术。"

"年总考虑得真远,还想到要办一所'傻子大学',为国家培养炒瓜子人才。"我富有激情的话语,说得钱建华头直点,他不仅佩服我的大胆设想,还非常支持我的意见,鼓劲道,"我们搞有奖销售一定要搞出点气势来,要在全国搞出一点影响。不要怕失败,大不了就是亏损。一句话,做生意就是要敢闯,敢竞争,就像打仗一样,不是你死就是我活!"

我和钱建华副总经理对傻子瓜子开展有奖销售活动充满着信心,当即商议决定,由我与另外两位副总经理沟通一下,争取马上实施,说干就干。

随后我把跟钱建华副总经理商量的意见,分别告诉了魏副总经理和小金。魏副总经理似乎有点胆怯,不主张搞奖金过大的有奖销售,怕有风险。

魏副总经理显然有点信心不足,怯怯地对我说:"我们公司才成立,还是应该稳一点好。有奖销售我们也可以搞,但奖品金额不宜过大,可以把奖金设小一点,以防给我们带来一些风险。"

可是小金却反对,支持要搞大的,认为只有奖品金额大了才能吸引人。他说得更干脆:"傻子瓜子要想搞出点名气,搞出点影响,就要把奖品搞得大点,至少在全国数一数二,我们不能怕失败!"

与三个副总经理商量后,其中有两个副总经理支持,这让我信心倍增。

最后我和钱建华副总经理决定,从1985年2月5日起,在全国范围内的20多个大中城市与众多小县城和乡镇,同时开展傻子瓜子有奖销售活动,在有奖销售期间每斤瓜子提价1角钱,凡购买傻子瓜子两斤者,可送兑奖券一张,多买多赠,数量不限。

尽管一向胆小的魏副总经理多次提醒我,奖品金额不要搞得太大,可适当减少，但我已听不进去了。加上有钱建华和小金两位副总经理的积极支持，我们的有奖销售很快就被推上了市场，推向了全国。

我把奖项设置为7个等级：一等奖1名，奖品是"上海"牌轿车一辆；二等奖2名，奖品是"幸福"牌摩托车；三等奖3名，奖品是24英寸"上海"牌大彩电；四等奖4名，奖品是"美菱"牌电冰箱；五等奖5名，奖品是"蜜蜂"牌缝纫机；六等奖6名，奖品是"永久"牌自行车；七等奖7名，奖品是"凤凰"牌羊毛毯。

具体开奖日期也提前向社会公布，定于1985年5月10日，在芜湖市傻子瓜子公司总部当众开奖。

这是一次颇有吸引力的有奖销售活动，头等奖是一辆小轿车，在全国所有的有奖销售活动中就十分少见。许多人被傻子瓜子的奖品撩拨得心痒手痒，怎么也要买上几斤傻子瓜子碰碰运气。况且，傻子瓜子价格又不贵，两斤瓜子还不到4元钱，却有可能获得大奖，成为万元户。不能不说这让许多人都怀有希望，怀有梦想！

"你想拥有私人小轿车吗？请购买傻子瓜子！"

"你想成为万元户吗？请购买傻子瓜子！"

我们有奖销售的广告语直截了当，简单明了，十分吸引人。而且广告语海报就贴在全国其他地方的傻子瓜子经销点，凡来购买傻子瓜子的顾客都能看见，确实有不小的诱惑力。

一时间全国各地经销商纷纷来人来电洽谈业务，增加瓜子订货量。芜湖附近城市的经销点，干脆直接派人派车来芜湖提货。芜湖市冰冻街傻子瓜子公司总部天天挤满来自全国各地的经销商，公司门前一条不宽的冰冻街常常因挤满车辆而造成交通拥堵，交警每天都要来这条路几次维护交通秩序。

傻子瓜子的有奖销售活动不仅在芜湖火爆，而且在全国各地也都出现了火爆抢购的热烈场面。合肥、南京、徐州、上海、杭州、武汉、郑州等大中型城市，以及北到哈尔滨、沈阳，南到广州、惠州，都先后出现玻璃柜台被抢购的顾客挤破挤坏的现象。甚至到了下班时间，有奖销售点也难以关门打烊，因为要购买的顾客太多！

人们像发了疯似的，即便不吃瓜子也要花上几块钱买上几斤，然后静等开奖。还有的人想发财，每天都要买上两斤傻子瓜子，心想总有一张兑奖券能撞上大运。

据我们公司会计统计，有奖销售活动的第一天，傻子瓜子公司就批发、零售出 13000 多公斤瓜子，取得喜人的业绩。短短一周后，我们日销瓜子量就猛增到 225500 多公斤，这个销售量可以说创造了瓜子销售的奇迹。18 天后，傻子瓜子销售量就累计高达 230 多万公斤，这是一个惊人的数字，平均每天销售量高达 13 万公斤，真可以写入吉尼斯世界纪录。

傻子瓜子的畅销，使瓜子的生产一度脱节。生产跟不上销售速度，等货的汽车在傻子瓜子厂门前排起了长队。情急之下，我亲自坐镇工厂，号召工人加班加点，人歇锅不歇，三班倒日夜生产。

会计每天统计的资金流量表数字也一增再增，我做生意多少年，从没像有奖销售这样做得如此顺畅，如此辉煌！

但是，万万没想到，仅仅一个月不到，也就是 1985 年 3 月 4 日，国务院就下发《关于制止滥发各种奖券的通知》，严禁所有工商企业举办有奖销售活动。

国务院文件指出，滥发各种彩票、奖券已形成一股新的不正之风，有的大搞有奖销售，推销残次积压商品，变相涨价，欺骗顾客，扰乱市场；有的设立重奖，助长人们的侥幸、投机心理。为此，所有工商企业都要立即停止举办有奖销售活动。已经实行有奖销售的，要进行清理，做好善后工作。通知还明确指出，本通知自公布之日起即生效。

这无疑是全国性的禁令，我一听说有国务院文件制止有奖销售，不由得浑身一抖，意识到大事不好。

此时，我们的有奖销售活动正轰轰烈烈地开展，形势一派大好。但是，离 5 月 10 日开奖兑奖日期还有两个月时间，现在要猛踩刹车，肯定是要吃大亏,赔大本。

我让会计把发出去的兑奖券统计了一下,虽说才一个月时间还不到,但我们发出去的赠券已高达1154670张。但是,原计划300万张兑奖券,这才三分之一多点。现在由于国务院文件紧急制止有奖销售,115万的傻子瓜子兑奖券立刻变成一张废券。尽管责任不在我们,但百万人的怨言、意见,甚至愤怒声,将给傻子瓜子的声誉带来巨大而无法挽回的损失。

对此,我却毫无办法,真是叫天天不应、叫地地不灵啊!

果然,国务院文件公布当天,傻子瓜子的销量立即直线下跌,第二天便进入滞销状态。全国各地的经销商纷纷提出退货,若不退货瓜子就要积压下来,其实退回来的瓜子由于数量过大,也会造成严重积压。

很快,全国各地经销商要求退货,积压的退货单如雪片般地飞到我的办公桌上,我看了感到十分震惊。济南经销商进货18000公斤瓜子,退货8000公斤;南京经销商进货30000公斤瓜子,退货17000公斤;合肥经销商进货20000公斤瓜子,退货6000公斤;北京安徽商店进货100000公斤瓜子,结果退货60000公斤……

芜湖市场的反应更是立竿见影,十九道门巷口傻子瓜子经销点一下变得冷冷清清。芜湖市区其他几处经销点也是门可罗雀,无人问津。有的顾客更是气愤地把积累的兑奖券全送到傻子瓜子公司总部,他们意思很清楚,说自己上当受骗了。

我让工作人员遇到这种情况一定要耐心,不能急躁,要做好解释,做好安抚,先稳定顾客的情绪。然后要耐心地讲明我们傻子瓜子公司也是没有办法,并不愿意停止有奖销售活动。但是,这是国务院的文件,我们无法改变,只能遵照执行。

傻子瓜子由畅销到滞销,由热销沸点突然降至滞销冰点,绝不是简单的变化,而是具有根本性的巨大转变。其直接影响就是经济效益损失惨重,四处退货,数量惊人,瓜子积压,资金无法回笼,甚至连退货的运输费用也要我们公司承担……

事后统计,此次有奖销售活动给傻子瓜子公司造成的经济损失高达63万余元,是我们公司30万元注册资金的两倍还多。我做生意第一次遭受如此大的损失,真是欲哭无泪,欲辩无言,教训十分惨重。

这以后有好长一段时间,我都无法走出这个有奖销售而带来的销售惨败的阴影!

第三十章　官司缠身成被告

我没想到平生第一次被人告上法庭，是在我的家乡蚌埠——我的老家怀远是蚌埠的下属县。蚌埠历史悠久，交通发达，古时被誉为"采珠之地"，故有"珍珠城"之美名，也是安徽第一个设市的城市。

正是有着热爱家乡的这份情结，1984年10月中旬，在我们傻子瓜子公司刚成立不久，蚌埠市中市区商业公司就托熟人来到芜湖，找上门来要求与我们联营，在蚌埠成立傻子瓜子分公司。

当时我一心要把傻子瓜子公司发展壮大，扩大影响，所以对蚌埠市中市区商业公司领导提出的要求也没多加考虑就同意了。很快蚌埠傻子瓜子分公司就挂牌成立，热热闹闹，很是气派。当时我还抽空赶到蚌埠出席成立大会，一时在蚌埠产生不小影响。

起先双方的合作都很愉快，我们与蚌埠方面的合作也是以商标与技术为主。蚌埠市中市区商业公司有家品品香食品厂也生产瓜子，但瓜子质量平平，销路不畅，造成瓜子长期积压，亏损严重。为扭转品品香瓜子厂的落后面貌，我先后多次奔赴蚌埠，言传身教，培养多名技术人员。在我的亲自指导下，品品香食品厂的瓜子炒制技术有了很大提高，并逐渐走向成熟，经济效益也随之增长。

显然是尝到了甜头，1985年新年刚过，蚌埠市中市区商业公司又提议，要求我们傻子瓜子公司承包蚌埠分公司。起先我没同意，但禁不住他们多次要求、动员做工作。加之彼时我们刚开始搞有奖销售，生意正红火，瓜子又畅销，正需要瓜子产量，我也就同意他们的提议，与他们签订了一份承包协议。

然而,怎么也没想到,承包仅过了 4 个月,蚌埠中市区商业公司就向蚌埠市中市区法院提出诉讼。诉讼称蚌埠中市区商业公司曾为我们芜湖傻子瓜子公司做过 4 次担保,向蚌埠市人民银行贷款 119 万元,后归还了 11 万元,尚欠 108 万元。

另外在有奖销售期间,芜湖傻子瓜子公司从蚌埠分公司先后调往上海市场 62 万余斤傻子瓜子,价值 101 万余元。同时,蚌埠分公司还为芜湖傻子瓜子公司垫付各种费用 2 万余元,两项合计 103 万余元。而且还有一年的承包费 3 万元也未付。几项诉求合起来计算,再扣除各种费用,我们芜湖傻子瓜子公司应支付蚌埠分公司各种款项高达 150 万元。

150 万元可不是个小数字,我听了不由得一惊,怎么会有这么大的经济纠纷?但是,没想到的是,蚌埠中市区法院已经受理此案,我们只能被动地应诉。

第一次当被告,我是一点思想准备都没有。为了应诉,我不得不匆忙开始聘请律师。傻子瓜子公司刚成立时,芜湖有一家律师事务所曾主动找上门来,要求为公司提供法律顾问,却被我拒绝了。当时,之所以拒绝,这有多方面原因。一是公司刚成立,生意还没做就请律师,这不明摆着要打官司嘛,我总觉得有点不顺。二是请律师顾问每月要花不菲的工资,有点不合算。傻子瓜子公司一直没有聘请法律顾问,主要责任还在我。

现在急需要律师帮忙时,我自然想到这件事。考虑到芜湖的律师大概都知道我曾不愿聘请法律顾问的事,经多方面的思考,我决定不在芜湖本地聘请律师了,要请就上外地请吧。几经多方联系,还有朋友推荐,最后我们联系到上海,聘请上海黄浦区律师事务所的韩龙飞律师作为傻子瓜子公司的诉讼代理人。

韩律师颇有工作经验,曾担任过不少案件的代理人与辩护人,大大小小刑事和民事官司打过不少。他愉快地接受了我们的聘请,并专程乘火车赶到芜湖,与我见了面。

韩律师认真研究了对方的起诉状后,又询问我们公司对这起案件的具体意见与看法。我快人快语地向韩律师介绍说:"对方在与我们签订合同时,有不诚实的地方。此时起诉我们,就是利用了我们在某些方面考虑不周的漏洞。"

韩律师听我讲话后笑了,他坦诚直率地指出,我们不该与对方签订这份承包协议。他说正是这份承包协议,让对方巧妙地把各种经济危机一下转嫁给了我们。

韩律师对案件的前前后后有关问题仔细了解后,语重心长地对我说:"年总啊,你们对法律知识不是一般缺乏呀!怎么能与对方签订这份显失公平公正的承包协议呢?"

我听韩律师这样诚恳地说,心头不觉一沉,知道自己已犯了错,立刻谦虚地请教道:"韩律师批评得对,我是文盲,也是法盲,对法律知识一点不懂,才酿下大错。现在请韩律师帮我们好好分析分析,也让我们心中有数,到底错在哪儿?"

韩律师微笑着把承包协议中存在的问题一一分析给我听:

如向蚌埠银行贷款问题,按原联营协议应由甲乙方即芜湖傻子瓜子公司和蚌埠分公司双方共同偿还。可因为签订了这份承包协议后,只能由芜湖傻子瓜子公司一方全部承担。另外,乙方也就是蚌埠分公司提供的生产用房,早已折旧计入产品的成本中,现在也要由甲方即芜湖傻子瓜子公司重新支付房租,这实际是对方在重复获利。还有承包利润每年要交3万元,也要甲方芜湖傻子瓜子公司支付等等。几项存在的问题合计算下来,光这份承包协议的签订,就让我们一下支付本不该支付的款额高达30多万元。

经韩律师一指点,我也清醒起来。是的,当初签订承包合同时,我也没多向有关人士咨询咨询,只是简单地问了问副总经理和会计,看来法律顾问还是挺重要的。现在承包协议上有我签的名,并盖了我的私章,我现在只能吃哑巴亏。

说实话，我没文化，也不识字。名字"年广九"三个字还是硬学的，写得歪歪扭扭的样子，别人想模仿也模仿不了。我右手无名指上戴着一颗硕大的方形纯金戒指，上刻有我名字"年广九"三个字，也就是私章。别人以为我讲派头，其实他们不懂，我从来就不是喜欢讲派头讲场面的人。这颗戒指章主要是为了方便，需要盖章时，手指一伸，取下戒指就能盖。但是，这一次我稀里糊涂签了名盖了章，酿成了大错。

韩律师开玩笑地说："你'年广九'三个字和一颗印章，一签一盖，就损失了 30 万元，平均每个字价值 10 万元。"

我听了心里当然不是滋味，可脸上只能陪着韩律师苦笑。

1985 年 9 月 2 日，蚌埠市中市区法院下达了《民事裁定书》，采取诉讼保全的方式，查封了我们傻子瓜子公司生瓜子 60 万斤，蚌埠分公司生瓜子 29.5 万斤，熟瓜子 17 万斤，以及存放在品品香食品厂的生瓜子 21 万斤，总价值 486.83 万元。这无疑让我们生产一下就陷入了停产状态，没有原料生产，工厂只能关门熄火。

对此，我们与蚌埠中市区法院进行多次交涉，却毫无结果。半个月后，蚌埠中市区法院又采取强制措施，将查封我们公司的 60 万斤生瓜子并全部装上汽车，运到蚌埠进行拍卖。

9 月 17 日，蚌埠中市区法院来芜湖傻子瓜子公司强制搬运瓜子时，恰巧我不在芜湖。

厂里负责人没见过这种戒备森严的架势，一时不知如何处理为好，目瞪口呆。当然，也不敢阻碍与违抗，只能看着对方执行。

厂里一些工人也不知发生了什么事，站在一旁围观，根本不敢跨越警戒线一步。大家都眼睁睁地看着法警指挥几辆大货车，把一包包生瓜子扛上车，然后，装满一车就开上大地磅称重，再由法警押着驶出工厂，奔驰而去。

我不懂也想不通，蚌埠中市区法院怎能这样兴师动众地异地执法？

我把这件事前前后后反映给韩律师听后，我俩又进行了一番分析沟通,一致认为蚌埠中市区法院到异地执法中有明显的不当之处。

一、到芜湖来查封的60万斤生瓜子即使要拍卖,也应就地在芜湖拍卖,而不是舍近求远地运到蚌埠去拍卖。因为在芜湖拍卖价格肯定比到蚌埠拍卖价格要高,而且还可省去运到蚌埠的长途运输费,这样可减少被告人的经济损失。

二、拍卖在顺序上也应该是先熟后生,即先拍卖熟瓜子,后拍卖生瓜子。结果法院将顺序弄反了,先拍卖生瓜子后拍卖熟瓜子,导致15万斤熟瓜子存放时间过久而生霉变质,不能食用,完全报废。

为此,我们向蚌埠法院进行了反映。但是,效果不大,也没见蚌埠中市区法院采取什么具体补救措施。

这场官司一打就是一年多时间,闹得全国都知晓。特别是各种小报小刊,添油加醋地反复宣传,给我们傻子瓜子公司带来极大的负面影响。而且我还不止一次地接到全国各地记者要求采访我的电话,都被我一一婉拒了。即便这样,一些报社记者还是削尖脑袋,通过各种渠道四处打听,了解与傻子瓜子公司有关的各种信息,尤其与这场诉讼相关的资料,然后撰文写稿,刊登在报刊上,以吸引读者。

1986年11月20日,蚌埠市中市区法院决定公开审理这场由蚌埠市中市区商业公司诉讼芜湖市傻子瓜子公司违反承包协议一案。消息一出立刻引起全国媒体的极大关注,各地新闻单位纷纷提出要到现场采访的申请,蚌埠市的一些社会团体、部门,甚至个人也申请要求旁听。蚌埠中市区法院真是一时应接不暇,法庭就那么大,怎能容下众多的人员?

眼见要求采访的新闻媒体、申请旁听的人士骤增,蚌埠中市区法院经过反复研究,决定将庭审现场改在蚌埠市工人文化宫进行。

蚌埠市工人文化宫有座演出剧场,场地比较大,可容纳500多人观看演出。当天的庭审旁听证也发出有500张,就这样还有人想方设法地通过各种关系想进场旁听。

我知道,来旁听的除了新闻单位的记者想进行宣传报道外,绝大多数人是怀着好奇心来看热闹的,尤其是想看看我这个"傻子"到底什么模样。

韩律师生怕我在法庭上说话说不到点子上,所以反复提醒我在法庭上千万不要乱讲,以免被对方揪住尾巴出乱子。他把要我讲的话全写在纸上,吩咐我多看几遍,最好能熟练地记住,能流利地从我嘴里讲出来。

我头直点,表示同意韩律师的意见。为做好准备,我还真找了个年轻人把韩律师的发言稿一字一句地念给我听,以便我好记住。其实,我虽没文化,可能讲话讲不到点子上,但我从不怯场,而且人越多我越敢讲能讲。

开庭那天,我特意在容貌仪表上也修饰了一番。从不修边幅的我,理了个发,刮了下胡须,头发也抹了点发乳,油光乌亮,人显得特有精神。身上一套西装平整挺括,还配了一条红色的领带,脚上一双新皮鞋也是刚买的。手指上那颗硕大的金钻戒,我也小心地擦了下让它亮光闪闪。虽是第一次坐在被告席上,但个人形象还是要讲究的。

蚌埠工人文化宫的剧场也是第一次被当作法庭使用,偌大的剧场内座无虚席,黑压压的旁听观众很守法庭纪律,庭审时全场是鸦雀无声。旁听席上几乎所有人的目光都集中到我身上,可我的眼睛却始终盯着韩律师。

今天庭审的主角虽是我这个被告,但关键还是要看我的代理人韩律师的表现了。

韩律师不仅见过大场面,还有风度。他能言善辩,口若悬河,开口就紧紧抓住这起经济纠纷案的关键点。韩律师一针见血地指出:"被告年广九与原告蚌埠市中市区商业公司,于3月19日签订的承包协议显失公平,违反了法律上规定的公平合理的原则,致使被告年广九的权益受到严重损害。我国法律规定显失公平的合同应予撤销,故请求法庭撤销3月19日被告与原告签订的严重违反公平原则的承包协议,以保障被告年广九的合法权益不受侵害!"

然而,对方律师却坚决反对,立即辩解说:"被告年广九是知名人士,号称'傻子',其实人很精明。3月19日双方签订的合同,是在被告年广九认可并同意的情况下才签订的,是原被告双方真实意思的反映,不存在欺骗,更没谁胁迫谁,完全是被告年广九真实意思的表示,他不仅亲自签上自己的大名,还加盖了私章。被告代理律师请求撤销承包合同毫无道理,也没事实依据,建议法庭应予以驳回,不予采信!"

庭审从上午进行到下午,双方律师唇枪舌剑,针锋相对整整一天。

下午5时许,庭长宣布庭审结果,当场做出判决:芜湖市傻子瓜子公司败诉,承担原告各种经济损失计1664365.12元。

宣判后,庭长询问我判决听清楚了没有,我说听清楚了。庭长又问我对判决服不服,我立即回答,并且声音非常响亮:"我年广九对判决表示不服,认为判决不公平公正,我们要上诉!"

随后,书记员要求我在庭审记录上签字,我当即表示拒绝。韩律师也态度鲜明,不仅拒绝在庭审记录上签字,还严正指出法院判决不公正,表示抗议。

当天晚上,我和韩律师又对法庭的判决进行了一番仔细研究,最后决定上诉,坚决把这场官司打到底。

经过近十天的认真准备,在法律规定的上诉期间内,我们向蚌埠市中级人民法院送交了上诉状。

案件审理进入了二审,这次前后耗时7个多月时间才审结。

1987年7月10日,蚌埠市中级人民法院做出二审判决:除撤销一审判决关于上诉人交付给被上诉人即蚌埠中市区商业公司承包费3万元外,其他有关项目则维持原判;二审诉讼费计5766.57元,由傻子瓜子公司承担,此判决为终审判决。

接到判决书时,我气得是浑身直抖,半天不知说什么好。经与韩律师商议后决定,再向安徽省高级人民法院申请再审。

全国各地的报纸都先后报道了这起案件的庭审,几乎异口同声地采用了同一个标题:傻子瓜子公司官司败诉。中国有名的法制刊物《民主与法制》还刊发了一篇有影响的文章:《傻子年广九——从波峰到浪谷》。山东一家杂志干脆把庭审经过全写了出来,引起读者很大兴趣:"年广九不服法院判决,从一审打到二审,现还要申请安徽省高级法院再审。"

人要是倒霉起来,连喝凉水都塞牙。就在我们与蚌埠的官司进入紧张的再审之际,又有几桩官司先后找上门来。我没想到,自己第一次成为被告,竟然会有连锁反应,又连续被多家相关单位告上了法庭,真是官司缠身,连续成为被告。

从1986年到1987年,短短两年时间内,我们傻子瓜子公司先后就打了8桩官司,而且都是经济纠纷。除蚌埠官司外,我们还与内蒙古、新疆、上海以及省内马鞍山等相关单位先后对簿公堂。

我简单统计了一下,至少有以下几桩官司:

1986年1月,与内蒙古磴口县土产公司的经济纠纷;

1986年5月,与新疆石河子市茶畜公司的经济纠纷;

1986年8月,与新疆民政厅劳动服务公司的经济纠纷;

1987年5月,与新疆博尔塔拉蒙古自治州供销社贸易中心的经济纠纷;

1987年7月,与马鞍山市黄毛瓜子公司的经济纠纷;

1987年7月,与上海出版局的经济纠纷;

1987年12月,再次与新疆博尔塔拉蒙古自治州供销社贸易中心的经济纠纷。

如此连续不断地被告上法庭,的确让我身心憔悴,疲于应付。

从诉讼结果来看,前后8桩官司,有两桩败诉,也有两桩胜诉,可谓不分胜负,还有4桩官司经法院调解后协商了结。

但是,想想都后怕,打官司既耗时又耗力,还耗经济财力。尤其对没文化不识字的我来说,一见到打官司头都炸了,真让我焦头烂额,忙得狼狈不堪。况且每场官司都要找人证,找物证,找材料,又是开庭、又是答辩,还要上诉,要调解等等。结果是元气大伤,损失巨大,仅几桩官司败诉，我们的经济损失就高达200多万元，再加上有奖销售的亏损，傻子瓜子公司的经济一下滑到了谷底。

即便如此，我承诺的每年18万元承包费还要硬撑着交清。我做事一向爽快，该付的账，欠的钱，砸锅卖铁也要还上。账上没钱，我就用瓜子原料生货和生产用煤等实物来抵债……

我曾向安徽省委书记黄璜写信汇报，计划1985年生产1000万斤瓜子，产值1600万元，现在因官司败诉，傻子瓜子公司已陷入一蹶不振的地步，我向省委书记的承诺当然也无法兑现。

说实话，这是我人生中的第一次食言！

第三十一章　天命之年遇晓红

生活真是千变万化、丰富多彩,令人难以捉摸。有时还说不清,也道不明。

就在我被官司缠身、接连被告上法庭成为被告的那段身心憔悴的日子里,我这鳏居多年的老男人却意外地赢得一位年轻貌美女子的芳心,收获到一份难得的爱情的甜蜜与幸福,这无疑给事业遭挫的我多多少少带来一种精神上的慰藉与愉悦。

其实,在我艰难创业的道路上,也少不了与我生活在一起的女人的相依相伴与同甘共苦。至于社会上流传风言风语,都属于道听途说,以讹传讹,没有任何事实根据,对此我不想多作解释。我本身就是一个小商贩,人微言轻,一直生活在社会最底层,生来就受到社会的歧视,被人看不起。我年广九能有今天,应该感谢党的改革开放的政策。没有改革开放,没有党的政策,就没有我傻子年广九的今天,也没有傻子瓜子今天的事业。

我这一生受过不少辛苦,遭遇不少磨难,更进过监狱,前两次坐牢是在我与结发妻子耿秀云的婚姻存续期间。前妻耿秀云为我生了三个儿子,这一点我很感谢她。耿秀云年轻时长得也很漂亮,用今天话说就是一个大美女。这是一个精明干练、敢作敢为的女人。她跟我没享多少福,却受了不少苦。可以说我俩是患难夫妻,同甘共苦。后由于种种原因,分道扬镳,分开生活,没能走到底,不能不说是个很大的遗憾。个中原因确实很多,可以说是一言难尽。

我的第二段婚姻关系,是与一个风姿绰约的年轻女人生活在一起。

她姓彭,名很好听——晓红。

彭晓红也是个苦命女人,5岁时就失去父爱,一直随母亲跟着继父长大。继父当年在芜湖市中心的工人俱乐部工作,专门负责售卖电影票。我那时还在一毛钱一小包偷偷摸摸地卖瓜子,因常到各家电影院、剧场和工人俱乐部门前卖瓜子,渐渐地与电影院、剧场和俱乐部等影剧场负责检票和售票的人员都混熟了,没事给售票员和检票员几小包瓜子,他们也就照顾我在影剧场大门前售卖瓜子。

每次到工人俱乐部门前卖瓜子,我总看见彭晓红继父在窗内售卖电影票。时间一长,我俩不仅熟悉了,还成了朋友,没事还一起聊聊天,谈谈心。后来,傻子瓜子卖出名了,我生意开始做大了,也就不再偷偷摸摸地跑到各家电影院、剧场门前卖一毛钱一小包瓜子了,与彭晓红继父见面的机会随之也相应减少了。

但是,我是个重感情的人,生意做开了,却始终不忘老朋友。只要有点空闲时间,我还是常去看望彭晓红继父的。俩人一起聊天叙旧,有时彭晓红继父还热情地邀我留下来喝上两杯。一来二去,我与彭晓红继父喝酒的机会多了,慢慢地就和他继女彭晓红也相识了。

此时,彭晓红已出落成一位大姑娘。身材高挑,仪态端庄,长得是眉清目秀,一笑一颦颇有几分姿色,地地道道是一个江南美女。她也在芜湖市中心一家电影院当售票员,工作舒适、清闲,唯一不足就是薪资不高。

我每次与彭晓红见面,她都亲热地喊我"年叔",我却喊她"小妹"。虽然我和她年龄相差过于悬殊,可以说是两代人了,但不妨碍我和她的接触和交流。

相互熟悉了,见面的机会多了,聊天的话题也渐渐地多起来。我每次去彭晓红家,除了带两包傻子瓜子让她父女俩品尝外,总不忘要带点小礼品送给彭晓红,女孩子都喜欢一些小玩意儿。有时我还捎上几份写有傻子瓜子文章的报刊,让彭晓红看看。

彭晓红是初中毕业文化,又口齿伶俐。每次我都把带去的报刊递给她看,让她把报刊上刊登的有关傻子瓜子与我的文章念出来,让我仔细听听。

"小妹,麻烦你把这几篇文章念给我听听。我想知道,这些记者写得对不对!"说完我喜欢手捧一杯茶,斜靠在躺椅上,静静地聆听彭晓红念文章的声音。

"好,我看是哪一篇?"彭晓红总是高兴地接过报刊,迅速地在报刊上翻找起来。

彭晓红知道我没文化,不识字,请她念文章自然顺理成章。她也乐意接受,并念得很有耐心,几乎是一字不漏地念给我听。有时她怕我听不懂,还耐心地逐字逐句地解释给我听。

每次彭晓红把报刊上的文章念完,我都客气地说一声:"谢谢小妹,这篇文章写得还不错!"

这时,彭晓红也会跟着赞扬几句:"年叔,你本事真不简单,把傻子瓜子做得名气这么大!"

我也不忘谦虚两句,笑着说:"哪里,我傻子真没什么本事,傻子瓜子全靠大家支持!"

随后我还把有关报刊交给彭晓红保管,告诉她等以后需要时我再来取。

几次报刊文章一念,我虽也能指出几处记者写得有出入的地方,有时我还与彭晓红就报刊的文章展开一些讨论。但是,这已不重要了,重要的是让彭晓红对我有了更深的认识与了解。

彭晓红一直把我当长辈看,对我很是尊重与礼貌,现在念了报刊上报道傻子瓜子与我的文章,明显对我多了几分崇拜与钦佩。她认为我很不容易,大字不识一个,能从一个默默无闻的小商贩闯荡成闻名遐迩的名人,生意也做得风生水起,自然有一套与众不同的能力与本事。

渐渐地,我从彭晓红的言谈举止以及她的眼神中,明显地感觉到她已成了我的崇拜者,对我已不仅仅停留在一般的尊敬与礼貌这个层面了。

第三十一章 天命之年遇晓红 | 181

说来那段日子也巧,1984年底,我刚好与两家单位联营成立傻子瓜子公司,在社会上影响比较大,而且还在报纸上刊登招聘人员启事。彭晓红知道了也想报名应聘,想到我们傻子瓜子公司来工作。

那天,她笑着试探性地对我说:"年叔,你们傻子瓜子公司在招聘,我也想到你们傻子瓜子公司去工作,不知年叔欢迎不欢迎?"

"欢迎,年叔怎会不欢迎小妹?"我见彭晓红也想来傻子瓜子公司工作,立刻感到高兴,笑呵呵地说,"我们傻子瓜子公司刚成立,就缺像你这样年轻、漂亮,又有文化的女青年来加盟助阵。"

彭晓红一听说欢迎,高兴得笑出了声,连忙又补充说:"年叔是总经理,又是我叔叔,可要给我安排一个轻松体面一点的工作哟!"

"小妹,这你放心,叔叔肯定会把你照顾得好好的,工作安排得包你满意。"我也笑着对彭晓红说,"你年叔大小也是公司的总经理,到时有些事还是我说了算!"

"那好,谢谢年叔!"彭晓红高兴得满脸堆笑。

"小妹真要来我傻子瓜子公司工作,干脆就当我总经理的秘书。工作轻松体面,事情也不会太多,你看如何?"

"那好,能当年叔的秘书,我是求之不得!"彭晓红高兴得边说边拎起水瓶,替我茶杯里续水。看得出,她很满意这份工作。

我想了想,又对彭晓红说:"小妹若真要来了,我可保证,你每月工资还不会比别人少。"

"工资多少,年叔能透露一下吗?"彭晓红立刻追问了一句。

我说工资不会比别人少,也只能是个大概,这要等到公司上班时才能决定。不想彭晓红这一追问,我又不好不回答,连忙考虑了一下。我笑着说:"每月工资400元,怎么样,满意吧?"

考虑当时芜湖青年人的月工资都不太高,我想了想,把彭晓红的工资往上翻了两番,估计能让她满意吧?

"满意,很满意!但是,年叔说话要算话,就这么讲定了!"彭晓红笑盈盈地伸出小手指,要与我拉钩,并连声说,"谢谢年总,谢谢年叔!"

两天后,彭晓红果真来到我们傻子瓜子公司报名应聘工作。经招聘人员面试与考核,都不需要我跟谁打招呼,彭晓红就以自身出色的条件,顺利地被我们公司录取了。

公司在讨论招聘人员工作安排时,我提出应给总经理配一名秘书,帮助我处理一些日常事务与接待工作。与会人员都觉得我的提议有道理,并建议我亲自从招聘人员中挑选。

我把应聘人员的登记表翻了翻,最后点名要彭晓红担任秘书。大家也没意见,并且工资也按我事先与彭晓红说过的每月400元。

彭晓红获知果然分配她担任我秘书,自然非常高兴。要知道400元的月薪,可比她在电影院当售票员的工资多出好几倍哟!

不久,彭晓红即辞去电影院售票员工作,正式来到傻子瓜子公司上班。说是给我这个总经理当秘书,其实真没什么具体的事,就是接接电话,打扫打扫卫生,干些打杂跑腿的活。

彭晓红毕竟是吃苦出身,干起活来十分称职,她工作积极主动,待客热情大方。接电话、迎客商以及接待记者采访,都能做到有礼有节,落落大方。她还负责收集整理相关信息、资料,以及报刊上有关傻子瓜子与我的宣传报道,也做得有条不紊,细致周到,有些问题考虑得也比较周全。

有时我外出应酬,也喜欢把彭晓红带着。每到应酬场合时,她能注意形象,举止优雅,给朋友与客商都留下良好的印象。

那时,我离异后一直独自生活,工作只要一忙,生活就难免杂乱无章,有时马马虎虎地应付一下,吃喝没规律,穿戴不讲究。彭晓红见我生活无人照顾,颇有几分可怜相,身上衣服皱巴巴的,屋里也是凌乱不堪,有时还饱一餐饿一顿的,不由得生出些许同情心。一有空她就主动地照顾起我的生活来,对此我当然非常欢迎。

但是,彭晓红这一主动照顾我生活,立刻就有风言风语传出。闲话风凉话不胫而走,传得芜湖满城风雨。

这个说:"年广九艳福不浅,找了一个年轻漂亮的大姑娘做秘书,还专门照顾他生活。"

那个说:"傻子一点都不傻,真是好福气。到哪都把年轻漂亮的女秘书带着,两人出双入对,亲亲热热。"

还有说得更难听:"什么秘书?上班是秘书,下班是情人!"

面对强大的舆论压力,彭晓红觉得很难做人。不照顾我吧,于心不忍;照顾吧,又容易生出是非。我听了虽不计较,却总要解释几句,劝人家不要乱说。谁知我这样一解释,别人反而说得越厉害。说我傻子嘴上是反对人说,其实心里就希望这样!

面对社会舆论,我没有办法,只好不多作解释。反正我是老光棍一条,老脸一张,皮厚不怕丑。

有时实在听不下去,我才一脸正经地明确表示:"你们千万不要乱讲,传出去真难听!彭晓红毕竟是大姑娘,未出阁的黄花姑娘,要替人家女孩子想想,脸往哪儿搁?"

本以为社会上的流言蜚语会让彭晓红有所收敛,有所顾忌,不会再像以前那样照顾我生活了。谁知仅仅歇了两三天,她一如既往,我行我素地照顾我生活,这让我颇为感动。

我换下的衣服,彭晓红总是洗得干干净净,并叠得整整齐齐;我杂乱的卧室也被她帮忙收拾得井井有条,一尘不染。有时彭晓红还帮我烧几个下酒的小菜,让我喝上两杯……

显然,我这个"叔叔"在她心目中还是占有一定的分量。同时也不难看出,彭晓红那倔强的性格与泼辣的脾气。

这让我对彭晓红不免陡生几分好感,而且还隐隐冒出一点私心。心想,她未婚我单身,只要她愿意,没什么不可能,至多让人口舌的是我俩年龄悬殊太大。然而,在中国人的生活中,老夫少妻,恩恩爱爱,情投意合的男女并不鲜见!

如果说,以前我对彭晓红一直没有私心的话;那么,现在我真的开始想入非非了。我清楚,只要我下决心想做一件事,基本上没有不成功的,关键是我如何才能勇敢地迈出这一步。

经过几个月的感情培养,朝夕相处,以及我的积极主动,我和彭晓红的关系开始逐渐升温。白天工作在一起,下班烧吃烧喝也在一起,真是出双人对,形影不离。有时我也陪彭晓红逛逛商店,女孩子都爱穿,爱打扮,凡彭晓红看中的衣服和物品,不论价格多少我都尽量满足,帮她购买。这让彭晓红很是高兴,更喜欢拖着我陪她逛商店。

而彭晓红每有新衣上身,她总是穿着第一个送来给我看。她笑着在我面前还转上两圈,让我仔细欣赏,并要求给出点评价:"这件新衣我穿在身上,年总你仔细看看,可还漂亮?"

我爱看她这种娇滴滴的小女孩味,还爱看她试穿时髦新衣时的婀娜身姿,总是乐呵呵地笑着说:"衣服漂亮,小妹穿着人更漂亮!"

彭晓红听了脸上立刻飞起红晕,说话声音也变得娇媚起来:"年叔现在也学会说话,嘴变甜了!"

很快,我和彭晓红的感情就发展到非同一般的地步……

1988年1月,我和彭晓红终于顶着舆论的压力和世俗的偏见,勇敢地走进婚姻的殿堂,正式到民政部门登记结婚。

那一年,彭晓红才芳龄24,我已年近半百。两人年龄相差二十多岁,我大她一倍还转弯。但年龄不是障碍,老夫少妻更懂得感情,更懂得珍惜。

结婚那天,我把芜湖最大的一家酒店同庆楼包了下来。摆了30多桌喜酒,请了亲朋好友以及方方面面不少的领导与嘉宾,连外地傻子瓜子经销商也赶了过来。真是高朋满座,嘉宾云集,热闹非凡。

彭晓红是提醒我婚礼场面不宜太大,她似乎还有点不好意思。可我与她想法不同,她一个年轻漂亮的黄花闺女,嫁给我这个年过半百的小老头,说什么也要把婚礼办得风光体面,让她脸上有光。也让芜湖人看看,我傻子年广九是名正言顺地迎娶彭晓红。

我和彭晓红结婚,本来就在芜湖全城闹得沸沸扬扬,同庆楼大酒店又在芜湖市中心繁华的中山路上,而且婚礼上整稻箩的鞭炮接连炸响,把不少路人都吸引了过来。同庆楼大酒店门前是人山人海,围得是水泄不通,连酒店附近的楼上窗户,甚至屋顶平台上都挤满了人。围观看热闹的人有要喜糖的,也有要喜烟的。我们厂里几个来帮忙的小青年也出手大方,喜糖是到处撒,喜烟是见人就散。到处是欢声笑语,到处是喜气洋洋。喜糖是从上海买的高级喜糖,喜烟是从市糖业烟酒公司用傻子瓜子换来的上档次的"中华"烟。

据事后粗略统计,仅"中华"烟就用去几套,每套是50条,每条是200支。喜糖有袋装也有散装,散装糖是随手撒,袋装糖是一包包送。真不知那晚婚礼上到底散出去多少烟,又撒出去多少糖。

谁知婚礼场面越大,在社会上的影响也越广。我和彭晓红隆重而热烈的婚礼消息,立刻在芜湖全市乃至全省,甚至全国,都引起不小的轰动与反响。当然,也招来许多非议。

但是,此时议论再多,闲话再大,彭晓红都很坦然,她已正式成为我的合法妻子,还计较别人嚼舌根说闲话吗?

结婚后,初为人妻的彭晓红对生活充满热爱,对未来也满怀希望。她依然在傻子瓜子公司做秘书工作,且做得更称职更出色,对我生活照顾得也更加细致入微。

我平时穿着一向马马虎虎,从不讲究。她却从我脚上的袜子,到上身衬衫的颜色全替我配好。什么场合穿什么衣服,她也每天都提醒我。我脾气有点急躁,发起火来爱骂工人。她就买些书籍来念给我听,说要帮助我提高提高修养。在家里彭晓红也收拾得干干净净,烧煮浆洗,还腌些我爱吃的咸鱼、大椒片等下饭菜。晚上临睡前彭晓红总不忘炖好一份补品,让我在第二天早晨享用。

经过几年孤苦伶仃的光棍生活,再次品尝到有妻子相伴的幸福生活,我的确感慨良多,也倍感幸福。对彭晓红我也体贴有加,用真诚的夫爱加以回报,小心呵护。

不久,彭晓红替我生了一个白净净的大头儿子,老年得子,自然稀罕。我立即请了一个保姆,专门照顾彭晓红的起居生活。让她安安静静地休了个长假,好生调养身体。

为给新出生的小儿子起个响亮吉祥的名字,我又是请教大学老师,又是找算命先生,结果都没有让我满意。最后还是我自己边喝酒边掐指一算,给儿子琢磨了一个满意的名字。1988年正好是龙年,我便给小儿子取了个既响亮又吉祥的名字——金龙。

小儿子年金龙的出生,给我们这个家庭带来了无限的欢乐,一家三口完全沉浸在天伦之乐的幸福之中。

谁知一家人正高兴时,街道主任带着几个妇女干部却找上门来。说实话,街道主任官位不大,但实权不小。我前两次坐牢,都与街道主任有关系。所以看见街道主任带着几个人进门,我还是有点胆怯。

街道主任是位中年妇女,显得泼辣能干。一见到我,她劈头就问:"年广九,你知道不知道我们国家有个计划生育政策?"

我被问得一时没反应过来,停了好一会才回答:"知道呀,国家计划生育政策怎会不知道?"

"你年广九既然知道国家计划生育政策,你怎么还敢生?"街道主任态度严肃,咬着牙说,"年广九,你有三个儿子,连孙子都有了,你还敢违反计划生育政策?"

我被街道主任问得一愣一愣的,想了好一会,才解释说:"我年广九是不能生,但我老婆彭晓红是个大姑娘,她没生育过,为什么不能生孩子?"

街道主任也被我说得一时愣住了,好一会才开口大声说:"谁违反计划生育政策,我们就处罚谁!"

街道主任的确能干,头脑也灵活,立即补充了一句:"那我们不处罚彭晓红,但要处罚你年广九!"

我听她这样说,也没办法解释,只好说:"那你们罚吧,我接受。我承认，我是违反计划生育政策，你们罚多少我都认了！"

街道主任见我承认错误，也不好多说，只把头摇摇。她停了下还想说什么，却没说出口，气呼呼地转身带着人走了。

几天后，街道上果然下达一份处罚单：年广九严重违反国家计划生育，超生第4胎，处以罚款14444元。

我不知道这14444元是怎么计算出来的，又有什么具体根据？而且处罚数额还有4个4，是不是我超生了第四个儿子？

罚就罚吧，罚多少我也要认。那些可恨无良记者，竟以此大做文章进行炒作，而且还添油加醋，发挥想象，并配上照片，在刊物上大肆渲染，连篇累牍地反复宣传报道：傻子瓜子创始人年广九违反计划生育政策，罚款14444元！一时间传得路人皆知。

我反正是睁眼瞎子，从不计较报刊上对我的宣传是褒是贬，是否符合事实根据。

可是，彭晓红有文化呀！她看了报刊上的那些文章会有什么感受我就不清楚了，她也不说。好在初为人母的彭晓红，毕竟有小儿子小金龙相伴，整日笑呵呵乐哈哈，忙这忙那，也没多少时间来考虑其他问题。

小金龙生得白白的，胖胖的，张口就笑，虽还不会说话，但挺讨人喜欢。我工作之余没事也喜欢抱他、逗他，与彭晓红一起，沉浸在难得的天伦之乐中。

第三十二章　被控数罪又入狱

自从有奖销售惨败后，以及接二连三地被经济官司缠身，傻子瓜子公司已陷入重重困难之中。公司经济已陷入捉襟见肘、穷于应付的窘迫境地，因所欠债务一时难以偿还，一些债权人先后向芜湖市新芜区检察院进行举报，反映我涉嫌贪污与挪用公款。新芜区检察院接到举报后，立即开展立案侦查，并于1988年12月20日向我下达了取保候审决定书。

当时，我就向新芜区检察院进行了说明。强调指出，傻子瓜子公司是由我个人承包，每年都要交纳承包费18万元，不存在涉嫌贪污和挪用公款罪。相反公司成立之初时，我还私人拿钱给公司作为开办经费，而且有时出差，我差旅费单据都不拿到公司去报销。这笔经济账很难算清，我也不愿细算，实在是怕烦这些小神。

我清楚自己没犯罪，所以对取保候审这事也没当回事。认为时间一长，就会不了了之。但是，怎么也没想到，1989年9月25日，芜湖市检察院竟以贪污、挪用公款和流氓等数罪将我正式逮捕，当天就被投入位于芜湖市郊区杨家门附近的芜湖市公安局看守所大牢。

当时彭晓红还不知道我被抓进去，只知道是公安局几个人来到傻子瓜子公司把我请去开会。见我去了大半天人还没回来，她有点不放心，跑到新芜区公安局去打听，才知道我已被送到杨家门看守所了。

彭晓红想询问到底是什么原因抓我，却没人告诉她。她想问点情况，也没人理睬她。最后还是公安局一位上了年纪的警官好心对她说："你不要在这里浪费时间了,还是赶快回家去抱床被褥送去吧!"

彭晓红不知道到底发生了什么事,急得哭哭啼啼地跑回家,找出一床新被面被里忙起来。家里请的保姆想要帮忙缝制被褥,彭晓红说什么也不让保姆缝制,她边流泪边亲自动手,一针一线地把一床新被褥缝制好。然后,她又抱着被褥亲自送到杨家门看守所。

可是,我和彭晓红却没见到面。连家里的生活、公司的工作都没有做任何安排,就莫名其妙地又开始了我人生的第三次牢狱生活。

我知道这次进号子与前两次不同,恐怕一时难以回去。前两次是派出所、街道把我送进去的,这一次是检察院立案侦查,先是取保候审,后是正式逮捕,而且还有三个罪名——贪污罪、挪用公款罪和流氓罪。

不久,彭晓红来探监,带点换洗衣服等物品。一见到我她就凄凄惨惨地只知道哭,一把眼泪一把鼻涕地说不出一句话。我劝她不要哭,先把小孩带好,不要多烦我的事,事到如今哭也没用,只有听天由命。另外,我提醒她,若跟孩子在生活上有困难,可找我两个儿子帮帮忙,相信我两个儿子在这时会给予她母子俩帮助的。我还要彭晓红回去告诉小二子年强,委托他们傻子瓜子总厂的法律顾问谢国平先生,作为我案件的辩护律师。

彭晓红含着眼泪点点头,估计已记住了我所讲的话。她断断续续地说:"你在里面要多注意身体,千万不能急躁!"然后,依依不舍,一步一回首地离去。

我被关进监狱后,给傻子瓜子公司带来了灭顶之灾。公司本来就陷入经济危机之中,现在我一入监狱,公司立即处于瘫痪境地。生产、销售均无人管理,如一盘散沙,自生自灭。瓜子产量是一落千丈,销售更是无人问津。公司职工也是树倒猢狲散,纷纷各奔东西。只有彭晓红有意想支撑傻子瓜子公司,但她又没有能力与实力,甚至连自己的生活都成问题,好在我两个儿子每月支援她800元生活费,帮助她和小儿子年金龙勉强渡过难关。

危难之际,我苦心经营的傻子瓜子这个品牌也靠我两个儿子在支撑。

大儿子年金宝经营傻子瓜子炒货店,生意并未受到影响;二儿子年强经营傻子瓜子总厂,生产销售依然强劲。这或许是我在牢房里最大的一点安慰。

我在监狱中天天盼着能早日开庭,审理我的案件,这样至少我能知道自己到底犯了哪些罪。

但是,我始终得不到任何有关案件审理的信息,也不知什么时候才能开庭审理我的案件。

大概在监狱里关了一年时间,彭晓红一次来探监时告诉我,芜湖市新芜区清理整顿公司领导小组已决定,并下了正式通知,称年广九与新芜区劳动服务公司、清水河工业公司联营的芜湖市傻子瓜子公司属于这次整顿对象,被正式清理,关门停业。

我听了不觉有点伤感,但身陷囹圄,无能为力。傻子瓜子公司从1984年联营成立,到现在被新芜区政府整顿停业,前后整整有六年时间。时间虽不长,但经历坎坷,个中的艰辛与酸苦或许只有我最清楚。

彭晓红知道我有点难过,劝我说:"公司关掉就关掉,反正你现在在监狱里面也烦不了这些神。公司关掉了,但傻子瓜子品牌他们关不掉!"

我深深叹了口气,说:"话虽这样说,但还有许多遗留问题不知会如何处理。"

彭晓红说:"你在里面坐牢,还烦这些神!你就安安心心睁一只眼闭一只眼吧!"

彭晓红说完,又告诉我,为了支撑傻子瓜子这个响当当的品牌,也为了从根本上摆脱她母子俩的生活困境,她准备亲自上阵经营傻子瓜子。

我见案件至今没有审理,不知道还要拖多长时间,想一时出去看来不大可能,所以对彭晓红的想法与打算,我表示支持。

彭晓红说经过与多方联系,已与深圳一家食品厂达成协议,准备联营生产傻子瓜子。由对方出资金、厂房与设备等,彭晓红出"傻子瓜子"商标和瓜子炒制的技术人员,利润三七分成。即对方分七成,彭晓红和技术人员分三成。希望我在这件事上能给予大力支持,授权她使用傻子瓜子商标。

听彭晓红这样一说,我认真考虑了一下,当即表示同意。尽管我从未把傻子瓜子商标授权给任何人使用,包括我大儿子年金宝和二儿子年强,他俩使用傻子商标我也只是默认,并且从未办理任何相关的授权手续。现在我身陷牢狱之中,公司已倒闭,彭晓红又是我合法妻子,自然要对她的想法与行动给予支持。

况且我入狱后,彭晓红的表现也让我感动。她不仅充满人情味,讲夫妻感情,还有点小仗义。除每月来探监,给我关心与温暖,她还态度坚定地安慰我说:"老年,你在里面放心,我彭晓红讲话算话,绝不会在你困难时变心。我和儿子小金龙会等你出来。你关几年,我就等你几年!"

作为夫妻,在这样艰难的时刻,彭晓红能说出这样的话,的确给我增添了不小的力量与信心。这次坐牢已近一年还未审理,真不知何时才能了结。心中经常挂念的事很多,但最让我放心不下的依然是傻子瓜子这个品牌,还有公司现在的状况。

彭晓红现在又要经营傻子瓜子,我虽然表态大力支持,但内心多少还是有点担心,毕竟她从没做过生意,也没经营过傻子瓜子!

当彭晓红将事先拟好的授权书一字一句地念给我听时,我突然感觉眼睛一热,双眼立刻有点模糊起来。我不是喜欢动情的人,但此时此刻感慨良多。仅年把时间就世事难料,沧海桑田,人生发生巨大转变,真有天壤之别,令人难以接受。

原来,我是悠闲地靠在躺椅上听彭晓红一字一句地念报刊上宣传傻子瓜子和我的文章,现在却在冰冷的铁窗内听她一字一句地念授权书。同一个人,同一种声音,念的内容却是截然不同,生活真是变化莫测、反复无常啊!

授权书文字简短,内容扼要,显然是懂得法律的人士所写。

授权书

　　根据《中华人民共和国商标法》的有关规定,原傻子商标专利人年广九,自一九九〇年十月十五日始,特将傻子商标的使用权、技术权授予彭晓红女士。彭晓红女士全权享有傻子商标的法律专利,年广九亲笔签字后立即生效。

　　立此书为证。

授权人亲笔签字:年广九
一九九〇年十月十五日

　　彭晓红念完后,把授权书缓缓递给我。

　　我按她手指的地方,在授权书上歪歪倒倒地签下"年广九"三个字。接着,又在她带来的小印泥上用大拇指按了下,再在授权书上摁下手印,郑重其事地将"傻子"商标的使用权与技术权授予彭晓红使用。

　　待这一切手续完成后,我想想又叮嘱彭晓红几句:"一定要注意团结公司里的那几位技术骨干师傅,他们在瓜子炒制上、生产上能帮你很大忙。你第一次经营傻子瓜子,经验肯定不足,一定要向他们多学习,多请教。"

　　彭晓红听我说得很诚恳,不觉也动了情,眼圈红红地说:"我知道,你放心。我已在公司联系好七八个技术骨干,他们都愿意跟我一起南下深圳。真遇到困难时,我还会请教你。今后有时间我还会来看你,只是你自己要多多保重!"

　　彭晓红说着说着,不禁又伤心起来,抽泣着又哭出了声。

　　我不忍看她伤心的模样,催她赶紧走。

　　彭晓红这才擦了擦眼泪,默默点点头,又深情地看看我,然后慢慢转过身走了。

　　我一直看着她,直到她的背影消失在会见室门外。

也不知过了多少天后,听来看我的朋友说,彭晓红在深圳那里很快就站住脚,并打开了局面。瓜子也成批生产出来,而且品种还不少,五香、椒盐、奶油、多味等瓜子品种都有,生意可算做得顺汤顺水。她不仅让傻子瓜子占领了深圳市场,还逐渐发展到广州、珠海、惠州、东莞等地,使傻子瓜子在南方也迅速畅销起来,受到南方消费者的青睐。

我虽身陷监狱之中,但得知这个消息后,还是为彭晓红感到高兴。她一个人,还带着小孩,南下闯荡,独当一面,生意能做到这分上实属不易。这给身陷囹圄的我多多少少也是一种安慰,至少说明我创的傻子瓜子品牌还是深受消费者喜爱的。

我的案件依然没有审理的迹象,起先我还有点焦虑,时间一长也就无所谓了。本来我就是一个没心没肺的人,别人入狱都一时难以适应,吃不下饭,睡不着觉。我入狱却照吃照喝,晚上倒头就睡。这一点令同监室的狱友都很佩服,他们不止一次地问我:"傻子,你这种本事是从哪学的?"

我笑着说:"这哪算什么本事?学会无所谓,任何事都别往心里去,就行了!"

狱友都知道我是"三进宫",在监狱里这也是一种资历,所以狱友对我都有点尊重,也多有关照。

狱友被关在一个监室里,除了相互聊天吹牛外,有时还玩点小游戏,下下象棋混混时间。监狱里下象棋当然不允许,是违反监规的,只能偷偷地下,偷偷地玩。

象棋是不能带进监狱里,只能靠狱友就地取材偷偷地做一副简易象棋,好在做象棋也比较容易。与其说是象棋,其实就是用信封纸做的纸片象棋。看狱友做象棋很有意思,也透露出狱友的小聪明。

我们同监室的狱友人人都能收到亲友的来信,只有目不识丁的我从未收到过一封信。一是没有亲友给我写信;二是即便有亲友给我写信也是白写。我不识字,有信没信都是一个样。

在监狱里做象棋就是用信封纸来做,因信封纸比较厚。先要找到笔来画，有头脑灵活的狱友便举手报告狱警，大声喊一声："报告！"

狱警透过牢门上的小洞，大声问道："什么事？"

那位狱友立刻答道："九号想给家里写封信，没笔。"

在监狱里写信、写检查是允许的，很快狱警便从门上的小洞口递进来一支圆珠笔。

有了圆珠笔，监室里有文化的狱友就开始施展才能了。他先用笔尖把信封小心拆开，然后将信封理平，在干净的一面上依次画好多个圆圈。分别在圆圈内写上车马炮，将（帅）士相，以及兵（卒）等字样作为棋子。为区别红黑两方，大多选用不同颜色的信封纸做。如纸质相同，即在圆圈内加上几条斜杠线的为黑方。待象棋子一一画好后，再用笔尖沿圆圈慢慢将信封纸划破，直至裁下把 32 个棋子一一做好。

至于象棋盘，则更容易做。一般是用两只信封分别裁开，在信封的反面各画上半个棋盘。下棋时将两只信封拼到一起，中间稍留点距离，就自然成了楚河与汉界。

我不会下棋，但在狱友的帮助下，也慢慢地学会了这门古老的中国对弈游戏。这为在狱中耐心等待案件审理的我，带来了不少乐趣，也是消磨时间的极好方法。

当然，下象棋只能偷偷地玩。若被狱警发现，象棋要被没收，人还要受训。不过，这在监狱里是小错，没有什么大不了。事过后，我们依然会再画象棋、再做象棋，也依然会再玩象棋……

第三十三章　小平讲话将我救

入狱两年多了，一审也审理过快一年了，但我仍看不到尽头。这第三次坐牢，真让我感到既漫长又无奈。我不懂法律，但律师告诉我，接受抗诉的法院应当在3个月内审结，需要延长期限也的不得超过6个月。可我的案件抗诉后又拖了9个月，还不知要拖到何时。坐牢可怕，但不知何时能出狱更让人感到可怕。

1992年3月初的一天，谢国平律师来狱中看我，告诉我一个意想不到的天大好消息，让我激动不已。他说全国人民正在传达学习邓小平同志在南方的重要谈话，其中就涉及傻子瓜子。邓小平再次强调"不能动他"，也就是指我。

原来一代伟人邓小平，从1992年1月18日至2月21日，先后到武昌、深圳、珠海和上海等地视察，发表了重要的南方谈话。邓小平同志强调指出，革命是解放生产力，改革也是解放生产力，要继续深入地开展改革开放，要大胆地试，大胆地闯……

尤其邓小平在南方谈话中再次提到傻子瓜子，他老人家语重心长地说："改革初期，安徽出了个'傻子瓜子'，当时许多人不舒服，说他赚了一百万，主张动他。我说不能动，一动人们就会说政策变了，得不偿失。像这一类问题还有不少，如果处理不当，就很容易动摇我们的方针，影响改革的全局。城乡改革的基本政策，一定要长期保持稳定。"

听着听着，我不禁感动得热泪盈眶。邓小平如此关心傻子瓜子，关怀我，真是我的大恩人呀！

我知道,出狱的日子终于快到了。坐牢前后将近两年半时间,越坐越让我感到无助与无奈,越坐越让我失去希望与信心。但怎么也没想到,转机竟然来得如此突然与迅速,真令我喜出望外。

说句心里话,邓小平真是我年广九的大恩人啊!

谢国平律师还告诉我:"安徽省检察院已正式通知芜湖市检察院撤回抗诉,只要抗诉一撤,芜湖市中级人民法院的判决立即就能生效,你也就可以获释出狱。"

我听了当然高兴,但不免又有点不放心,轻轻问了句:"你说的消息准确吧?不会让我空欢喜一场吧?"

"不会的,消息非常准确!"谢国平律师态度严肃,语气坚定地说,"估计再坚持几天,你就能走出监狱。如果来得快,也许就在这两天。你别急,相信时间不会太长了!"

谢律师的话,当然是我最愿听的,也是最想听的,但真听到了不免又有点怀疑,真会有这么快吗?

1992年3月13日,这是我一生中难以忘怀的日子。

这天上午,我正在牢房里静坐思过,忽听见牢门哗啦一声被打开,狱警探进身子喊了声:"年广九,出来一下,市中院法官来向你宣布通知。"

"市中院法官来宣布通知?"我不由得一阵高兴,暗想肯定是谢律师的话兑现了。

我跟着狱警来到一间办公室,市中院三位法官早已站在里面。一位手拿文件的法官见到我,大声地对我说:"年广九,我们是芜湖市中级人民法院的法官,现向你宣布:鉴于芜湖市人民检察院日前已撤回抗诉,安徽省芜湖市中级人民法院(1991)刑字第7号刑事判决书,从即日起生效……现法庭正式宣布,对年广九予以释放。"

市中院法官宣布完毕,又让我在一份文件上签了字。这次我字签得很快,心中也异常激动,终于盼来了出狱的时刻。不觉对三位法官轻轻说了声:"谢谢你们,谢谢中院!"说完我转过身,面对狱警问了声,"那我现在可以走了吗?"

狱警没有回话,只是点了点头,随后走到看守所大门前,缓缓地打开那两扇沉重的大铁门。

我朝狱警和中院三位法官也点了点头,算是告别。

这时,看守所所长也来监狱门口。我一眼看见,忍不住地走上前去,本想与他也说句告别的话,未想竟不由自主地张开双臂与他紧紧拥抱。我不是特别之人,也不爱与人用拥抱来表示激动与亲热。今天也不知怎么了,竟一反常态,做出了异常举动。

然后,我稍微平静了一下,慢慢地跨出看守所的大铁门。

铁门外迎接我的是明媚的春光、和煦的春风。我深深地饱吸了一口新鲜空气,伸了伸懒腰,不觉又停下脚步,慢慢仰起脸,面对阳光,微微眯起眼,尽情地让阳光照耀着我的全身……

我二儿子年强是接到市中级人民法院的通知后,和一位朋友一起开着一辆"上海"牌轿车,早早赶到看守所门外来迎接。他们并未打扰我,等我转过身走过去,他们这才迎上来。

我发现二儿子年强今天特地穿了一身白色的西服,很是显眼。大家寒暄几句,既没有激动地拥抱,也没有兴奋地握手,更没有笑声与哭声,一切都显得十分平静。

我微笑着跟他俩点了点头,算是招呼,然后慢慢跨上车,跟他俩一起平静地离开了这座关押我长达900天的看守所。

年强让小轿车直接开到新芜路大观园浴室门口,让我进去先洗把澡。他知道我爱泡澡,在看守所里两年多,我从未痛痛快快地洗过澡。此时,我全身浸泡在热水池里,微微闭着双眼,让温水浸润着身体,那种久违的舒适感又裹满了我的全身。当然,我知道,这把澡不仅要洗出舒适,还要洗去晦气,洗去痛苦与灾难。

洗过澡,年强将准备好的一套干净衣服让我换上,人立刻变得精神起来。我这才精神抖擞、干干净净地跟着二儿子年强一起回到了久别的家。

我的出狱虽很平静、低调,但在社会上的反响一点也不平静。先是合肥报纸报道我出狱的消息,3月27日,也就是我出狱两周后,《安徽工人报》率先刊发一则消息,标题很醒目:"贪污等经济罪不成立,'傻子'年广九被宣布释放"。

我出狱的消息传得很快,上海《解放日报》《报刊文摘》,安徽《文摘周刊》《合肥晚报》以及合肥人民广播电台、安徽电视台等相继刊发和播出我出狱的消息。随后,全国大大小小报刊、电台、电视台都先后做了报道。

几乎每一个采访我的记者在采访时都要问同一个问题:"你出狱与邓小平在南方的重要谈话有直接关系吗?"

我的态度很明确,回答也干脆:"没有邓小平就没有我年广九的今天,我年广九能获释,就是邓小平在南方的重要谈话救了我。否则我到今天还在牢中,而且这个牢我不知还要不明不白地坐到何年何月。"

有记者告诉我,同样的问题,芜湖市检察院的负责人却不这样认为。他们的回答是,年广九的获释和邓小平同志在南方的重要谈话只是一种时间上的巧合,并无直接关联。

对此,我的回答是:"这是各人所站的角度与立场不同,不能强求。但作为此案的亲历者,我的感受应该是最深刻的,也是最真实的!"

好不容易安安静静地在家休息了几天,芜湖市委主要领导又安排了一次集体接见我的活动,这大大出乎我的意料。我想,这应该是对所有采访记者的疑问最好的正面回答了。

那天,我正在家中休息,忽然接到市委办公室的通知,说市委领导要接见我。尽管通知有点突然,但我知道这时市委领导的接见,肯定与邓小平在南方的重要谈话以及我的出狱有着很大的关联,心中还是一阵高兴。

在芜湖市委机关所在地范罗山上,一间不大的接待室里,芜湖市委书记金庭柏和几位副书记早已在等候。我一跨进接待室,市委书记金庭柏和几位副书记立刻起身走上来迎接。

金书记代表市委对我为芜湖个体经济的发展所做出的贡献表示肯定

与感谢,并希望我能正确对待遭受的挫折与打击,认真吸取经验教训,振作精神,放开胆子,迈开步子,向前看,继续为芜湖个体经济的发展做出自己的贡献。

我向金书记表示:"请金书记和市委领导放心,我年广九经历过不少风雨,会正确对待所遭受的磨难与困苦。相信有伟人邓小平对我的关心与支持,我不会轻易倒下的,会继续努力,为芜湖做出自己的贡献,以实际行动回报邓小平的恩情。"

芜湖市委领导的集体接见,的确给我莫大的安慰与鼓舞。但我并未急着工作,而是先以休息为主,过一段清心自在的休养日子。也趁机回味回味,我这一生所走过的路,长短得失,梳理一下,总结总结,也有利于未来更好地前行。

经过近一个月的休整后,我决定还是再返江湖,重操旧业,继续经营傻子瓜子。

这时,我忽然想到妻子彭晓红,她还在南方经营傻子瓜子。自出狱后,彭晓红是来过几个电话,问候问候,说她生意比较忙,一时抽不开身回芜湖,待空闲下来再回来看我。

那时,我刚出狱,一心想静养几天,还没心思考虑经营瓜子的事,心想你忙就忙吧。现在我要重操旧业,自然希望彭晓红能早点回来,与我一起经营傻子瓜子生意。

我给彭晓红打去电话,希望她能带着孩子一起早点回芜湖,与我一起经营傻子瓜子。

谁知彭晓红在电话里解释说,她在南方刚站稳脚,生意也才打开局面,各方面的发展势头比较喜人看好,暂时不想放弃南方事业回到芜湖。相反她劝我,最好能离开芜湖,离开这个曾给我带来灾难的地方,到南方来辅助她一起打拼创业。

没想到彭晓红会有这个想法,我听了一时真愣住了。芜湖虽让我受过伤,倒过霉,但毕竟是我的发迹之地,也是傻子瓜子的大本营。我怎舍得离开，跑到人生地不熟的南方去经营，而且还要我辅助她？看来彭晓红才当几天老板，就开始发生变化，有点不知天高地厚了。

电话中我坚持要彭晓红回来，她却执拗地反复劝我到南方去看看。双方意见不合，各执己见，而且她和我一样，也是有性格的人，丝毫不退让。结果，谁也说服不了谁，反闹得各自心中都不愉快，这让我对彭晓红的看法开始悄悄发生改变。本来在狱中，彭晓红常来看我，给我冰冷的心带来些许温暖，让我对她印象很好，这才授权给她经营傻子瓜子，谁知道她经营傻子瓜子后，取得了一点效益又不听我话了，让我不免有点伤心……

不久，我在芜湖又经营起傻子瓜子。老店新开，生意依旧火爆。社会舆论也对我进行了大量宣传，大报小报的宣传报道可以说是连篇累牍，甚至一些知名报刊也对我重新出山给予了不少宣传。

仅 1992 年 10 月与 11 月这两个月，《经济日报》和《华声报》就先后发表《傻子瓜子又逢时》和《春风吹又生》两篇有影响的报道，《安徽日报》也刊发篇幅不小的《傻子瓜子春风吹又生》的报道，都谈到我年广九在邓小平南方重要谈话精神的指引下，重操旧业，再出江湖，继续经营傻子瓜子，而且发展势头良好。

随后，安徽省举办著名商标消费者评选活动，傻子瓜子又受到众多消费者的喜爱，获得了"安徽省著名商标"的光荣称号。我出狱后短短 8 个月时间，傻子瓜子就能获得此荣誉，充分说明广大消费者对傻子瓜子还是认可、肯定与支持的。这的确给我很大的鼓舞，更让我重拾起发展傻子瓜子的信心与决心。

我知道傻子瓜子能有今天，特别是我年广九能重新出山再闯江湖，并受到消费者的欢迎与支持，应该感谢恩人邓小平。如果没有邓小平的南方重要谈话，这一切都不可能发生。

我忽然觉得自己要懂得感恩，要向邓小平表示感谢。但是，怎样才能表达我心中的感谢之情呢？

经过反复考虑,我又想到要写信。要向邓小平写一封感谢信,向他老人家说说我的心里话。这次我觉得不只是我一个人要感谢,而要和我两个儿子——大儿子年金宝、二儿子年强一起联名写封信,表达我们傻子瓜子的真诚感谢!

为写好给邓小平的信,我反复考虑要物色一个高水平的文化人来执笔。二儿子年强获知我的想法后,主动承担了这个任务。他与安徽师范大学副教授舒咏平先生是朋友,认识多年。大学副教授帮忙写信当然比较理想,但是,小二子年强看中请舒咏平教授写信,并不是因为他们之间的朋友关系,也不是因为舒咏平是安师大副教授,主要原因是舒咏平能写一手漂亮的钢笔字。舒咏平的钢笔字清秀、工整。给邓小平写信,首先钢笔字要能拿得出手,否则内容写得再好,钢笔字写不好也不行。

我把要向邓小平表达的感谢之情向这位舒教授仔细说了下。舒教授心领神会,又询问了我一番,回去没两天就写出了初稿。

舒咏平教授把信一字一句地念给我听,还不断地作了解释。他对我说,给中央领导人写信,有话则长,无话则短,只要把心里话说出来就行了。我觉得舒咏平教授的话说得很有道理,表示完全同意。

舒教授又把信修改了一遍,并工工整整地抄写好,送给了我。

我们父子三人写给邓小平的信全文是——

敬爱的小平同志:

您好!

我们是安徽芜湖"傻子瓜子"的经营者。今年年初,您在南方谈话中讲到了我们"傻子瓜子",我们感到好温暖、好激动。您是对全国人民讲的,但对我们更是极大的鼓舞。先是今年下半年,我们"傻子瓜子"就新建了13家分厂。生产700多万公斤瓜子,这都是由于您的支持和您的政策好!从经营"傻子瓜子"以来,我们已经向国家交纳了200多万元的税,向社会提供了40多万元的捐赠,但我们还要兢兢业业地继续做"傻子"，为顾客提供更多味美可口、价钱公道的瓜子；我们还计划扩大经营规模，把"傻子瓜子"打到国际市场上去，为国家多做贡献。

敬爱的小平同志，我们时时铭记着您的恩情，在这新春佳节快要到来的时候，特地寄上几斤瓜子给您尝尝，这是非常微薄的礼物，却代表了我们对您的深深敬意，希望您能喜欢。

衷心祝愿您：

新春快乐，健康长寿！

傻子：年广九

小傻子：年金宝　年强

1992年12月30日

为让邓小平尝尝傻子瓜子，我精心准备，仔细加工。从选料、配料，到上锅炒制，以及包装等生产过程，全部亲自操作，严格把关，不让任何人插手。不知邓小平喜欢什么口味瓜子，我特地炒了几种不同风味的瓜子，好让他老人家慢慢品尝。

信和瓜子寄出后，我似乎松了口气，心也舒坦多了，总觉得一点小小的心意已经表达。

不久，中共中央办公厅打来电话，说："信收到了，瓜子已转交邓小平同志。"

第三十四章　出演电视片主角

有一代伟人邓小平的亲切关怀,还有芜湖市委领导的大力支持,我重整旗鼓、东山再起的信心与决心也越来越大。我要趁着大好形势,把傻子瓜子的发展推向一个新的更高阶段。

邓小平南方的重要谈话对我的影响的确很大,尤其全国自上而下地学习与宣传邓小平在南方的重要谈话,更让傻子瓜子成了家喻户晓的名牌产品。许多有超前意识的企业家专程赶来芜湖,主动提出要与我联营合作经营傻子瓜子。有的开出的条件十分诱人,让人动心。什么厂房、仓库、设备以及流动资金等等生产所需均可提供,只要我出品牌与技术,利润三七开,四六开,甚至五五开的都有。

但是,曾经经历过联营的傻子瓜子公司,让我体会到许多从未体验过的滋味,也增长不少经验与教训。经过认真思考,以及对当下政治与经济形式的分析,我果断拒绝了所有想联营合作的企业,决心独自成立自己的傻子瓜子公司。

经过一段时间的精心筹备,1994年10月,我独立创办的芜湖市傻子瓜子技术开发公司正式挂牌成立。依然是务实、简单,不搞花架子。我没有搞什么隆重的庆典,也没有邀请市里领导与嘉宾。只做了一块牌子,上面用红绸布结了一个硕大的红球,表示喜庆。挂牌时我请员工们集中到公司大门口,大伙分两边站成排。在热烈的掌声中,我把牌子上的红绸布揭掉,随即点燃一挂千响鞭炮,挂牌仪式就这样简单而热烈地完成了。

为回报社会,我专门招聘了一批下岗职工,由我亲自进行培训,讲解瓜子炒制的工序以及应注意的生产安全事项,使新工人很快就能掌握瓜子炒制技术,并能上岗进行生产。

老店新开,生意依然兴旺。见傻子瓜子销路顺畅,生意较好,我又乘势而上,在兰州、郑州和蚌埠三座城市建立了3家分厂,同时在北京、武汉、南京、上海、广州等全国各地设立了120多家傻子瓜子专卖店。专卖店既是销售点,也是傻子瓜子的宣传点。每家专卖店开张营业时,我都应邀到场出席,并说上几句话。然后,还与当地的新闻界和消费者见见面,打打招呼。只要我一去出席专卖店开业典礼,当地新闻界不可避免地会有不少有关傻子瓜子的新闻报道,以及对我的相关宣传。这也是一种广告,一种影响,效果甚佳。

有人问我:"你怎么想到这一招?"我笑着说:"这是我傻子瓜子独创的经营模式。不花分文,还要收每家专卖店的加盟费,而且宣传效果很有影响力! 一家傻子瓜子专卖店,在一座城市就是固定的傻子瓜子宣传阵地。

也就在我创办的傻子瓜子技术开发公司成立不久,邻省的浙江电视台专门派人找到了我,说为了纪念邓小平在南方的重要谈话发表五周年,准备以中国改革开放为大背景,讲述我艰难曲折的创业之路,以及跌宕起伏的人生经历,拍摄一部多集纪录片,希望我能给予大力支持,出演这部电视片的主角。

说实话,我对拍摄电视片没有多大兴趣,也不会当演员,更不想当什么主角。但是,浙江电视台的主创人员反复鼓励我,要我打消顾虑,一定要给予支持。

邓小平在南方的重要谈话发表五周年,这可是关乎我命运转折的一次重要谈话,我没有理由不重视不支持。况且纪录片拍成后,在全国各地电视台一播放,对傻子瓜子和我本人也是一次不小的宣传。所以经过认真思考后,我决定明确答复浙江电视台,同意他们来芜湖拍摄,到时候我将给予积极支持与配合。

不久，浙江电视台成立的《傻子沉浮录》摄制组一行7人来到芜湖。我问他们是否要安排住宿，他们回答很干脆，说什么都不要我烦神。他们有拍摄经费，会保证在芜湖拍摄时所需要的一切开支。

浙江电视台摄制组的朋友还主动联系芜湖铁山宾馆，指定其作为他们摄制组的住宿地。他们认为铁山宾馆在芜湖市区，环境优雅，闹中取静，离我傻子瓜子公司、门店以及居住地都不远，便于拍摄与联系。

浙江人干事的效率的确令人钦佩，他们一旦投入拍摄，工作起来十分认真，也仔细上心，还能吃苦。他们不仅深入我公司、家庭，还来到傻子瓜子烟熏火燎的生产车间，一拍摄就是一整天。

摄制组每天都起早摸晚，中午也不休息，总是不停地拍摄，直到拍出满意的镜头才肯歇歇。我更像是一个电视明星，摄像机整天跟着我跑，弄得我都有点不好意思。起先在镜头前我还有点拘束，不自然。时间一长，与摄制组的人都混熟了，我在镜头前也就变得自然起来。用他们话说："年总，你只管干你的事，讲你的话，一切就像平常生活时一样自然。我们拍摄时也会提醒你，关键是你不要盯着我们的摄像机就行了。"

摄制组负责人是编导刘郎，我看摄制组人都听他的。这个刘郎不简单，据说他拍了许多有名的电视作品，在全国有一定的影响力。摄制组人都叫他"刘导"，我却叫他"指导员""刘指导"。

整天与摄制组的人在一起，我也帮不上什么大忙。每天到哪我就帮忙扛摄像机的三脚架，那玩意不轻，专门是稳定与支撑摄像机的。我看他们小青年扛得有点吃力，便自告奋勇地主动要求帮忙。

我同摄制组人相处得很融洽，从不摆架子，也很随和。其实，我也没有什么架子可摆。有几次拍炒瓜子镜头，重复多次，炒得我满头大汗，只要一个镜头不满意就要重来，我从不厌烦，也无怨言。摄制组人有时反觉得不好意思，我笑着说："没关系，不行就重来一遍。我不怕累，就怕把你们这些从杭州来的大城市人累坏了。"

经过近一个月时间的紧张拍摄，摄制组终于完成在芜湖的拍摄任务。

临分别时,摄制组的小青年与我是依依不舍,难舍难分。

1997年2月,在邓小平南方讲话发表五周年之际,6集电视片《傻子沉浮录》在浙江电视台首次播出。

不想纪录片一经播出就走红,立即在全国观众中产生强烈反响。也不知是我几度沉浮的经历感动了观众,还是傻子瓜子艰难曲折的发展故事让观众感兴趣,或是浙江电视台的精彩拍摄,反正电视片《傻子沉浮录》在全国观众中产生的影响十分巨大与强烈。浙江电视台不得不应广大观众要求,又接连两次重播,收视率依然高居不下。

为满足观众的需要,有些地方电视台争相购买播放权。随后仅两个月左右时间,全国有57家电视台相继购买了纪录片的播放权并进行播出。一时间,傻子瓜子和傻子的故事,让我在全国成了家喻户晓,人尽皆知的明星,其影响力大大超乎浙江电视台的预期与设想。

我也不清楚为什么大家对我的故事如此关注与喜爱,想必是我苦难的经历,传奇的人生,以及艰辛的创业过程引起了人们发自心底的同情与兴趣!

借助6集电视纪录片《傻子沉浮录》在全国热播的东风,傻子瓜子的销售量与影响力也越来越大,找我加盟傻子瓜子专卖店的企业与个人,也越来越多。很快我在全国各地的傻子瓜子专卖店就发展到210家,并开设了8家分厂,拥有员工达700多人。

傻子瓜子的经营形势一派大好,以至全国几家有实力的大企业,甚至国外的大财团都来人来函,想要买断"傻子"这一品牌,最高报价愿出资数千万元。但我毫不动心,果断地一一谢绝。

我的回答很干脆:"'傻子'这个品牌我绝不会出卖!它不仅是我个人的财富,也是家乡芜湖的产品与财富,是安徽的产品与财富,我要对得起家乡的子孙后代。"

1997年2月19日,中国改革开放的总设计师邓小平不幸在北京逝世。噩耗传来,我是万分悲痛。为了表达我深切的哀悼之情,我和大儿子年金宝、二儿子年强联名向中共中央办公厅发去唁电,沉痛悼念伟大的无产阶级革命家、中国改革开放总设计师邓小平!

  这位傻子瓜子的大恩人,值得我们年氏家族世世代代铭记在心。几天后《中华工商时报》和《安徽日报》等相继报道了我年氏父子悼念邓小平逝世的消息,标题就是《恩情永不忘》!

第三十五章　与晓红情断南昌

有人说我与彭晓红的婚姻就是一段瓜子情缘,细细想想这话确有一定道理。

我与彭晓红从素昧平生到相互认识,到聘她任秘书,再到与她相恋相爱,直至结婚生子,无不与瓜子紧密相连。甚至后来我与她缘分走尽,劳燕分飞,协议离婚,也是脱不掉与瓜子的联系。

自从走出监狱后,我在家休息了好长一段时间。后来想重返江湖,再操旧业时,我给正在南方独自打拼的彭晓红打去电话,希望她能带着儿子回到芜湖,同我一起经营傻子瓜子。不想彭晓红不仅不愿回来,反劝我去南方协助她打拼。此事虽小,却闹得双方心里都不愉快。

不久,彭晓红给我打来电话,说她把瓜子生意做到江西南昌了。南昌离芜湖比较近,只有400多公里路,不像深圳那么远,离芜湖有1000多公里。彭晓红希望我能到南昌去看看,也好与她见见面。

虽说我对晓红不愿回芜湖多少有点看法,但她能主动打来电话邀我到南昌去,也算在这件事上做了一点让步。于是,我答应了她的邀请,很快就赶到了南昌。

在南昌青云谱区的一家宾馆里,我见到了久别的彭晓红。几年没见,彭晓红显得更加年轻时尚,人也变得漂亮。她穿着讲究,举止言谈也有派头,看得出她在南方闯荡这几年,多少有点事业上的成就感。相比较我就显得憔悴,苍老了许多,身上一套过时的衣服也是皱巴巴的。彭晓红显然看我的穿着不顺眼,一把将我拉进一家百货大厦,从上到下置换一新,连头发也整理了一下,吹得油光锃亮。

彭晓红这才露出了笑脸,说道:"你看,人靠衣装马靠鞍。你傻子现在是个名人,出门在外也应穿得体面些,讲究些。"

我对着商场里的大穿衣镜照照,一身新衣的确让人精神了许多。忍不住笑着说:"我这一生苦惯了,也马虎惯了,讲究不起来。"

晚上吃饭时,彭晓红陪我喝了几杯白酒。当上老板后,为了应酬,彭晓红渐渐地也学会了喝酒,偶尔还抽点烟。几杯酒下肚,彭晓红趁着酒兴开始向我讲述她这几年在南方的打拼经过。

自从我在狱中授权彭晓红经营傻子瓜子后,她怀抱着两岁的儿子,带着一批技术骨干,风尘仆仆地南下深圳开始打拼。她先与深圳一家食品厂达成联营生产协议。她出傻子瓜子商标和技术,对方出厂房、资金与设备等,利润三七分成。对方拿七成,她得三成。

初到深圳,人生地不熟,一切都得从头开始,彭晓红非常清楚自己的处境。她深知,尽管自己是"瓜子大王"的妻子,但要想赢得市场,赢得合作方的信赖,必须在瓜子质量上下功夫,炒出正宗的傻子瓜子来。她紧紧团结与她一起来的技术骨干,严把生产工序每道关,从选料、配料,到炒制、浸卤等各个环节,精心操作。终于炒制出粒粒饱满,一嗑三开,味美可口的傻子瓜子来,投放市场后立即受到消费者的青睐。

这第一炮打响后,合作方对彭晓红是刮目相看,立刻对她委以重任,聘她为销售部门负责人。彭晓红也没有让合作方失望,很快就在深圳打开了局面。

1991年春节,是彭晓红到深圳的第一个春节。她紧紧抓住这个销售旺季,分别在深圳香蜜湖度假村和国际商贸大厦举办了傻子瓜子展销会。同时她还加大广告宣传力度,让深圳街头随处可见"正宗傻子瓜子"的横幅、气球和传单等宣传品。这一招的确不同凡响,展销期间傻子瓜子柜台前每天都是人头攒动,被围得水泄不通。

深圳的销售额上去后,彭晓红乘势而上,又辗转广州、珠海、惠州等地促销。一时间,彭晓红的名字与傻子瓜子一起闻名南国。

经过短短一年的打拼,彭晓红由一个穷妇变成了富婆。1992年,她不仅又与一家经济实力雄厚的香港投资公司进行合作,在深圳罗湖区莲塘工业区联营生产傻子瓜子,而且在深圳投资开办了一家酒店。此时,彭晓红的经商才能已得到许多人的赏识。惠州的一家外资企业慕名前来邀她以人才、技术入股,在惠州开办一家大酒店。既要经营瓜子,又要经营酒店,春风得意的彭晓红整天忙得是不亦乐乎,却心情舒畅。

不久,南昌市青云谱区政府也派人来到深圳,热情地邀请彭晓红到南昌投资办厂,并给予一系列的优惠政策。他们还带来一部面包车接彭晓红母子俩上庐山观光。南昌人的热情并没打动彭晓红,但江西人的宴请习惯却让她发现了商机。南昌人请客吃饭,上菜前总要先上一小碟瓜子,让客人嗑嗑。她觉得这个宴请聚餐习惯对瓜子经营者来说,就是一个不小的市场。

经过现地考察以及几轮谈判,彭晓红租下了南昌市青云谱区三店街道办事处下属单位的制绳厂。然后,对厂房进行改造,投资23万元,成立了南昌市嘉宝利食品有限公司。

现在嘉宝利食品公司即将开业,她知道我出狱后一直在家休息,便想邀请我来南昌嘉宝利食品公司看看,顺便参加她公司的开业典礼。

彭晓红说起在南方的闯荡来是越说越兴奋,而且她酒量还不小,陪着我下了好几杯白酒。我怕她喝多了,劝她早点休息。

第二天上午,彭晓红又兴致勃勃地领着我参观她的食品公司。对这家即将开业的嘉宝利食品公司四周的环境,我来来回回走了几趟,然后又对公司内的瓜子生产线仔细研究了一番。当场我就对瓜子生产线的布局提出了一点建议,彭晓红听了觉得我讲得有道理。施工方负责人也觉得我的建议可行,并立即对瓜子生产线进行了改造,并还悄悄算了一笔账,说这一改造,至少可节省5000多元。

彭晓红听了高兴地说:"老年在炒瓜子这方面确实是专家,我们都佩服他!"

但是,我对彭晓红说这个公司选址不怎么理想,这儿比较偏僻,不适合做生意,她听了却不以为然。反解释说,青云谱区历史悠久,有许多名胜古迹,如著名的青云谱道院、大画家八大山人纪念馆等等。我听了只好笑笑,对这些历史古迹我不懂,也不好多说什么。其实,做生意不是看这地方的名胜古迹,而是要看这地方的人流量与繁华程度。说做生意这方面,彭晓红就未必有我懂了。

两天后,彭晓红的嘉宝利食品公司举行隆重的开业典礼。许多当地的领导与嘉宾都应邀到场,现场气氛热烈,洋溢着喜气洋洋的景象。

面对庆典现场的喜庆氛围,头脑灵活的彭晓红突发奇想,安排我在开业典礼上进行炒瓜子表演,她这一招真有效果。一时间,开业典礼现场围满了观众,人声鼎沸,热闹的气氛立刻被推向了高潮。

望着台下黑压压的观众,我换了身工作服提前做好准备,并要助手把炉火烧旺,生瓜子备好,另外卤汁也要加热煮开。待一切准备就绪,锅中沙砾冒起热烟。我走到热锅前,拉开架势,手握锅铲,倒入几斤生瓜子,立刻翻炒起来。

台下围满着的观众,没见过炒瓜子这玩意,个个屏住呼吸,睁大眼睛看着我用锅铲在炒锅中不停地翻炒。我把锅铲翻炒的速度有意加快,身体也随着锅铲的翻转在有节奏地跳动起来,炒锅里热气腾腾,锅铲与炒锅碰击的声音也格外响亮,叮叮当当,十分悦耳。待锅里瓜子"啪啪"炸响,并向锅外蹦跳时,我知道瓜子熟了,立刻扔掉锅铲,戴上厚厚的手套,端起灼热的铁锅,将锅中瓜子倒入旁边准备好的铁筛里。帮忙的助手稍微抖动几下,瓜子与沙子立刻分离出来。旋即我将筛过的瓜子倒入细眼竹篮,趁热浸入卤汁中。随着"嘟嘟"几声,卤汁中立刻升腾起一股热气,并散发出一股浓郁的瓜子香味。现场人群显然闻到了香味,立刻一阵欢呼。我拎出浸过汁的瓜子,倒入大竹匾里摊开,然后撒点淀粉收水,这锅瓜子就炒好了。

趁瓜子晾干之际，见炉火尚旺，我又炒了两锅瓜子，然后才向大家挥挥手表示结束，人群立刻爆发出一阵热烈的掌声。

彭晓红这时吩咐工作人员，将晾干的熟瓜子分别送给现场的领导与嘉宾，以及围观的群众进行品尝。大家边品尝瓜子，边议论开来，纷纷赞扬：

"'傻子'炒的瓜子味道就是好！"

"傻子瓜子味道真是与众不同，名不虚传！"

当地电视台与一些宣传媒体也趁机采访我，加之四周群众一围观，庆典现场气氛顿时热闹非凡。

彭晓红见我给开业典礼带来这么好的宣传效果，同时也证明她生产的瓜子是正宗的傻子瓜子，自然想让我留下来辅助她经营。

休息时，彭晓红郑重其事地对我说："你暂时就不要回去了，回芜湖你也是没多少事，不如留在南昌给我帮帮忙。"

我见彭晓红说得认真，知道她是诚心想留我，不觉问了句："我留下来做什么事呢？"

彭晓红笑着说："你留在我这儿，什么事也不用做，包你吃包你住，还包你烟酒，另外每月再给你两千元工资。"

彭晓红以为她开的条件够高了，可我听了却不是个滋味，这不让我成了打工仔吗？想想我还是把心里话说了出来："你这是想要我给你打工？那不行，男人给老婆打工，那还不让人笑掉牙啦？"

"那你说留下来想干什么事？"彭晓红笑着问我。

"你要我留在南昌，不是不可以。但是，我要留下来就要当老板。"我语气坚定地答道。

彭晓红显然对我的回答不满意，口气强硬地说："这公司是我投资开的，你老年总不能让我打工吧？"

我听了不觉也有点生气，毫不示弱地说："彭晓红，你不要忘了，傻子瓜子这个牌子可是我辛辛苦苦创出来的，我怎么能反过来为傻子瓜子公司打工呢?"

彭晓红听我这样说,一时也不知说什么好。她知道自己有点理亏,但从心里又不同意我当老板,仍然不断地在说她的理,而我当然强调我的理,双方互不相让,各讲各的理。结果谁也没有说服谁,反闹得各自心中都不愉快。

第二天上午,我与彭晓红又在为这事争论,究竟是我留下来当老板还是打工,争论依然是毫无结果。我知道彭晓红绝对不会把老板位子让给我来当,她也清楚我的态度,不当老板我是不会继续留在南昌的。

就在我俩争论不休时,彭晓红接到深圳一个男士打来的电话,不知是为业务上的事还是其他方面的事,反正两人谈得时间不短。我在一旁等得有点不耐烦,而且是越想越气。一气之下我索性不辞而别,拔腿就离开了公司。

刚跨出公司大门,就遇到一辆出租车驶来,我手一招,车停了。坐上出租车,我对驾驶员说了声"到南昌火车站。"驾驶员应了声,车辆立刻加快速度往南昌火车站驶去。

直到这时我才想起来,自己口袋里竟然没有一分钱。我把身上几个口袋摸摸,都是布贴着布,这怎么办?我愣住了,马上下车就要付车费,一时急得我真不知如何是好。

车到南昌火车站时,我只好向驾驶员实话实说,表明我的身份,并解释说:"我是傻子年广九,现要急着赶回芜湖,身上忘带钱了。你把地址写给我,回到芜湖我立即给你汇款,分文不会少,请相信我。"

驾驶员是位中年男子,一看就是个忠厚老实人。他笑着说:"噢,原来你就是大名鼎鼎的傻子瓜子创始人年广九,那车费就不用付了!"

我见驾驶员如此客气,反倒有点不好意思,微笑着说:"谢谢!但车费一定要付,你把地址留给我,不然我就不下车。"

驾驶员见我态度比较坚决,只好笑了笑:"好吧,我把地址留给你。"然后,他找出一张小纸片,写上他的地址和车费数额,边递给我边说,"这点小钱,你也这么认真。"

我接过纸条,连声表示感谢,说道:"谢谢你,今天你可帮了我一个大忙了!"

到了南昌火车站,我直接找到车站值班员,说明了一下自己的困难。

值班员是位年轻的女同志,听说我是傻子瓜子创始人年广九,有点惊讶地说:"噢,你就是年广九!知道知道,我们这几天还都在学习在南方的重要谈话,傻子瓜子现在名气大哟!"

年轻的女值班员边说边把我领到售票处,自己掏钱帮我买了一张到九江的火车票。然后,她将车票递给我,笑嘻嘻地说:"你这点小困难,我能帮助。"

我高兴地接过火车票,非要她把姓名和地址写给我,才感谢不尽地说:"谢谢你帮我解决了困难。回到芜湖后,我一定会把车票钱寄给你。"

到了九江,我赶到大轮码头,同样是找到码头负责人。听我介绍后,他毫不犹豫地帮我买好一张船票,亲自送我走过栈道上了大轮,并还不忘向船长交代几句。

一路上船长和船员对我更是客气,到了吃饭时候,他们都会主动给我送来饭菜,而且伙食还不错,这让我是十分感动。

没想到傻子瓜子这块招牌竟然有这么大的影响力,否则一路上谁会理睬我。估计从南昌到芜湖这几百公里陆路铁路和水路,我只能一路乞讨回来了。

回到芜湖后,我立即把途中所欠下的费用一分不少地如数汇出,并让人帮我在汇单上写上几句感谢的话语。

当然,我与彭晓红的情分也随着在南昌这段不平凡的经历而彻底断送掉了。这以后约有两年时间,我与彭晓红基本没有再见面,更没多少联系。她在南方经营傻子瓜子与酒店,我在芜湖也东山再起,重操旧业成立傻子瓜子技术开发公司,生意依旧红火。偶尔彭晓红打来电话,我俩也是几句话没说完就在电话里争吵起来。她说我忘恩负义,忘了坐牢的苦难日子里她是如何照顾我的;我说她忘本,忘了傻子瓜子是我授权让她经营的。夫妻感情一旦破裂,就难以弥合,并且随着时间的推移,两人的感情只能越来越生疏。

1995年1月,彭晓红带着儿子回芜湖过春节。彼时她在南方发展已小有成就,可惜我俩见面时彼此都找不到当初的情感与热情,只是礼节性地问候问候。

一天,她带着儿子到我傻子瓜子零售店里去玩。无意中看见店里一个女人手指上戴着我的大方戒指。这枚价值昂贵的方形九钻戒指是我心爱之物,从不会送人。其实也没送人,因店里工作人员与我熟悉,也就戴着玩玩。偏偏被彭晓红看见了,她不觉妒火中烧,立刻转身跑到傻子瓜子厂。找到我劈头盖脸就将我一顿臭骂,也不容我做任何解释。她怒不可遏地大声喊道:"离婚,我俩离婚!当年你坐牢我没离,如今你当经理我坚决要离!"

我知道她在气头上,便让着她。当然,我也没有离婚的思想准备。谁知我越回避,她态度越坚决。脾气倔强的她似乎铁了心,甚至不顾场合地堵着我要离婚。

一次,我正与芜湖瓜子界的几个知名人物聚会喝酒时,彭晓红不知怎么知道了,闯进席间。我不觉一愣,知道她是有意要让我难堪了,让我在许多客人面前下不了台。但被她堵在酒桌上,我也只能硬着头皮面对。

果然,彭晓红当着全场客人的面,一点也不给情面地大声地说:"年经理,我俩的事你看到底怎么办啊?"

我知道这时不能回避了,借着酒兴态度坚定地说:"彭晓红,你不要以为我怕你,到处找我。今天你说,你想怎么办?"

"我说我俩干脆离婚,省得只有夫妻名声,实际名存实亡!"彭晓红立即答道。

"行,你要离就离!"我也毫不示弱地大声说。

彭晓红听我这样说,生怕我反悔,立刻找人草拟了一份简单的离婚协议,并当着许多客人的面要我当场签字。

我知道事情闹到这一步,想不签字也不行了。尽管有好几个客人起身相劝,我也态度强硬地推开他们,厉声说:"离就离,没什么大不了!"说着接过笔,当场就在离婚协议上签了名。

1995年1月20日,我与彭晓红这对走过辛酸、共过患难的老夫少妻,终于在春节前十天平静地分手了。

在区民政局正式办理协议离婚手续时,我以为会为资产分割多少产生一些纠纷,谁知一切都很平静,双方心平气和,协议也异常顺利。彭晓红既大方又爽快地表态说:"我们俩没有什么财产纠纷,从今以后双方各奔前程,我只要儿子的抚养权。"

她既不要财产,也不要住房,只要求抚养儿子。看得出彭晓红多少有点自信,认为离开了我年广九,她彭晓红照样会过得很好。

这多多少少有点出乎我的意料。

第三十六章　维护"傻子"商标权

本以为与彭晓红离婚后，我与她的关系从此就一刀两断了，谁知道事情远非我想象的这么简单。彭晓红不仅没与我一刀两断，而且仍然与我藕断丝连，纠纷不断，甚至还闹上了法庭，这的确令我始料所不及。

1998年10月下旬的一天，记得是瓜子销售已进入旺季时。在我这儿常年帮忙的老管告诉我，说他接到市工商局个私科的电话，要他通知我明天上午到局个私科去一趟。

老管名叫管毓清，年轻时上过学，文化程度还不低。因我俩年龄相仿，关系相处得不错，故他常到我这里帮帮忙。我有些事情就喜欢请他帮帮忙，遇到一些问题也喜欢同他商量。他做事一贯认真负责，人也热情勤快。因他经常帮我跑跑腿，办办事，时间长了，不少人都开玩笑说，管毓清是我傻子的管家。正好他也姓管，"老管管'傻子'"就这么说开了，我听了只是笑笑，也不反驳。

我问老管："工商局通知我去到底是什么事？"

老管答道："说是要你去辨认一份文件。"

"辨认一份什么文件？"

"我也不知道，明早你去了就知道了。"老管说。

第二天上午，在老管的陪同下，我来到了芜湖市工商局个私科。个私科全称应是"个体工商户和私营经济企业科"，是专门管理我们个体户小商小贩与私营企业的部门。个体工商户与私营企业的区别就在于雇工人数，凡雇工人数在7人以下的就为个体工商户，雇工人数超过7人的就为私营企业。我当然已经从小商小贩发展到私营企业了。

工商局个私科科长名叫丁成贵,是部队转业干部。他身高中等,身体微胖,热情地接待了我和老管。

我边接过他递过来的热水,边问他:"通知我们来局里有什么事?"

丁成贵科长笑眯眯地说:"我们个私科收到一份文件,需要你确认一下。"说着,他打开抽屉,拿出一个文件夹,从中抽出一份文件递给我。

我刚接过文件还没看,老管头就伸了过来,说了声:"这是授权书。"

"什么授权书?"我感到疑惑,问了声,"授权给哪个?"

老管接过文件,仔细看了看,对我说:"这还是你在狱中,1990年10月15日,授权彭晓红经营傻子瓜子的授权书。"

"那都过去多少年了,怎么又跑到你们工商局来啦?"我疑惑不解地问丁科长。

丁科长不慌不忙地笑着说:"年总,你不要急,今天请你来就为这件事。"说着,他把这件事的来龙去脉一一说给我听。

原来彭晓红在南方经营傻子瓜子历经坎坷,闯荡一段时间后,又回到芜湖。尽管她与我离婚了,但仍然不忘傻子瓜子,想借助傻子瓜子的影响力东山再起。她在芜湖闹市区中山路旁边的国货路上租了家面积约10平方米的小门面房,想开家傻子瓜子经营部,并对门面房进行了一番装修与布置,还到卫生部门办理了卫生许可证。眼看手续办得差不多,连开业典礼都筹备好了,就等营业执照批准就隆重开业了。

为此,彭晓红不止一次地来到工商局个私科,催办批准她领取营业执照。

丁成贵科长拿到彭晓红关于办理傻子瓜子经营部营业执照的申请时,首先审查的是在全市是否有同样名称的经营点。当时中山路上已有我及长子年金宝、次子年强共三家"傻子瓜子经营门市店",虽都是经营傻子瓜子,但名称各异,也就是说没有重名。然后,丁科长审查有我签名并按过手印的授权书。细看内容似乎没有问题,授权彭晓红使用"傻子"

商标。但是，这份授权书不是原件，而是复印件，并且时间也是好几年前了。这就存在着授权书是否真实有效，这个关键性问题了。

"年总，现在你要确认这份授权书是否继续有效。"丁科长严肃认真地说道。

我也严肃地对丁科长说："这份授权书早已失去效用！当时我是在狱中给彭晓红出具了一份授权书，可现在已时过境迁，彭晓红也与我早在1995年初就离婚了，我怎会再授权给她使用'傻子'商标？"

丁科长接着说："你要不承认这份授权书，那你要在这份授权书上签个字，明确表示你的态度，我们也好按章办事！"说着他拿出一支钢笔。

我接过丁科长手中的笔，在那份授权书复印件上歪歪扭扭地写下三个字"不同乙"，其中"意"字我不会写，用"乙"字代替，但意思谁都懂。然后，我又认认真真地签上自己的名字，并用拇指蘸满印泥，重重地按下自己的手印。

但是，离开工商局后，我依然有点不放心，越想越觉得这不是一件小事，是关系到"傻子"的商标权与经营权的大问题。

我越想越觉得此事不能马虎，一定要认真对待。于是，我又找人帮我以"傻子"瓜子商标注册人的身份，写了一份《关于制止彭晓红申办傻子瓜子经营执照的意见》，不仅签上我的大名，还加盖了傻子瓜子技术开发公司的公章，郑重其事地递交给了工商局个私科。

直到此时，我的心才稍微平静下来。我知道，有我的签字，还有我的意见书，彭晓红申办傻子瓜子经营的执照肯定会搁浅。

但是，有一点我始终没想通，彭晓红在南方生意做得风生水起，又是公司又是酒店，威风八面，怎么突然又跑回芜湖来要开家小店呢？这的确让我百思不得其解。

经过连续多天的打听询问，我才把彭晓红的近况摸出了一点眉目。

原来彭晓红刚与我离婚时，在南方发展还是春风得意，前景看好。也正是因为这种小有成功，彭晓红有点忘乎所以，离婚时颇为底气十足地说:"我们俩没有财产纠纷,今后双方各奔前程。"

然而,天有不测风云,人有旦夕祸福。仅仅过了半年,彭晓红就开始遭受一连串的挫折。先是南昌嘉宝利公司未能一红到底,原因正是我当初所说的选址太偏。仅开业时红火了一段时间,随后销售就开始冷淡。而且货款又难以回笼,加之新建的厂房潮湿,导致不少瓜子发生霉变,一时亏损严重,不得不停产关闭。接下来是深圳那家酒店由于政府狠刹吃喝风,生意不景气。时间一长,入不敷出,也不得不关门歇业。相比较只有惠州那家酒店因经营出色尚能维持,于是彭晓红坐镇惠州,集中精力亲自打理经营。

可就是在惠州,彭晓红却遭到一次噩梦般的灾难。一天夜晚,三名歹徒趁着夜色闯进彭晓红的住宅,用刀枪相逼,将她辛苦几年的积蓄洗劫一空。

那个可怕的夜晚不仅导致彭晓红彻底走向破产,而且也给她的精神和身体留下了深深的创伤。

南下沿海城市六年,大起大落,想想还是家乡好。彭晓红带着儿子回芜湖后,她拿出手中的余款在城南买下一套两室一厅的住宅,心灰意冷地过起普通人的生活。

但是,她看到我又办起傻子瓜子公司,而且生意做得红红火火时,她那颗饱受磨难的心开始萌动了,也想开办一家店铺经营傻子瓜子。

对彭晓红的不幸遭遇,我当然深表同情。她携儿回到芜湖时,为安排孩子上学,我一卜拿出6000元支付儿子的学费、择校费和生活费。但是,同情归同情,"傻子"商标权是不能随便被彭晓红使用的。我知道,彭晓红申请开店经营傻子瓜子的愿望落空后,她肯定会找来闹的。

果然,两三天后,我正在中山路旁的门店铺里忙碌时,彭晓红突然出现在我面前。我不觉一愣,停下手中的活,问了她一声:"你有什么事吗?"

彭晓红看了我一会才说:"你说什么事,你自己不知道吗?"

"你的事你不说。我怎么知道!"我立即回了一句。

"我经营一家小瓜子店,你为什么反对?"彭晓红有点火冒冒地说。

我知道来者不善,故作平静地说:"你经营瓜子店我不会反对,但你要经营傻子瓜子店我就要反对!"

"我经营傻子瓜子也是你授权的,现在你混好了,就不认账了!"彭晓红立即气势汹汹地责问道。

我依然心平气和地说:"当初我授权你经营傻子瓜子时,我俩是夫妻。现在我俩离婚了,那份授权书自然也就失效了!"

彭晓红毫不示弱地大声说:"你年广九忘本了!当初你被关在牢房里,我没辜负你,不仅经常看望你,送吃送喝,还孤身一人带着年幼的儿子,等你出来,为你挑起支撑傻子瓜子的重担!"

彭晓红越说越气:"我租个门面经营傻子瓜子,也是为了养你儿子,你当大老板开着那么多门市店,为什么就容不下我这10平方米的小店?"

彭晓红说着说着就大声哭了起来,眼泪扑簌簌地往下掉,而且越哭越伤心。她这一放声大哭,店里的顾客、店外的群众都闻声围了上来,而且越聚越多,店铺的生意一时也被迫中断。

我见状连忙劝她不要在这里哭闹,有话到旁边慢慢说。可是,彭晓红根本不听我劝,相反越讲越戗,很快我俩就争吵了起来,谁也不让谁。

彭晓红又急又气,火气一下冒上来,旁人想劝都劝不住,她抄起店里的各种瓜子包装袋就乒乒乓乓、噼噼啪啪地乱摔乱砸起来。这一摔一砸,把店铺里原先码好的物品全都破坏了,散得一地都是,连柜台上的电脑也被摔倒,引来路人纷纷围观,场面一度失控。

我连忙吩咐店铺里的营业员赶紧拉下大门,提早打烊,免得事态越闹越大,造成不好影响……

彭晓红这一吵闹,让我位于芜湖市中心的那间店铺被迫停业休整了两三天才又恢复营业。

谁知道仅过了一个月左右,我竟然接到了芜湖市镜湖区法院的传票。

据法院说彭晓红已把我告上了法庭,镜湖区法院已经受理,要我做好应诉准备。

没想到彭晓红会为商标使用权与我对簿公堂,我当然要认真对待。为慎重起见,我聘请了芜湖方正律师事务所的两位律师,一位姓戴,一位姓吴,他们都有着丰富的诉讼经验。

我把彭晓红的起诉状拿给两位律师看,他俩仔细看完诉状后,笑着对我说:"年总,彭晓红起诉你的这桩官司,你可以一点都不要烦神,已明摆着她要败诉!"

"这话怎讲?我还不大明白,你俩细细说给我听听。"我边说边点燃一根烟抽。

"彭晓红看来对法律不太懂,可她请的律师怎会也不懂呢?"两位律师微笑着慢慢地说给我听。

原来两位律师一眼就看出彭晓红诉状的一个致命错误。彭晓红的原意是请求法院依法确认她享有"傻子"瓜子注册商标的使用权,但是,诉状上却将"使用权"写成了"专用权"。商标专用权应由商标注册人享有,彭晓红不是傻子瓜子注册商标的注册人,当然不应享有该商标的专用权。一字之差,彭晓红的败诉已成定局。

律师的话也让我觉得有一定道理。不过凭直觉,以及多年经商的经验,我也估计这桩官司彭晓红不可能赢。

案件在镜湖区法院审理了两三个月后,眼看就要开庭了,我的代理律师忽然发现案件的管辖权有问题,说我的住址是冰冻街义民新村9号,属于新芜区境内。随后向镜湖区法院提出管辖权存在的问题,经调查审核,案件又被移送至新芜区法院审理。这前后一折腾,半年左右的时间就过去了。此时案件审理时间拖得越长,对彭晓红越不利,毕竟她是在焦急等待着开业哩。我也要让彭晓红知道,与我年广九打官司并不是一件容易事。

1999年5月7日,芜湖市新芜区法院公开开庭审理此案。我与彭晓红面对面地坐在法庭上,针锋相对,互不相让。

彭晓红理直气壮地说:"你将'傻子'商标使用权授予我的时候并没有规定期限,而且我一直在经营傻子瓜子。尤其是你在狱中,是我支撑着濒临倒闭的傻子瓜子,现在怎么突然不让我经营了?"

彭晓红越说越气,声音也越来越大:"你年广九应该好好想想,我彭晓红为儿子吃了多少苦,付出多少精力?我要是厚颜无耻就找你要钱,你自己儿子不养能讲得过去吗?你全国各地专卖店有197家,就容不下我开一家小店,我挣点收入不也是为了养儿子?"

我在法庭上辩解说:"'傻子'商标是我用血汗挣来的,用一粒粒瓜子炒出来的。我在狱中授权你使用,是看你母子俩没生活来源。可你在深圳、南昌办厂没把生意做好,现在我俩又离婚,商标怎么还能让你使用?况且,我的商标注册已于1993年7月换证续展,以前的授权早已过期无效了。"

彭晓红委托代理人姜律师则强调:"'傻子'商标续展是在夫妻关系存续期间,而且原、被告婚姻关系包括婚前同居已满八年,故应视作夫妻共同财产……"

我委托的戴律师立即反驳:"商标属知识产权,不是财产,只有取得的经济利益才是共同财产。"

大约一个月后,新芜区法院做出一审判决:驳回原告彭晓红的诉讼请求,案件受理费900元由原告承担。

其判决理由是:商标专用权应由商标注册人享有,原告彭晓红不是"傻子"瓜子注册商标的注册人,依法不应享有该商标的专用权。被告年广九虽然出具过授权书,将傻子商标使用权、技术权授权于原告彭晓红,但双方没有依法签订商标使用意见许可合同,也没有报商标局备案,因此,原告不能据此享有"傻子"注册商标专用权。原告、被告之间的婚姻关系存续期间虽然已满八年,但最高人民法院关于审理离婚案件处理财产分割问题的若干具体意见,只规定一方或双方由知识产权取得的经济利益为夫妻共同财产,而没有规定知识产权本身可作为夫妻共同财产。

拿到判决书,果然是如律师所言,也如我所料。

据说,彭晓红接到判决书时伤心得失声痛哭。不过,她并不服输,仍然不愿放弃,决定继续上诉。她认为一审败诉,律师有很大责任。二审她决定换一个律师,请了位在芜湖有一定资历的朱律师。

1999年8月17日上午,芜湖市中级人民法院公开开庭二审此案。

当时我正在郑州准备筹办一家瓜子厂,接到开庭通知匆匆赶回芜湖。我对一审判决很是满意,请的两个律师也称职,所以二审我仍然聘请他们二人作为我的委托代理人。

没想到此案一审后,经各地的报刊宣传报道,已在全国闹得沸沸扬扬。开庭那天上午,芜湖市中级人民法院法庭内外围满了全国各地赶来的记者以及旁听的人。照相机、摄像机成排地一起对准我,好在这阵势我见多了,一点也不见慌张。相反彭晓红却显得紧张多了,毕竟这样的场面她见得不多。

庭审开始,彭晓红的代理人朱律师就阐述了上诉理由。他认为本案的关键是,双方在签订离婚协议时,上诉人彭晓红就已在使用"傻子"商标进行瓜子炒货的生产经营,对此被上诉人年广九从未提出过异议。正是基于双方都承认上诉人仍享有"傻子"商标的使用权的事实,上诉人才在离婚协议中承担了抚养婚生子年金龙的全部责任而未提出任何其他财产要求。现被上诉人在协议离婚数年后,单方面阻挠上诉人享有和使用对"傻子"商标的使用权,显然是违反离婚协议,侵害了上诉人的合法权益。为此,请求撤销一审法院判决,确认上诉人对"傻子"商标享有使用权。

我的两位代理人先后答辩道:"上诉人变更了原来的诉讼请求,即一审要求确认享有"傻子"商标专用权,二审变更为请求确认享有傻子商标使用权。如调解不成,法庭应当告知上诉人另行起诉。再就是授权书是单方面的意思表示,不能作为商标使用许可合同,也不具备合同所具备的特点。授权书是年广九在失去了人身自由这一特定历史背景下,考虑上诉人彭晓红与儿子的生活才签字的,而且授权书是上诉人彭晓红请人写好送进看守所要被上诉人年广九签字的。只有双方婚姻关系存续期间,年广九被关押,上诉人彭晓红才能依据授权书行使年广九的权利,两个条件缺一不可。随着被上诉人年广九获释及两人离婚,其授权也就自然消失。"

彭晓红在法庭上依然口齿伶俐:"你年广九当年在狱中最困难时,授权要我支撑濒临倒闭的傻子瓜子,现在你东山再起、春风得意了,为什么就容不下我开家小店来养活你的儿子……"

我在法庭上也进行了辩解:"至于你说养儿子,那与本案无关,况且我已承担儿子每月500元的生活费。"

我的话虽不多,但我认为已讲到了点子上。

审判长很快将双方争议的焦点进行了归纳:

一、上诉人的一审诉讼是否包含商标使用权?

二、被上诉人出具的授权书是否就是商标使用合同?

三、授权书是否因商标续展而过期?

四、离婚协议中"无财产争议"是否包含商标使用权?

法庭试图进行调解,我当庭一口拒绝。审判长只得宣布,待合议庭研究后将择日进行宣判。

这桩官司一拖就是不短的时间,最终判决下来后,依然是彭晓红败诉。

我不知道彭晓红拿到二审判决书时会是什么样的心情,然而我高兴不起来。毕竟我与彭晓红曾是夫妻一场,但是,"傻子"商标权更是个大问题,这一点我是绝不能有丝毫含糊,要坚决维护。

这场关于"傻子"商标使用权纠纷案,在全国引起不小的反响。中央电视台还专门对我与彭晓红分别进行了采访,并在其《今日说法》栏目中,以《"傻子"归谁所有》为题播出了采访实况,并邀请中国人民大学法学院教授龙翼飞,现场进行了解说。

　　我认真看了中央电视台的这个节目,说实话对我也有不小的触动。可以说,给我也上了一堂生动的法制教育课。

第三十七章　父子竞争也激烈

　　傻子瓜子自品牌创立之时,就遭受到市场竞争激烈的考验与冲击,尤其在芜湖这座商业城市中,瓜子品牌林立,经营厂家众多,市场竞争尤为激烈,激烈程度甚至有时可以说有点残酷。对此,我丝毫不感到畏惧,相反倒有点喜欢芜湖这种商业竞争的环境与氛围。

　　其实,傻子瓜子面临的竞争更厉害。因为傻子瓜子名气大,关注的厂家多,追赶的同行也多,这就形成了激烈的竞争,即瓜子同行业之间的竞争。不仅如此,我还要提防别的经营者难以体验到的激烈的内部竞争,即家族之间的竞争。而且相比较,家族内部的竞争远比外部的竞争更难对付。

　　我说的家族内部竞争,说白了就是父子之间的竞争。芜湖人都清楚,傻子瓜子从20世纪80年代初创立不久,就形成了父子3人"三驾马车"在市场上各自经营的竞争局面。我经营的是傻子瓜子公司,小大子年金宝经营的是金宝炒货店,小二子年强经营的是傻子瓜子总厂。父子3人都经营同一个品牌傻子瓜子,这本身就充满着说不清道不明的矛盾与竞争。

　　我曾多次想到,不让这两个儿子毫无代价地使用我辛苦创立的傻子瓜子这个品牌,但一想到两人毕竟是我亲生儿子,实在有点下不了这个狠心,也就默许了。起初"三驾马车"中,我是独占鳌头,一枝独秀,无论影响还是实力,两个儿子的经营都无法与我相比。但是,随着时间的推移,两个儿子也羽翼渐丰,开始达到与我并驾齐驱的地步。这既让我这个做父亲的暗暗感到高兴,同时也不免隐约觉得有点小小的威胁。心想,照此发展下去儿子不就要替代我这个老子了吗?

其实,我并不看好两个儿子的瓜子经营。但是,他俩的广告宣传与舆论造势却让我吃惊不小,不得不佩服。

小大子年金宝长得白白净净、标标致致,个头比我略高点,显得帅气。他是最早离开我而独立经营傻子瓜子的,也是较早地把傻子瓜子打入上海市场的。

年金宝从小就喜欢扳腿打拳练武术,到上海后也不知怎么与上海精武会的一帮武术界的人士混熟了,而且联系紧密。1985 年,上海精武会成立七十五周年举办庆典,年金宝知道后慷慨解囊,赞助精武会庆典活动 10000 元。年金宝的举动自然受到上海精武会的欢迎,他们热情地邀请年金宝出席庆典活动,并安排他与上海精武会创始人霍元甲之孙霍文亭坐在一起。不想俩人交谈甚欢,大有相见恨晚之憾。霍文亭一高兴,当场聘请年金宝担任上海精武会名誉会长。年金宝更是激动得当场承诺,每年资助精武会 50000 元活动经费。此事一经上海《新民晚报》报道,一时上海滩是人人皆知,傻子瓜子在上海的影响也随之大增。

说实话,在傻子瓜子的宣传上,我也投入过一点资金,但远没年金宝这样大方,这样慷慨。

可是,小二子年强似乎有意要与他哥哥一比高下,行动更是惊人,出人意料地举办了一场全国性的"傻子杯"足球赛,简直让我这个老傻子目瞪口呆。

1985 年 11 月,年强委托安徽省体育委邀请北京、上海、辽宁、八一、江苏和安徽 6 支全国一流的足球队,来芜湖参加"傻子杯足球赛"。比赛设置前 4 名获奖,即第一名奖 5000 元,第二名奖 4000 元,第三名奖 3500 元,第四名奖 3000 元。此次"傻子杯"足球赛活动,全部费用总计 75000 元。

我得知举办一次"傻子杯"足球赛就要花费这么多钱,心中不免有点感叹，这小子比他哥哥魄力还大，真是有点大手大脚。

芜湖本来就有足球运动的传统，足球运动在芜湖开展得比较早。自1876年芜湖开埠，外国轮船水手第一次把足球带到芜湖起，附近的码头工人就成了芜湖的第一批球迷，距今有一百余年历史。现在举办全国最高水平的足球赛，自然在全市球迷中引起巨大的轰动。比赛那几天，球场内是座无虚席，挤得满满当当。球场外景象更是壮观：附近的树上，高楼的阳台、窗户以及楼顶上都挤满了球迷，真可以说盛况空前。

有人评价这场"傻子杯"足球赛是芜湖商业广告史上规模最大的广告战，潜藏着巨大的商业价值。

年强从小偏爱足球，曾是学校足球队有名的左边锋。经营傻子瓜子后，他仍不忘足球，百忙中精心组织成立了"傻子足球队"。他认为中国足球落后的症结在于未能普及，他要把他的傻子足球队训练得像傻子瓜子一样风靡全国。

其实，小二子年强的爱好比他哥哥要广泛些。他不仅爱好体育，还爱好文学。早在1984年6月，他就与芜湖市文联《大江》文学杂志社联合举办"大江文学笔会"，邀请林斤澜、刘心武、戴厚英、孔捷生等近10位著名作家来芜湖进行文学创作方面的学术报告，以及与本地作家座谈交流，并参观傻子瓜子厂，观看傻子足球队比赛等一系列活动，在芜湖产生不小的影响。

随后，年强又乘势而上，在黄山召开傻子瓜子订货会。他利用"傻子杯"足球赛的影响，又利用黄山风光的迷人魅力，一下吸引了全国各地100多家经销商参会，连新疆和内蒙古的瓜子产地供货商也赶到黄山，要与年强签订生货供应合同。

正是小二子年强善于造势，注重宣传，扩大影响，他经营的傻子瓜子总厂生意做得十分活跃，产销两旺，形势喜人。

1986年，芜湖瓜子生货异常紧缺，几大瓜子厂家生货纷纷告罄。但是，芜湖西站仍然不断有整车皮生瓜子调入。我们公司供销人员悄悄一打听,货主正是年强。

我知道了心中不得不佩服,这小子生意算做活了。没办法,前思后虑,为了工厂不停产,我只能向小二子年强开口借货,以解燃眉之急。

我拨通了当年留给年强的4909电话:"二子,我家生货紧张,听说你们总厂进了不少生货,想找你借200包生货,先应付一下生产急需。"

年强没有立即答复,而是考虑了一下才说:"生货我们家是有,但是,要借不行,想要明天派人带支票来。"

我懂得年强的意思:生意场上,父子亲兄弟也要明算账。否则若借习惯,时间一长就难以说清。对此,我虽有点看法,却也表示赞成。

第二天,我派供销人员带上支票到年强傻子瓜子总厂去借200包生货。

随后,听说金宝炒货店、胡大瓜子公司也因走投无路,相继也登门找年强支援。

三家瓜子企业涌进一家"借"货生产,在芜湖瓜子史上恐不多见。我们傻子瓜子厂竟然一借再借,到年底累计达1000包,有10多万斤,确实令我有不小的惊讶。当然,找年强借的生货,质量上有保证,价格上也有优惠,这算是对我这个做父亲的比较客气了。

不过,相比较小大子,年金宝要比小二子年强还客气些。

那年,由于有奖销售失败,瓜子严重滞销与积压,我们企业损失惨重,经济一时陷入困境。恰巧这时,新疆运来一车皮生货,急等付款收货。情急中我找到小大子年金宝,希望他能伸出援手,帮我们傻子瓜子公司渡过难关。年金宝二话没说,帮我们把货收下。得知我们有大量瓜子积压滞销,年金宝又主动帮我们代销近10万斤瓜子。这让我颇为高兴,既看到了父子间的竞争,也看到了父子间的合作。

其实,我们父子3人之间的竞争比较明显,让消费者都可以看出点端倪的应该是从1997年开始的。

那时,浙江电视台拍摄的6集电视纪录片《傻子沉浮录》正在全国各地电视台播放,一时在观众中产生不小影响。傻子瓜子也名声大噪,销售兴旺,每天是顾客盈门,大受欢迎。芜湖市中心繁华热闹的中山路上,我和年金宝都分别在此设有瓜子专卖店,既搞零售又做批发,生意十分火爆。而年强的瓜子专卖店多年来一直躲在远离市中心的僻静处,生意清淡得多。大概是看到了这个现实问题,年强果断地在中山路上租房营业,并与年金宝的瓜子专卖店隔街相望,面对面地展开竞争,生意果然被带动起来。尝到甜头的年强不久又再度迁店,不惜花重金租下中山路1号一间更大的门面房,雄踞闹市中心广场,扼守商业街大门,凡来逛街的顾客必先经过他的专卖店,然后才经过我的专卖店和年金宝专卖店。年强这一招确实厉害,生意兴隆得几乎能与我的专卖店相媲美。

年强不仅在瓜子专卖店上做足了文章,还在广告宣传和企业文化方面也下足了功夫。我知道,这与我那会唱歌的二媳妇有着很大关联。

我那个二媳妇是安徽师范大学音乐系毕业,年轻貌美,能歌善舞,还会弹琴,名字也好听——曹云敏。那年经老师介绍,曹云敏到小二子年强家当钢琴教师,负责教我小孙子乐乐学弹钢琴。前后也不过两年多,我那小孙子乐乐钢琴还没学会,女大学生曹云敏与小二子年强却坠入爱河,相亲相爱,琴瑟和鸣。此桩婚姻在社会上产生不小反响,一度成为美谈。

不久,曹云敏辅助年强经营傻子瓜子。她完全是个"现代派",充分发挥自己的文化与艺术优势,精心包装傻子瓜子,树立企业形象,这方面我和年金宝皆望尘莫及。

年强的傻子瓜子总厂从营业员到工人的工作服,以及瓜子包装袋、宣传单都进行精心设计。他们别出心裁地将"傻子"二字的第一个拼音字母巧妙地组成"年"字,作为商品和企业形象的标志,既醒目又艺术,实在是匠心独运,其设计水准连一些专业人士也自叹弗如。

年强他们还定制大批手帕、毛巾、雨伞、拎包等纪念品,随着一箱箱傻子瓜子走向全国各地的消费者手中,宣传傻子瓜子总厂,扩大傻子瓜子总厂的影响力。

年强他们给傻子瓜子创作的广告语是——"傻子瓜子——聪明人的选择";而拎包上的广告语则更有气势"长江后浪推前浪,一袋更比一袋强"。这广告语意思也太明显了,不就是公开宣传年强比我强吗?好在年强似乎也意识到这一点——"太刺激老头子了",很快又将广告语的后一句改为"一袋更比一袋香"。

我虽没文化,不能像小二子年强和二媳妇曹云敏他们会舞文弄墨。但是,我身边也有不少有文化的军师与智囊团。他们帮我出谋划策,商量对策,应付这来自家族内部的激烈竞争。

我的军师们仔细分析我们父子3家企业经营状况后说,傻子瓜子毕竟是我年广九创造的品牌,现父子3人共用这个品牌,消费者当然认准的还是我年广九经营的傻子瓜子。问题是消费者现在难以明确区分哪种傻子瓜子是我年广九生产的,芜湖本地的消费者还好辨别,可以跑到我的专卖店购买瓜子,而外地的消费者只能看包装袋上标明的生产厂家了。这多少有点困难,故军师建议我干脆再注册一个商标,明确表明"年广九"这个大名,并注上自己的头像,让小大子年金宝和小二子年强的产品无法替代。

我一听,觉得是个好主意。没过几天,我和老朋友管毓清就来到芜湖市工商局,找到分管我们个体户的个私科。个私科科长丁成贵与我是老熟人,对我们个体户的工作一向比较重视。我说明来意后,他表示支持,要我准备齐相应的资料,到时候他们会按程序积极办理。

对两个儿子未经我授权而使用"傻子"商标之事,我一直心存不满,但毕竟是自己的亲生儿子,有意见也不好多说。这次我要用自己头像注册一个"年广九"商标,以便更好地维护自己的权益,也好与两个儿子的傻子瓜子产品有明显区别。

不久,"年广九"商标注册成功,上面还有我的头像,印在包装袋上很是显眼。消费者容易区别,购买时也好识别,这让我生产的傻子瓜子在市场销售上占有明显的优势。

第三十七章　父子竞争也激烈 | 233

应该说我这一招光明正大，让两个儿子只能干瞪眼。二儿子年强显然看出了我的用意，他不甘示弱地也跑到市工商局，要申请注册一个商标"金傻子"。不久，他又把那个颇有创意的"年"字也注册成商标。

对此，我倒是大加赞赏，表示支持。父子3人各有各的企业，各有各的产品，应该有所区别，也好各负各的责任。

第三十八章　父子也曾想联合

其实,我们年家父子3人也都有过"天下分久必合""三国归一"的思想,也都有过父子3人团结起来一致对外,抱团参与市场竞争的设想与行动。只是因为意见难以统一,才未能实现。

1997年5月,浙江电视台拍摄的电视纪录片《傻子沉浮录》在全国各地热播,傻子瓜子是名声远扬,销售旺盛,经营形势十分喜人。此时社会上的政治大环境也对个体经济的发展十分有利,党的十五大即将在北京召开,有着政治头脑的小二子年强敏锐地感觉到,党的十五大的召开,必将会有力地推动中国个体经济的飞跃发展,这也是傻子瓜子大发展的一个难得的机遇,必须紧紧抓住,机不可失。

小二子年强早就有想把我们父子3人拢在一起,合并成立傻子瓜子集团的想法。他主动找到小大子年金宝,商谈合并之事。兄弟俩一合计,认为傻子瓜子要想跃上一个新台阶,必须破除父子3人单打独斗的陈旧模式,走联合发展的道路。组建傻子瓜子集团,形成强有力的拳头,才能在激烈的市场竞争中立于不败之地。

随后,小二子年强又找到我。说起此事,我当然表示支持。父子3人能团结一致,共同对外,肯定有助于傻子瓜子的发展。至少不会像现在这样父子3人各吹各的号,各弹各的调。3家盲目竞争,相互压价,处处设防,严重阻碍了傻子瓜子的进一步发展。

1997年5月底,纷争长达十五年之久的我们年家父子3人,终于坐到了一起。自从两个儿子先后离开我,各自经营傻子瓜子以后,由于业务繁忙,加上竞争激烈,甚至为抢生意,相互压价,相互竞争,我们父子3人平时连见面的机会都没有。即便像春节这样的传统节日,我们也是聚少离多,几乎没有团聚过。今天我们父子3人能心平气和地坐到一起,也算是一个可喜的开端。

小二子年强把聚会地点选择在芜湖市中心的大花园内,这儿紧邻风景秀美的镜湖,可算闹中取静。在一家酒店的二楼包厢里,我们年家父子3人围桌而坐。为对会议精神有更深的理解,我还让经常跟着我一起的老管也参加会议。

我们年家父子3人虽是难得见面,但这次见面没有客套,也没有寒暄,大家直奔主题——协商组成傻子瓜子集团事宜。大家首先统一思想,父子3人先后表态,都表示愿意组建芜湖市傻子瓜子集团。大家一致认为,年家父子3人各自经营傻子瓜子的确有不少弊端,如联合起来形成集团,肯定对傻子瓜子的发展会产生巨大的推动力。

接着,年强率先发言,谈谈他对组建傻子瓜子集团的具体意见。他明确表态,虽然自己主动提议筹备组建傻子瓜子集团,他却不愿担任负责人,也不想在今后成立的傻子瓜子集团中担任主要职务。他说今后傻子瓜子集团成立起来,他只愿在集团中任一个虚职,协助主要负责人开展工作。

年强考虑了好一会,才慢慢说出他心中的具体想法:建议由年金宝先担任筹备工作的牵头人,以后可出任即将成立的傻子瓜子集团的董事长兼总经理;建议我担任董事局主席;他本人则愿意担任监事长。

我把年强这番建议反复思考了一下,觉得他的建议还比较中肯。一是小大子年金宝正年富力强,做事也比较稳重;二是我年纪也确实大了,有些事可退居二线。所以我当即发言,表示支持小二子年强的意见。

年金宝虽客气了几句,推辞了一下,建议让小二子年强担任,但是并没有过多坚持,此事也就初步这样定了。

一般来说企业联合组建集团,棘手的问题就是人选问题,可在我们年家"三驾马车"面前却轻而易举地就这么快定下来了。这不能不说是傻子瓜子走向大团结的一个良好征兆,也让我对组建傻子瓜子集团充满信心。

会议还确定了召开第二次筹备会的时间、内容以及各人应抓紧要做的准备工作,即由年金宝起草一份筹备方案,另外各家先详细清点资产,包括固定资产、流动资金,以及设备、库存的生货熟货等,都一一登记造册,然后在第二次会上作具体汇报与研究。

不久,第二次筹备会议按时召开,我们年家父子3人又一次坐到了一起。这次会议由年金宝主持,会上对组建傻子瓜子集团的程序、步骤以及相关的规章制度进行了讨论,接着又对各家资产的清点情况进行了总结与分析。我按第一次会议提出的要求,让会计对企业的资产情况、库存情况以及人员情况等,进行了摸底清查,详细登记造册,并在会上又专门做了汇报。

为表示我对组建傻子瓜子集团的积极支持,会后我连企业的公章都主动送交给了年金宝,心想就等着傻子瓜子集团早日组建成立,正式运行开展工作。

然而我怎么也没想到,我把公章交出去足足有一个多月时间,却不见年金宝身影,也不见他找我商谈,集团筹备工作更是没有任何动静。下一步工作究竟如何开展,简直一点头绪没有,这让我疑云丛生,大惑不解。

我越想越觉得有点不对劲,忽然清醒过来,这两个小子是不是勾结在一起忽悠我这个老头子?要不然为何筹备工作起先是紧锣密鼓,现在却突然偃旗息鼓?

我急忙先找到小二子年强,直截了当地说:"你们两个小子哪是在搞什么合并,是在想办法夺老子权!你俩把老子公章忽悠去,就对我不理不睬了。老子越想越不对劲,你俩小子赶紧把公章还我,老子不合并了!"

年强劝我不要生气,说要与年金宝再沟通一下,估计他现在太忙,过几天他肯定会找我谈。但是,小二子年强的话我已听不进去了,也不相信了。

我气呼呼地又找到小大子年金宝，开口就骂道："你小子不要跟老子玩弯弯绕，快把公章拿出来。老子不合并了，咱们还是各玩各的！"

年金宝连忙赔礼，说最近特别忙，准备过几天再把大家召集到一起开会……

我觉得小大子说的理由并不充分。现在谁都忙，但事要分轻重。我们3家联合可是最大的事，怎么能放下忙别的？

我越想越气，手一挥立即打断他的话："别跟老子搞这套，马上把公章拿来！"

年金宝见我怒火冲天的模样，知道再解释也于事无补，只好乖乖地把公章拿了出来。

我们年家父子3人第一次联合，就这样仅仅拉开序幕，尚未进入正戏就不欢而散，匆匆收场。其实，希望我们父子3人联合起来组建傻子瓜子集团的还有芜湖市领导与相关部门。

早在这次我们父子3人联合之前，芜湖市委书记金庭柏就曾亲自挂帅，组织我们父子3人联合。这位在芜湖口碑甚佳的市委书记，干起事来颇有魄力。一心想把傻子瓜子做大做强，形成优势，打造成芜湖一张响亮的名片。他目标远大，不仅要组建傻子瓜子集团公司，还要让傻子瓜子发展成为上市公司。为便于开展工作，他抽调市发改委白主任与芜湖日报社记者徐明熙，还配上一名年轻的工作人员，组成芜湖傻子瓜子上市公司筹备组。想以"傻子"商标的影响力，以瓜子为龙头，扩展到芜湖其他土特产品，并动员芜湖几家大型国有企业参股，力争尽快上市，促成"傻子瓜子"形成有一定影响力的龙头大企业。

据参加筹备组工作的徐明熙介绍，有市委书记金庭柏亲自挂帅，筹备组工作开展得卓有成效。仅筹备短短一个月，就动员了芜湖12家有实力的商贸公司及少数几家大型企业参股，并且还与上海申银公司就上市方面的准备工作进行了沟通联系。

金庭柏书记还亲自主持召开会议,在市委小白楼三楼会议室,市有关部门都派员出席会议。我和年金宝、年强父子3人也都应邀出席会议。

会议初步研究的方案是:上市公司由两大块组成:一块仍然是经营傻子瓜子,还是由我们年家父子3人负责经营;另一块则经营芜湖及皖南的各种土特产,统一打上"傻子"品牌,由相关部门负责经营。

在组织机构上,由我们年家决定人选出任总经理和副总经理。我则担任傻子瓜子公司的技术顾问,上市公司成立后可参与董事会的工作。

当时在会上讨论时,还决定将"芜湖傻子瓜子集团公司(筹)"的牌子就挂在芜湖市政府的大门口,以表示市委市政府对组建傻子瓜子集团公司的支持与重视。

随后,我们年家父子3人经过认真讨论与研究,一致推选年强作为我们年家代表,参与上市公司筹备组的工作。

由芜湖市委书记亲自参与并筹备的傻子瓜子上市公司工作,眼看着开展得有条不紊,应该说这是傻子瓜子大发展的一个难得的机遇。但是,由于我们年家父子3人意见存在较大分歧,而且始终难以统一,结果导致筹备组的工作难以继续开展下去,随着时间的推移,加之芜湖市主要领导的人事变动,我们只能眼睁睁地看着这一难得的机遇悄然失去。

芜湖市工商局个私科科长丁成贵也曾有这个想法,并不辞辛苦地多方奔走,进行劝说,最后也是以失败而告终。

丁成贵科长是专门管理我们小商小贩个体工商户和私营企业主的领导,他见父子3人很难坐到一起的现状,决定采取先从外围开始做工作,然后逐步深入到我们父子3人,设法将我们父子3人拢到一起再进行交流的方式,可谓颇费了一番心思。

他分别找到我们年氏家族3家公司的法律顾问和相关人员做工作,像我们公司与我关系相处很好的管毓清,小大子年金宝公司的法律顾问宣政斌,以及小二子年强公司的法律顾问周宇浩、陈建国、杨伟等。他们得知丁成贵的想法与意图后,也都表示积极支持,一致认为年氏父子3人若团结起来,组成傻子瓜子集团,必将推动傻子瓜子在全国乃至全球都有不可估量的大发展。

但是,话是这样说。具体做起来这些人又各为其主,各讲各的理。还是难以走到一起,想到一起。我们年家父子3人因多次错失良机,没能抓住机遇联合起来成立集团公司,相反矛盾却越来越大,以致兄弟俩反目成仇,闹上法庭,打起官司。

当然,兄弟俩这回闹矛盾,打官司,我这个做父亲的也有着推卸不掉的责任。

第三十九章　争商标兄弟反目

转眼就进入了新世纪,我们年家父子3人依然是"三足鼎立",各自经营着傻子瓜子。面对小大子年金宝和小二子年强长期无偿使用傻子瓜子商标,我心中始终有股怨气。上法院告吧,又拉不下这个脸,还怕人看笑话;不告吧,明摆着是吃亏,又难咽下这口气。为此,我可没少动这方面脑筋。

2000年8月,我终于想出一个两全其美的好办法。心想与其让两个小子分文不花地白用我商标,不如光明正大地将商标转让给两个小子。这样不仅脸面好看,我还可以多少收点转让费。

主意拿定后,我分别跟小大子年金宝和小二子年强说了下。两个小子一听,都赞同我的想法,说这样更好更规范些,并都爽快地表态要付点转让费。

考虑两个小子都是我亲生儿子,两人多年使用"傻子"商标也没付过费,已成事实。现在我把"傻子"商标转让给他俩,也只能是象征性地收点转让费。虽说是象征性地收点转让费,但我考虑至少也要有100万元这个数额。否则转让费过低,也让商标掉价。

我转让的商标有两个,一个是老商标"傻子",另一个是前几年才注册的新商标"年广九"及其肖像。两人一人一个,平均分配。

相比较而言,"傻子"商标名气大些,我准备转让给小大子年金宝,让他付55万元转让费。商标"年广九"及其肖像转让给小二子年强,让他付45万元转让费。两个小子一听,觉得这转让费并不高,也不讨价还价,立刻就把转让费分别汇了过来。

我语重心长地对两个小子说:"我创的这个'傻子'商标来之不易,历经千辛万苦,现在已是著名商标,全国人都知道。若估价至少上亿元,但是,别人出钱再多我也不会转让。"傻子"商标不仅是我的,也是芜湖和安徽的,你俩要懂得珍惜。我转让给你俩,就是希望你们兄弟俩能团结一致,把傻子瓜子品牌做得更大更响!"

两个小子听了头直点,也不知他俩是否真听懂了。

2000年8月4日,我(甲方)与年金宝的安徽省傻子经济发展有限公司(简称"傻子公司",乙方)、年强的芜湖市傻子瓜子总厂(简称"傻子总厂",丙方)三方签订《注册商标转让协议书》,约定将我拥有的"傻子"注册商标、"年广九"注册商标及其肖像分别转让于傻子公司(乙方)和傻子总厂(丙方),转让价100万元,乙方承担55万元,丙方承担45万元。

为了避免兄弟俩在日后商标使用中产生矛盾,我特地在转让协议上写上:"'傻子'注册商标由乙方和丙方双方共同拥有,由乙方负责办理受让手续;'年广九'注册商标及其肖像由乙方和丙方共同拥有,由丙方负责办理受让手续"。也就是说把他兄弟俩绑在一起,我心想有这一条,兄弟俩今后在"傻子"商标使用中就不会出现异议与纠纷了。

谁知事与愿违,仅过去几个月时间,兄弟俩就为"傻子"商标的使用权产生矛盾,并闹得不可开交,直至对簿公堂,打起官司。

《注册商标转让协议书》签订后十天,我就办理了相关转让手续,傻子公司也同时办理了受让手续。也就是说,小大子年金宝的傻子公司取得了"傻子"商标的专有权。但是,年金宝却未能及时办理许可年强的傻子总厂对"傻子"注册商标使用的备案手续,这就意味着年强将无权使用"傻子"商标。对此,年强自然十分生气。

小二子年强找到我说明此事,我劝他不要气,说都是一家人,有什么事可以协商解决。同时催促小大子年金宝尽快办理同意年强使用"傻子"商标的备案手续。但不知是什么原因,年金宝迟迟没有办理。

小二子年强气呼呼地说:"老大说不出什么原因,就是不想让我使用'傻子'商标!他认为'傻子'商标既然转让给了他,他就有商标独占权,排他权。可他忘记了转让协议上还有重要的一条,那就是我俩共同拥有!"

但是,也不知道是出于何种原因,年金宝不仅没有及时办理同意年强使用"傻子"商标的备案手续,而且还于第二年开始实施市场扩张战略,这让年强的傻子瓜子总厂的销售立刻受到威胁。首先是广州的傻子总厂的经销商向年强反映,说广州市场上开始整顿傻子瓜子市场,凡没得到授权许可的营销点均属整顿范围,也就是说他们虽一直是年强傻子瓜子总厂的授权,现在也不合法,必须要有年金宝傻子公司的授权才能继续经营。

经过详细了解,年强才知道,原来2001年6月21日,年金宝的傻子公司向广州一家公司出具了一纸授权书,授权其清理整顿广州市境内的傻子瓜子市场,取缔一切假冒伪劣傻子瓜子经销行为。并称其为傻子公司设在广州市内唯一总经销商。

年强获知消息后,感到十分意外与震惊,认为年金宝傻子公司的此举违反了"8·4"三方协议,侵害了自己的权益,否认了自己对"傻子"注册商标具有使用权。

经反复考虑,并与律师顾问进行了研究,年强的傻子瓜子总厂将年金宝傻子公司告上法庭,诉至芜湖市中级人民法院,主张要求确认其对"傻子"注册商标具有使用权。

年金宝傻子公司在应诉中辩称:一、"8·4"三方协议书约定,该协议须经公证后方生效,但该协议书未经公证,故未生效;二、协议书约定对"傻子"注册商标由双方共同拥有系指对商标专有权的共有,此项约定违反法律关于商标专有权禁止共有的规定,该项约定系属无效;三、年广九将"傻子"商标转让于被告后,在被告未许可原告使用的情况下,原告不享有该注册商标的使用权。

芜湖市中级人民法院受理此案后,依法组成合议庭,分别于2001年8月27日、10月30日,两次公开开庭审理了此案。

法庭审理认为,"8·4"三方协议书虽约定须经公证机关公证后生效,但该协议签订后年广九和傻子公司、傻子总厂三方已经履行了部分协议,该履行行为视为对协议书中公证条款的变更。因此,傻子公司以协议书未经公证不产生法律效力的主张不能成立。

傻子公司以协议书中约定"傻子"注册商标由双方共同拥有,系指共有"傻子"注册商标专用权,并据此认定此项约定违反有关注册商标禁止共有的规定,辩称此条款因违反法律禁止性规定而无效,因此辩称缺乏法律依据,不予采信。

依据父子3人签订的《注册商标转让协议书》,法院判决年强的傻子总厂对"傻子"注册商标具有使用权,案件受理费15010元由傻子公司承担。

然而,年金宝的傻子公司对此判决表示不服,遂向安徽省高级人民法院提起上诉,上诉理由为:《商标法》规定除商标侵权纠纷案件适用《民事诉讼法》的规定外,其余的商标确权、商标争议和商标处罚案件,应适用《行政诉讼法》。原审法院受理并适用《民事诉讼法》的规定,判决确认"傻子"注册商标使用权,系诉讼程序错误,适用法律不当。

其次,"8·4"三方协议书中约定的公证是合同生效的条件,条件不成立合同就不生效。而双方当事人在办理"8·4"三方协议书的公证过程中,被上诉人擅自收回协议书、单方面取消公证这段时间内及其以后的时间里,双方从未发生过履行"8·4"三方协议书的行为。可见履行部分协议在先,擅自取消公证在后。原审判决违反证据的推定方式,推定履行协议是对"8·4"三方协议书约定公证条款的变更不能成立。

再就是根据《商标法》的规定,商标专用权的取得是法定取得,而不是约定取得。未经国家商标局核准公告的受让商标,不能享有商标专用权。上诉人依法取得"傻子"注册商标专用权,不存在共同拥有。

因此,上诉人请求安徽省高院撤销原判,驳回傻子总厂的起诉。

安徽省高院经过两次公开开庭审理,认为"8·4"三方协议书虽约定经公证后生效,但该协议签订后,三方均已部分履行了协议,该履行行为应视为对协议书中公证条款的变更,故"8·4"三方协议应认定有效。该协议约定"傻子"注册商标由傻子公司、傻子总厂双方共同拥有,显已包括使用权。办理备案手续是被告傻子公司的义务,傻子公司以相关备案手续未办理来否定原告傻子总厂不享有"傻子"注册商标使用权没有依据。

另外,本案争议商标的专用权共有行为,是发生在注册商标的转让过程中,并不是在申请注册过程中,商标权作为一种私有权利,商标权利人行使该项权利只要不违反法律规定,就不应受到干涉。《商标法》也明确规定,注册商标专用权可以共有。

安徽省高院认为,上诉人的上诉理由缺乏法律依据,不能成立。原审判决认定事实清楚,程序合法,驳回上诉,维持原判。

兄弟俩为"傻子"商标使用权之争前前后后花了有好几年时间,在社会上闹得沸沸扬扬,大小媒体不断有此报道,一时间产生不小的影响。以往傻子瓜子父子间的矛盾谁都知晓,现在兄弟间的矛盾又公布于众,我真不知道该如何处理才好。

我是劝兄弟俩都是一家人,有什么话完全可以心平气和地坐下来商量。何苦为一点小事撕破脸,闹上法庭,争得像仇人似的?但是,子大不由父,兄弟俩根本听不进我这做父亲的半句话。我知道官司打到这份上,已不是在打官司而是在赌口气争输赢,谁也不会让谁。

据知情人士告诉我,小大子年金宝仍然不愿服输,还在向北京最高法院提起申诉。认为此案件由民庭审理是错误的,应由知识产权庭来审理,而且适用法律方面也存在问题。由此看来,小大子年金宝非要把这场官司打到底了。

但是,万万没想到,兄弟俩这场官司竟以年金宝的突然离奇死亡而戛然终止。

2006年11月28日上午,我突然接到小二子年强一个电话,说:"年金宝发生意外了。"

我听了不觉一惊,忙问:"到底出了什么事?"

年强说:"你先别急着问,马上赶到王家巷派出所去,去了就知道了。"

我还想问点具体情况,电话却已挂了。

我知道事情突然又紧急,立刻急急忙忙赶到王家巷派出所。接待我的一位民警劝我先不要着急,待我平静一下,他才慢慢告诉我。

原来今天早晨在王家巷派出所辖区内花园路上的一幢简陋二层民房,一位袁姓老伯始终敲不开独居女儿家的门,隐约觉得事情不正常,急忙叫来民警帮忙破门,意外发现女儿已身亡,屋内还有一具男子尸体,经辨认是小大子年金宝,俩人具体死因,警方正在进行调查。

小大子年金宝才44岁,正年富力强,家庭、公司,还有傻子瓜子的事业,许多工作都指望他来完成。但是,做梦也没想到,他竟会毫无征兆地突然离我而去,这令我悲痛万分,难以自已。

年金宝的离奇死亡,立刻在社会上引起轩然大波。不仅对我精神上是个沉重的打击,而且也给傻子瓜子带来不小的负面影响。人们说什么的都有,各种猜测、推理,发挥想象力胡编乱造。一些报刊记者来采访,我都是同样的回答:以警方调查结论为准。

一天后,警方的调查结论出来了:排除他杀,系煤气中毒。

我强忍着悲痛坚持白发人送黑发人,料理完年金宝后事后,我又和家人协商,为年金宝丢下的傻子公司物色接班人。

我清楚这不是一件小事,也不是一件容易事,将会涉及方方面面许多实际问题,还有年金宝的遗产分割等。不过,我们会按照轻重缓急来处理。

经过多次研究与协商,最后我决定由小三子年兵来接手年金宝的傻子公司。

年兵是我的第三个儿子,也是年金宝最小的同胞兄弟,他比年金宝小6岁,也是我们年家唯一的大学生。由年兵来接手傻子公司,相对来说方方面面的意见与矛盾要少些,我也放心。

在我们这样的小贩世家,无论是家庭的学习氛围,还是成员的文化程度,都似乎离大学生有着不小的距离。但是,小三子年兵是我们年家的骄傲,从小就勤奋好学,学习成绩一直优秀。

记得当年我曾对他说过:"好好上学,以后争取考大学。不要跟我一样做小贩,让人家看不起。"这小子争气,估计把我话记在心里了,后来以优异的成绩考上西安电子科技大学。西安电子科技大学是国防工业重点军事院校,也是国家重点大学。

小三子年兵大学毕业后,被分配到国家信息产业部28所工作,工作期间他作为国防工程专家多次出国,并参与有关工程设计和科研项目,还荣获过信息产业部科技进步奖。

本以为小三子年兵今后会在科研道路上一直走下去,我们年家能出个科学家我当然高兴。谁知到了2000年,跨入新世纪,年兵突然萌生经商的念头,毅然辞职回到芜湖。毕竟这小子身上流淌着年氏家族热爱经商的血液,我这个做父亲的也不好过多反对。当然,这也许是芜湖改革开放的力度加大,政府扶持个人经商办企业的政策利好吸引了年兵。

不过,年兵回到芜湖后却没经营瓜子,而是经营电子,发挥他所学专业的优势,在他二哥年强的资助下,注册资金300万元,成立安徽慧通信息技术有限公司。

"慧通"与"傻子"的意思截然相反,"慧通"包含着智慧的含义。年兵取此名显然也是有心,作为年氏家族中唯一的大学生,他要甩掉我们父辈文盲的帽子,靠文化、靠智慧来发展崭新的事业。

如今他大哥突然发生变故,需要他这个做小弟的挺身而出,接替大哥管理经营傻子公司。应该说小三子年兵还是能以大局为重,以年家的傻子瓜子事业为重,愉快地接过了这副重担,并勇敢地面对全新的挑战。

2008年10月28日,由年强傻子瓜子总公司主办的"傻子现象"与中国改革开放三十周年高峰论坛在芜湖召开。来自全国各地对傻子瓜子关注的专家学者和省、市有关部门的领导云集芜湖,曾给我回过信的原安徽省委书记黄璜也高兴地赶来出席会议。在这样高层次的论坛上,年强特意安排年兵作为傻子瓜子主办方代表在大会上作主题发言。

年兵沉着冷静,侃侃而谈。从傻子瓜子的艰难发展谈到中国的改革开放;从全国性的大争论,谈到对中国民营经济发展所起到的报春花作用。他的发言有理有据,条理清晰,受到与会者的热烈欢迎。

我为傻子瓜子第二代接班人年兵成熟的表现感到高兴,也为他对傻子瓜子艰难曲折发展的高度总结感到自豪,更为年强和年兵兄弟俩团结一致,共同努力让这场"傻子瓜子"高峰论坛会圆满成功地召开感到欣慰。

这也是我最想看到的兄弟俩团结一致、共事谋事的喜人现象。

第四十章　建博物馆了心愿

2004年8月22日,是邓小平一百周年诞辰纪念日。经过认真考虑,我决定再去邓小平四川广安家乡一趟,以缅怀这位让中国人富起来、给傻子瓜子莫大关心与支持的大恩人。

那段日子我特别忙,都是全国各大媒体记者前来采访,而且都要我亲自接待,面对面地交谈。上至新华社、《人民日报》《光明日报》《工人日报》,以及安徽和各省、市的电视台的记者等,下至地市级报刊记者。他们一致认为,在纪念邓小平诞辰一百周年的日子里,曾被伟人邓小平在重要场合三次点名的小商贩是如何深情怀念邓小平的,这是个十分有价值的新闻选题。

记者们忙着采访我,我却琢磨着带辆车从芜湖一路开到四川广安,以表达我对邓小平的崇敬之情。

事有凑巧,芜湖一位瓷像艺人李敦杰精心制作了一幅邓小平半身瓷像,一心想在邓小平诞辰百年之际,亲自送往四川广安,以表达对伟人的缅怀与敬仰之情。

芜湖有线电视台获知消息后,不仅把我和李敦杰联系上,支持我俩同去四川广安,而且还派记者全程跟踪采访,宣传报道这一有意义的活动。其实,当年我出狱后不久,也就是1994年邓小平九十大寿时,我就去过一趟四川广安,怀着崇敬的心情参观了邓小平故居及陈列馆。

这一次到四川广安邓小平故居,正是邓小平诞辰百年纪念日,前来参观与瞻仰的人特别多。在当地朋友的陪同下,我们瞻仰了邓小平铜像。

这座铜像是为纪念邓小平百年诞辰、由胡锦涛总书记前几天刚刚揭幕的，铜像塑造了邓小平面带微笑地坐在藤椅上的和蔼可亲的形象。短袖衫、军便服、圆口布鞋等装饰，生动地将邓小平朴素的一生展示在我们眼前。我怀着崇敬的心情，毕恭毕敬地向邓小平铜像鞠躬致敬，表达我的深深怀念与崇敬。然后，我陪同李敦杰将经过特殊工艺烧制的邓小平半身塑像，赠送给邓小平故居陈列馆，了却他对邓小平的敬仰心愿。

芜湖有线电视台将这一切都拍摄记录下来，制作成电视专题片，于邓小平百年诞辰日在芜湖隆重播出。

从四川广安回来，我觉得是了却了一个心愿，但有时细想一下，又觉得似乎心愿并未完全了却。可到底该如何才能完全了却？我一时又难以说清。

2010年春天，我二儿子年强应邀到安徽亳州参加一个招商会，回来后他与我谈心。说在亳州开会期间，参观古井酒厂博物馆，给他留下深刻印象，也让他受到很大启发。年强觉得企业办博物馆既能展示企业文化，又能展示企业历史、企业产品，以及企业的内涵与底蕴。他有心想学习，也想建一座傻子瓜子博物馆。

他认为傻子瓜子不仅有许多艰苦创业的故事，还有许多深受群众喜爱的电影、戏剧、文学与新闻等方面的历史资料，更有中国改革开放的总设计师邓小平在谈论改革时3次提及傻子瓜子的传奇。傻子瓜子是中国私营企业改革的标志，是中国民营经济发展的报春花。办傻子瓜子博物馆本身就是宣传改革开放，宣传爱国主义。尤其能了却我们年氏家族对邓小平他老人家深切怀念的心愿。

小二子年强的想法正合我的心意，也对上我的思路。我当即表示赞同，支持建一座傻子瓜子博物馆，塑一尊邓小平铜像，好让我们永远缅怀他老人家，感谢他对傻子瓜子的亲切关怀与莫大支持。

我对小二子年强说："博物馆建成后，我要把所获得的一些奖章、奖状和证书等相关资料与实物，都拿出来捐赠给博物馆，供长期陈列展出。"

小二子年强做事一向有魄力,雷厉风行,说干就干。他跟我说了没几天就开始行动起来,先是物色人选,聘请对傻子瓜子发展史有研究与关心的几位专家、作家和记者组成"中国傻子瓜子博物馆筹备组",负责具体的筹备工作。

经多方考虑后,决定傻子瓜子博物馆筹备组由汪自云担任组长,王东、余朝栋、沐昌根、何更生担任副组长,张春明担任筹备组办公室主任,并立即投入筹备工作。

筹备组成立后,大约半个月时间,中国食品工业协会坚果专业委员会就正式下文批复,同意芜湖市傻子瓜子有限总公司筹建中国傻子瓜子博物馆。于是,傻子瓜子博物馆的筹建工作正式拉开了序幕。

筹建工作第一步就是选址,根据筹备组组织相关建筑与规划专家,精心起草的"中国傻子瓜子博物馆可行性研究报告",博物馆拟建设在芜湖古城范围内。规划建设用地5亩,建筑面积4000平方米,计划投资5000万元。其中建设投资3700万元,展览设施、设备及布展投资约1300万元,计划三年内建成开馆。

芜湖古城位于芜湖市中心的青弋江畔,历史悠久,地理位置优越,四通八达,周边人口稠密。芜湖市政府为打造城市文化品牌,挖掘芜湖文化底蕴,恢复传统商铺,正将古城地块计划开发建设成集文化、旅游、商贸和休闲为一体的城市旅游目的地。现已完成全部征地与拆迁任务,总体规划与设计也已邀请几所大学与相关单位在紧张设计中。芜湖城乡人口近400万,正翘首以盼芜湖古城的改造工程早日动工。

将傻子瓜子博物馆建在古城内,当然是最理想的选择。但是,芜湖古城的总体规划一直都在审慎的审查之中,迟迟未能定夺。古城开发总体规划未完成,在古城内想拿地建傻子瓜子博物馆自然也不会批准。筹备组经过认真研究后,决定放弃原来的思路,改弦更张,另选他址。

事有凑巧,年强投资建设的年氏食品研发大楼,于2011年10月在年氏工业园内竣工落成。这是一座高6层,总建筑面积达8000平方米的大楼。年强决定将约 1400 平方米的整个二层楼房装潢改造为傻子瓜子博物馆，这样就妥善解决了博物馆的用地难题。

为完成傻子瓜子博物馆的布展任务，筹备组为此颇费了一番心思。他们设计了几套布展方案，并参观走访了全国多家博物馆，重点考察民营博物馆，吸取经验，开拓思路。为丰富展品、实物与资料，筹备组还向全国发布资料有奖征集公告，并派出几路人马专程赶赴上海、北京、合肥等地，有针对性地收集重点资料。

在展馆布展上，经过多次考察外地多家专业展馆后，又经招标等各种程序，最终确定由河南郑州田野文化公司负责博物馆的布展与施工的具体工程建设。

在傻子瓜子博物馆筹备征求意见时，我应邀参加了"广开思路征求意见会"。筹备组的同志点名要我发言，我只说了一点意见："建议要塑造一尊邓小平的全身铜像，应作为博物馆的重点工程，也表达我们年氏家族对邓小平的怀念与感恩！"

博物馆筹备组组长汪自云笑呵呵地回答说："年老，您考虑的我们都想到了。不仅要塑造邓小平铜像，还要塑一尊您当年炒瓜子的铜像，以及您老前妻耿秀云和长子年金宝当年协助您做生意的一尊铜像。"

我听了头直点："你们考虑得比我细，想得比我周到。谢谢你们，辛苦了！"

汪自云还把邓小平铜像的设计稿拿出来送给我看，征求我意见。他说："我们筹备组最终选定的是邓小平上黄山时手持拐杖的全身照片为原型，邓小平身穿短袖衫，面容和蔼可亲，目光炯炯有神，人显得精神抖擞！"

我接过画稿边看边称赞："小平精神，目光远大，他老人家看问题就是比我们远，比我们深！"

经过三年多的精心筹备与建设，2015 年 12 月 18 日，也就是纪念改革开放三十七周年之际，在这个特殊的日子里，傻子瓜子博物馆终于建成开馆。

开馆那天上午热闹非凡,省、市有关领导与嘉宾,以及芜湖市各界人士近百人纷纷前来祝贺。我也应邀出席了开馆仪式,与原芜湖市委书记金庭柏等老领导在热烈的掌声中,为傻子瓜子博物馆揭幕。

随后我还主动当起导游,陪同各位领导和嘉宾,一同参观傻子瓜子博物馆。这一天上午,我也成了耀眼的明星,不断被人拉去合影拍照,真有点应接不暇。报纸和电视台的记者更是围着我团团转,又是采访,又是拍摄,忙得是不亦乐乎。

傻子瓜子博物馆大门建造得颇有特色,充满徽派元素,古色古香。展馆建筑面积近 2000 平方米,分为序厅、关怀厅、溯源厅、历史厅、改革厅、发展厅、成果厅和独立厅 8 个展厅,集中展示瓜子历史、瓜子文化和瓜子加工工艺,以及傻子瓜子艰难曲折的发展历程中一个个鲜为人知的精彩故事。以翔实的资料和珍贵的实物,利用文学、摄影、美术、雕塑等艺术形式和多媒体高科技现代技术,浓缩凝练地再现了傻子瓜子诞生时那苦难的岁月与沉浮的过程。从一个侧面折射出中国改革开放的历史进程,讴歌了邓小平这位中国改革开放的总设计师的丰功伟绩,尤其他老人家敏锐地抓住了傻子瓜子,以一粒小小瓜子,来突破中国经济改革大难题。

2018 年 10 月 29 日,在隆重纪念改革开放四十周年之际,中央统战部和全国工商联共同推荐宣传改革开放四十周年,百名杰出民营企业家名单在北京揭晓。我也荣幸地被列入其中,这的确是件十分高兴的事,也是对我经营傻子瓜子几十年艰苦创业的肯定与褒奖。

这份经过层层筛选、严格审定,最终确定的全国百名杰出民营企业家名单代表了全国近三千万家民营企业以及千千万万艰苦奋斗的民营企业家。"不忘创业初心,接力改革伟业"是这次百名杰出民营企业家名单揭晓的宗旨,也是对我们民营企业家提出的新的希望与奋斗目标。

傻子瓜子博物馆馆长戴蕾小姐,十分欣喜地把这份名单及揭晓的消息收藏入馆,并陈列展出,供观众了解。

与此同时,"安徽作家采风傻子瓜子——纪念改革开放四十周年"活动也隆重举行。作家们不仅参观了傻子瓜子博物馆,还邀请我进行了座谈交流。作家们对我的近况十分关心,也提出了不少有关问题,我都坦诚与详细地解答。在座谈会活动中大家畅所欲言,气氛十分热烈。

著名作家、安徽省文联、安徽省作协原主席季宇还热情洋溢地写了一篇散文《又见传奇人物年广九》,并在《人民日报》刊发,产生不小影响。

安徽省政府参事室、安徽省文史馆还成立口述史课题组,启动采写编辑我的口述史一书工作。

经过两年多时间的采访与撰稿,以及编辑与印刷,《"傻子瓜子"与中国民营经济的发展——年广九口述史》一书于2021年9月正式出版。

该书20万字,配有多幅历史老照片,图文并茂,印制精美,由黄山书社出版。该书还被国务院参事室、中央文史研究馆列入"庆祝改革开放四十周年口述史丛书"。

2021年10月12日,安徽省政府参事室、省文史馆与芜湖市政府还联合在芜湖铁山宾馆举办《年广九口述史》出版座谈会,省、市有关领导和专家学者,以及该书采编人员和执笔者近50人出席会议。参会人员对该书的出版给予高度评价,一致认为《年广九口述史》从一个侧面真实地再现了中国民营经济发展的艰难与曲折,具有一定的史料价值与现实意义。

该书出版仅短短一月不到的时间就已售罄,随即又应读者需求进行了加印。由此可见,广大读者对傻子瓜子的故事,以及对我命运多舛与几度沉浮的人生经历,还是具有浓厚的兴趣。

更为可喜的是,2021年下半年,芜湖市政府在城东产业创新馆内增设一个"傻子瓜子展厅"。该展厅虽只有400多平方米,却是傻子瓜子博物馆的浓缩版。不同的是,傻子瓜子博物馆是民营,傻子瓜子展厅是官方背景。足见芜湖市政府对傻子瓜子的重视与认可,这颇令我感到莫大的欣喜与高兴。

如今,傻子瓜子博物馆已成为宣传改革开放的阵地,芜湖城市旅游的特色景点,青少年爱国主义教育的阵地,以及展示中国民营经济曲折艰难发展的窗口。已退居二线的我,闲暇无事,总爱到傻子瓜子博物馆里走一走,看一看。重温当年创业时所饱尝的艰辛与苦难,缅怀伟人邓小平当年对傻子瓜子的关怀与支持。

每次置身于傻子瓜子博物馆之中,我的心情似乎才能获得不寻常的平静与安定,我的情感似乎才能得到一种畅快淋漓的宣泄与释放。

直到这时我才明白,我那一种久存于心要感恩邓小平的心愿,在傻子瓜子博物馆建成开馆后,才算真正得以完全了却!

2021 年 9 月 2 日—2022 年 1 月 13 日 初稿于芜湖百蕊山庄
2022 年 1 月 31 日—2022 年 2 月 28 日 二稿于芜湖青弋江畔

后　　记

《年广九与"傻子瓜子"》书稿终于付梓,一种从未有过的轻松感立刻油然而生。一年多来,准确地说应该是十多年来,一直萦绕在心头要写一本反映"傻子瓜子"艰难发展的长篇纪实文学的心愿,今天终于了却。顿时如释重负,倍感轻松。

但是,随之而来涌上心头的是百感交集,浮想联翩。

"傻子瓜子"诞生在芜湖,芜湖人都比较熟悉。作为一名芜湖本土作家,我自然对"傻子瓜子"有着比别人更多一层的熟悉与了解。当然,也多出几分与众不同的情感。

细细算来,已有近三十年了。还是20世纪80年代初,我在芜湖市文联主办的《大江》文学杂志任编辑。当时"傻子瓜子"在芜湖才刚刚起步,开始崭露头角,我们杂志就关注起"傻子瓜子"。记得1983年第二期《大江》杂志,我们就集中编发了两篇反映"傻子瓜子"的报告文学。接着又在杂志上刊登了"傻子瓜子"广告,一时在社会上产生不小的反响。

今天忆之,这或许是宣传"傻子瓜子"最早的文学作品与最早的广告了。

正是与"傻子瓜子"及其经营者接触较多,我们《大江》杂志第一次举办"大江文学笔会",邀请了不少全国著名作家来芜湖,就得到了傻子瓜子公司的大力支持。这期间,让我对"傻子瓜子"的创业及父子两代经营者的具体经营状况开始熟悉与了解。其中,年广九次子年强给我的印象较深。他20岁不到就大胆独自创业,闯荡江湖,创办傻子瓜子总厂,而且生意做得风生水起。为此,我对年强进行了深入细致的跟踪采访。前后用3个多月时间,我创作了一部3万多字的中篇报告文学《小傻子小传》,在《安徽文学》杂志1987年第5期头条刊发,一时在全国产生不小的影响。

此后,我颇有兴趣地开始注意收集与整理有关"傻子瓜子"的资料,关注"傻子瓜子"的发展。当然,时不时地也写点有关"傻子瓜子"的文章。可喜的是,每有文章发表几乎都会被相关报刊转发,有的还被省级电视台改编为电视片,受到读者的欢迎。

我清楚,这不是文章写得如何好的缘故,而是"傻子瓜子"本身就是个传奇,演绎的故事自然吸引人。不过,这也让我在心里催生了一个念头:应该为"傻子瓜子"写一本书。

2010年4月,年强董事长开始筹建傻子瓜子博物馆,邀请我担任筹备组副组长,负责有关文字工作。这让我有机会深入了解与掌握更多的"傻子瓜子"故事与资料,也让我开始系统地研究"傻子瓜子"艰难发展的历程,以及年广九的人生经历、情感生活与复杂的家庭关系等等。无疑也为我心中的那个写书的念头,迈出了实实在在的一步。

2018年10月,为庆祝改革开放四十周年,我与年强董事长共同策划并组织了一场"安徽作家采风傻子瓜子"的活动。在安徽省文联和安徽省作协原主席、著名作家季宇的大力支持下,活动邀请了10多位安徽著名作家和评论家齐聚芜湖,并在傻子瓜子公司对年广九进行了集体采访。

此时,年广九刚刚荣获由中央统战部和全国工商联共同推荐宣传的"改革开放四十年百名杰出民营企业家"称号。那天年广九十分高兴,意气风发,侃侃而谈,且有问必答。采风活动进行得十分顺利,也取得一定的成效。季宇采风创作的散文《又见传奇人物年广九》还刊发在《人民日报》上,足见此次采风活动恰逢其时,出席此次采风活动的作家们也感觉收获颇丰。

省社科院的钱念孙教授就敏锐地发现,"傻子瓜子"是个很好的课题，并与我商量，说省政府参事室、省文史馆正在开展"纪念改革开放四十周年专题口述史"资料征集工作，他准备回到省里即进行课题申报工作。

2019年上半年，"年广九口述史"课题申报获得批准。钱念孙教授担任课题组组长，并邀请我为课题组成员。

课题启动后，我以为自己顶多只要写上一两万字的稿件就可以完成任务。因为课题组有六七个老师，每人写上一段，即可达到十几万字稿件，足够出一本书。

谁知一场突如其来的新冠疫情打乱了课题组的计划，合肥的老师难来芜湖进行采访。钱念孙教授对工作又积极负责，不断地与我联系，催促我在芜湖多采访、多写，多承担课题组的工作。就这样在钱念孙教授的热情引导与"忽悠"下，我一步步地陷入课题组的采写工作之中，并在不知不觉中竟然独自承担下全部书稿的采访与撰写，以及资料的收集等任务。

在前后两年多的时间里，我对年广九进行了多次深入采访。每次采访都长达两三个小时，全程都是我俩面对面地交流畅谈。除第一次采访是在他喜爱泡澡的双桐巷清心浴雅座里进行外，其余所有采访都是在长江与清弋江交汇处的一座大厦里进行，这儿有年广九的办公室，比较安静。年广九喜爱抽烟，每次采访我都要带上一包烟陪他抽。我俩一聊一下午，一杯茶，一包烟，促膝而谈。等一包烟抽完，一瓶水喝干，天色也渐晚，我俩才结束。临别时还不忘约好，下周见面再聊。

每次采访回来后，我都要抓紧时间整理采访笔记，防止遗忘。尤其年广九说得不清楚的地方，或者有点矛盾出入的人与事，我都要及时整理出来，为下次采访时求证做好准备。

采访年广九有一个较大的困难，就是年广九是个文盲。他没上过一天学，勉强会写自己的姓名"年广九"三个字。后因为当瓜子厂老板，需要批条子报销，才慢慢又学会两个字"同意"。就这样同意的"意"字还因笔画太多，他学了多次也学不会，就创造性地用同音字甲乙的"乙"字来代替。

"同乙,年广九",是年广九一生写得最多的5个字,也是年广九独特的文化与创造。所以采访年广九,我只能仔细听。想要他用文字说明,或解释一下是什么字,怎么写,基本是不可能。

比如,他第一次坐牢与第二次坐牢都在同一座看守所:三明安看守所。他能说出这座看守所的位置,关过的监室是几号,他都记得清清楚楚。但要问他"三明安"怎么写,是哪三个字,他就说不出来了。年广九说:"不晓得,三明安就三明安嘛!"

没办法,我问了几个老芜湖人,都说北京路后面是曾有座看守所,规模不大,后来迁移走了。具体名字也没问出来,所以书稿中我一直没写看守所的名称,只说"北京路后面的看守所"。

年广九说话有时还很难懂,他的口音是淮北话与芜湖话的杂交。说到兴奋时语速又快,声音又大,听了不知所云。再一个就是年广九说话语无伦次,他是想哪说哪,信口开河。你问这个,他说那个,既没逻辑关系,又没因果关系。后来我摸出点经验了,每次采访前我都事先理出几条想问的问题,见面时再一一询问。

好在我也有点优势,长期关注"傻子瓜子"的发展与年氏家族的动向。三十多年来,也写了不少有关"傻子瓜子"的文章,掌握了大量的资料。后来又有机会参与傻子瓜子博物馆的筹建工作。这些都为我采访年广九、撰写书稿提供了有力的支持与不小的帮助。

对年广九多次深入采访,以及执笔《年广九口述史》一书的创作,使我对年广九的人生经历、情感生活与创业经历,有了深入细致的了解与掌握,从而更加坚定了我创作《年广九与"傻子瓜子"》一书的信心与决心。

2021年3月,待《年广九口述史》一书定稿后,我立即投入到《年广九与"傻子瓜子"》一书的紧张创作之中。

我将三十多年来收集整理特别是多次深入采访年广九本人所拥有的大量第一手资料进行归纳梳理,然后满怀深情地进行精心创作。将年广九的人生轨迹与重大事件,及其艰难曲折的创业史,生动坎坷的爱情史,还有那错综复杂的家族关系与人际关系等等,用细腻的笔触,第一次较完整地、多侧面立体地呈现给读者。力求通过第一人称"我"的叙述,向读者娓娓动听地讲述一个鲜活真实、有血有肉的年广九与"傻子瓜子"的传奇故事。

创作中我坚持以正能量、主旋律为主,以"傻子瓜子"发展过程中的一些重大事件为主,紧紧围绕改革开放这条主线,充分展现"傻子瓜子"作为中国民营经济的报春花,在中国民营经济发展的道路上有着不可或缺的开先河的重要意义。尽量避开一些小道消息,花边新闻,摒弃一些博人眼球的低级庸俗的情节与故事。

年广九是芜湖一位普普通通的小商贩,更是一位传奇人物。他一生从事微不足道的瓜子生意,却以敢为天下先的大无畏气概,突破中国公有制经济一统天下的禁锢,雇工炒制深受顾客欢迎的"傻子瓜子",大胆开启中国民营经济先河,被誉为"中国第一商贩"。

当年国家规定雇工不能超7人,年广九雇工竟超百人。社会反响强烈,引起全国姓"社"姓"资"大争论,也引起国家高层领导人的关注。邓小平先后3次谈话,支持其大胆尝试。"傻子瓜子"因此闻名遐迩,并被写入《邓小平文选》第三卷中。年广九也成了中国经济体制改革标志性人物,载入中国改革开放史。

年广九出身贫苦,饱尝磨难,3次入狱,几度沉浮。他迎难而上,创造出一嗑三开、回味绵长的"傻子瓜子",也演绎出许多精彩故事。

《年广九与"傻子瓜子"》初稿完成后,安徽文艺出版社十分重视,认为适逢党的二十大召开,选题有一定的现实意义与时代价值。组织专家进行了论证,并提出了具体意见。"要为时代立传"给我印象极深,启发也大。为此,我对书稿又从头至尾进行了认真修改。即便如此,也难如愿,只能期待读者的批评与指正。

值此拙著即将面世之机,谨向年广九先生表示诚挚的感谢。他不顾年事已高、身体欠佳,仍愉快地多次接受采访,并不厌其烦地与我进行深度交谈。

感谢安徽文艺出版社的大力支持,及姚巍社长、岑杰先生、张妍妍主任和柯谐责编,为拙著出版所付出的辛勤劳动与热情帮助。

感谢著名作家季宇先生拨冗撰序,为拙著增色添彩。

感谢芜湖市文联将拙著列入重点文艺项目给予支持。

感谢傻子瓜子博物馆提供的珍贵老照片与相关资料。

正是在方方面面的支持与帮助下,《年广九与"傻子瓜子"》一书才能顺利地出版问世。对此,更生会铭记于心!

2022 年 7 月 18 日

于芜湖市洗布山文联宿舍